FALSIFICADAS

KIRSTIN CHEN

FALSIFICADAS

Tradução
ALLINE SALLES

Este livro foi revisado segundo o Novo Acordo Ortográfico da Língua Portuguesa.

Editora Natália Ortega
Editora de arte Tâmizi Ribeiro
Produção editorial Brendha Rodrigues, Esther Ferreira, Felix Arantes
Preparação de texto Luciana Figueiredo
Revisão Mayse Cosmo e Fernanda Costa
Capa Jeanne Reina **Ilustração da capa** Yordanka Poleganova
Adaptação da capa Tâmizi Ribeiro
Foto da autora Sarah Deragon

Dados Internacionais de Catalogação na Publicação (CIP)
Angélica Ilacqua CRB-8/7057

C447f

Chen, Kirstin
Falsificadas / Kirstin Chen ; tradução de Alline Salles.
— Bauru, SP : Astral Cultural, 2023.
272 p.

ISBN 978-65-5566-315-0
Título original: Counterfeit

1. Ficção norte-americana I. Título II. Salles, Alline

23-0928 CDD 813

Índice para catálogo sistemático:
1. Ficção norte-americana

BAURU
Av. Duque de Caxias, 11-70
CEP 17012-151 - 8º andar
Telefone: (14) 3235-3878
Fax: (14) 3235-3879

SÃO PAULO
Rua Major Quedinho 11, 1910
Centro Histórico
CEP 01150-030

E-mail: contato@astralcultural.com.br

Para minha avó.

PARTE I

1

A primeira coisa que notei foram os olhos. Eles eram gigantes, como de personagem de anime, com dobras duplas de pálpebra, habilmente contornados com tom de cobre, emoldurados por extensões premium de cílios, macios e cheios como o pelo de um gato angorá. Então havia o cabelo: liso, porém volumoso, com cachos na altura do mamilo; e a pele, sem poros e bem branca. E as roupas: blusa de seda deslumbrante, Louboutins originais. E, finalmente, a bolsa: uma Birkin 40 laranja clássica enorme. No passado, eu não teria conhecimento de todos esses detalhes, embora, como a maior parte das pessoas, eu soubesse que aquelas bolsas eram absurdamente caras e impossíveis de obter. Tudo isso só para dizer que a mulher parada na porta da cafeteria do meu bairro parecia rica. Turista asiática rica. Chinesa continental rica. Rica-rica.

Claro que fiquei surpresa. Fazia quase vinte anos que eu não a via, e ela não parecia em nada com a minha colega de quarto do primeiro ano. Na verdade, nem soava como aquela garota. Na época de Stanford, ela tinha um forte sotaque cantado. Cada palavra que ela dizia deixava escapar um franzido nas beiradas como uma folha de alface. Ela tinha dificuldade com alguns fonemas. Agora, no entanto, eu precisava ouvir mais de uma frase para perceber que ela era da China. No telefone, quando se identificou, ela pronunciou o próprio sobrenome com esforço. "Ava? É você? É Winnie *Faaang*."

Por que raios ela queria conversar? Como ela tinha meu número? Pensando bem, ela deve ter mandado seu detetive particular me rastrear, mas, quando perguntei, ela respondeu alegremente: "Ah, procurei você na lista de ex-alunos".

Não pensei em questioná-la mais. Concordei em encontrá-la para tomar um café — parte de mim curiosa para ver o que tinha acontecido com ela. Winnie havia abandonado o curso muito de repente, no meio de nosso primeiro ano. Nenhuma de minhas amigas da faculdade tinham contato com ela, e ela não usava nenhuma rede social, pelo menos não com seu nome verdadeiro. Ainda assim, surgiam boatos de tempos em tempos: ouvimos que ela tinha voltado à sua cidade natal, Xiamen, e se formado lá; que ela se mudou para a Virgínia para cuidar de uma tia doente; que ela se casou com um americano e se divorciou logo em seguida. Uma amiga de uma amiga tinha trombado com Winnie enquanto visitava uma das escolas particulares chinesas bilíngues em L.A., onde ela, aparentemente, deu aulas por um período.

A mulher na porta me viu. "Ava", ela gritou. Apressou-se com um braço estendido para um abraço, enquanto seu outro segurava a Birkin do tamanho de uma mala. Os clientes da cafeteria olharam com vaga curiosidade, provavelmente julgando-a como mais uma daquelas influenciadoras, e voltaram às suas telas.

Eu tinha me vestido com cuidado, trocado minhas leggings de sempre por calças com zíper e aplicado corretivo abaixo dos olhos. Agora, entretanto, me sentia tão simples quanto um saco de batatas.

Winnie pediu um *espresso* duplo no balcão e levou a xícara e o pires do tamanho de um brinquedo para a mesa.

Perguntei o que a tinha trazido a São Francisco, e ela disse que estava ali a negócios — fabricação de bolsas, coisas chatas. Ela acenou uma mão carregada de anéis de esmeralda e safira. E pensar que eu havia deixado meu anel de noivado em casa por medo de ficar chamativa demais.

"Sei que está se perguntando por que liguei", ela começou. E explicou que um querido amigo da China precisava de um transplante de fígado e queria fazer o procedimento nos Estados Unidos. Disse que tinha feito uma pesquisa; sabia que meu marido era um bem-sucedido cirurgião especialista em transplantes. "Será que você poderia me colocar em contato com ele?" Ela tinha noção de que ele era altamente conceituado na área.

De novo, eu não tinha notícias dela há vinte anos! Interpretando mal minha incredulidade, ela disse: "Eu sei, eu sei, desde a eleição eles cortaram transplantes para estrangeiros, mas se seu marido pudesse só conversar com meu amigo".

Concordei em falar com Oli. Ela me agradeceu profundamente e disse: "Agora, Ava, como você está? Me conte tudo. Faz tanto tempo".

Percorri o checklist (enquanto ela fingia que seu detetive particular já não a tinha informado): Oliver, com quem ela pareceu já ser familiarizada, meu marido há quatro anos, meio francês, meio americano; um bebê, Henri, de dois anos — ela queria ver uma foto? Aquilo foi no nosso quintal, sim, nós morávamos no fim da rua.

"E trabalho?"

Dei a resposta padrão: tinha saído do meu escritório de advocacia quando Henri nasceu e agora estava pensando em trabalhar de casa, para equilibrar melhor trabalho e vida pessoal e tal. Enquanto eu falava, analisava a transformação dela. Cirurgia de pálpebras, claro, tratamentos faciais de ponta envolvendo lasers e microcorrentes, apliques de cabelo de boa qualidade, roupas de marca. Mas era mais do que isso. Sentada diante de mim, bebendo em sua xícara de cerâmica em miniatura, Winnie parecia confortável, relaxada; parecia alguém que, de fato, pertencia ao mundo que estava representando.

O que ela tinha feito com a garota gordinha e séria que havia entrado em nosso dormitório carregando um par desgastado de malas rosa-choque, cheias — eu saberia depois — de cardigans de crochê e calças mal ajustadas de poliéster? Imediatamente, havia ficado claro que não poderíamos ser amigas.

Por quê? Por todos os motivos superficiais comuns que importam para os jovens. Ela era esquisita, carente, imigrante. Isso mesmo, i-mi-gran-te. Do tipo recém-saída do navio.

Olha, eu também não era descolada na época, mas não era uma causa perdida. Sabia que os amigos certos poderiam me ajudar a flutuar e o tipo errado me faria afundar, e só havia uma pequena janela de tempo naquele primeiro ano de faculdade para acertar.

Sabe, detetive, parecia que eu tinha esperado a minha vida toda para entrar em Stanford. Cresci fora de Boston — se conhece a região, Newton, para ser exata —, era uma daquelas crianças quietas e nerds que todo mundo ignorava. Quer dizer, os professores me conheciam porque eu tirava notas excelentes, embora, constantemente, me confundissem com Rosa Chee. Ela era a minha amiga, junto com todos os outros nerds e quietos, mas, para o resto da escola, para as crianças normais, eu era invisível.

Quer um exemplo? Uma vez, meu irmão estava em casa, de férias da faculdade, saímos para tomar sorvete e nos deparamos com Mitch Paulson, sua antiga dupla no tênis, e eu meio que acenei. Juro, o rosto de Mitch ficou totalmente neutro. Gabe disse: "Essa é minha irmã, Ava, ela é caloura", e Mitch respondeu, perfeitamente cortês, "É um prazer te conhecer".

É um prazer te conhecer? Eu tinha assistido a, no mínimo, uma dúzia de partidas deles. Sabia quem Mitch tinha namorado até o último ano, e com quem ele tinha saído antes dela. Ele não fazia ideia de quem eu era.

Stanford era cheia de garotas como eu. Eu estava com lentes de contato novas. Tinha deixado meu cabelo crescer o suficiente para fazer trança. Estava pronta para ser vista e, se eu não poderia ter uma colega de quarto do tipo loura atleta, não iria deixar que a que eu tinha me atrapalhasse.

Em minha defesa, tentei ser civilizada com Winnie. Contive toda a minha impaciência e respondi suas inúmeras perguntas. Majoritariamente coisas básicas, como onde conseguir uma carteirinha de estudante e como descobrir a sua senha da caixa de correio. Mas ela também tinha o hábito irritante de me tratar como seu dicionário de bolso, me pedindo para definir palavras que ela não sabia e umas complicadas também como: *sósia*, *verossimilhança*, *presunção*.

Pensando bem, dado que a ampla maioria de nossas interações na faculdade envolviam o fato de ela pedir minha ajuda, talvez eu não devesse ter sido pega de surpresa pelo seu pedido mais recente, para ajudar a providenciar cuidados médicos para seu amigo.

Ao longo da tarde, ela me desarmou ao elogiar as minhas escolhas de vida, dizendo coisas como: "Não me surpreende em nada você ter se casado com alguém brilhante e bonito". E "Sempre achei que bebês mestiços são os mais fofos". E "De todas as meninas da faculdade, você era a que eu mais invejava". Me deixei levar por sua bajulação, falhei em perceber que ela tinha me fisgado desde o início, enquanto eu a havia julgado mal inteiramente.

Winnie estava fingindo interesse na história de como Oli e eu tínhamos nos conhecido quando um grito inconfundível perfurou o ar. Me virei, junto com Winnie e os outros clientes. Ali, deitado de costas na calçada, com o rosto vermelho de raiva, estava meu Henri. Agachada ao lado dele estava Maria, que Deus abençoe a alma dela, falando baixinho, com um sereno olhar de determinação.

Por um breve segundo, pensei em fingir que não conhecia os dois. (E antes de me acusar de não ter coração, detetive, o senhor deve entender que, na época, as birras eram infinitas.) Na mesa ao lado, homens com óculos estilosos trocaram caretas, e então caí em mim, expliquei para Winnie que a criança gritando era meu filho, e saí correndo pela porta.

"O que houve?", perguntei à Maria. Me abaixei para segurar as pernas do meu filho, que se debatia. Ele abriu um olho, me viu e continuou chorando.

Maria suspirou. "Nada, o de sempre, pobrezinho."

Acariciei o cabelo suado de Henri. "Ah, Docinho, o que aconteceu? Conte à mamãe o que aconteceu."

Mas ele não conseguia me contar, e essa era a raiz do problema. Mesmo aos dois anos de idade, ele era extremamente consciente, profundamente empático. Mais do que qualquer coisa, ele desejava comunicar os sentimentos que ele não tinha linguagem para descrever, e quem de nós não acharia isso frustrante? Então, ele explodia pelos motivos mais inócuos: ser colocado no carrinho, ser tirado do carrinho, ter a mão segurada antes de atravessar a rua, ser enrolado na toalha depois do banho. Qualquer coisa poderia ser um gatilho. Nesses primeiros anos, ele chorava tanto que a sua voz era eternamente rouca. Ah, mas olhe para mim, falando sem parar do meu filho saudável e feliz. Ele está muito melhor agora, mesmo que ainda soe como um mini Rod Stewart. É bem fofo, na verdade.

Naquela tarde, no entanto, meu filho não parou de gritar enquanto Maria e eu percorríamos nosso repertório de truques, acariciando a barriga dele, esfregando sua cabeça, fazendo cócegas em seu antebraço, prendendo seus tornozelos juntos. Uma mulher passeando com um Golden Retriever estalou a língua de forma solidária para nós. Uma babá falou para um par de gêmeos parar de encarar.

A única coisa a fazer era se agachar e esperar, Maria e eu vocalizando sons calmantes como uma playlist de meditação. Após bastante tempo, Henri cansou. Seus chutes ficaram menos frenéticos; os músculos de seu rosto relaxaram. Eu me estiquei e fiz cócegas em sua barriga, o que, às vezes, era suficiente para fazê-lo renunciar ao restante de sua raiva. Não desta vez. No instante em que meu dedo cutucou sua barriga macia, sua mandíbula caiu, soltando um grito de arrepiar os cabelos.

O choro recomeçou com força total. Caí para trás sentada, exausta, pronta para dizer à Maria que o arrancasse da calçada e o arrastasse para casa.

Detrás de mim, uma voz baixa e calorosa cantou uma música infantil chinesa. "Liang zhi lao hu, liang zhi lao hu, pao de kuai, pao de kuai."

Eu me virei e vi Winnie ali parada curvada para a frente com as mãos nos joelhos, cantando intensamente sobre uma dupla de tigres, uma sem olhos e uma sem rabo. "Zhen qi guai, zhen qi guai." Reconheci a música das aulas extraclasse de chinês da minha juventude.

O choro parou abruptamente. Sem parar de cantar, Winnie tirou um chaveiro peludo cinza que estava pendurado na alça de sua Birkin.

Soltei um "Não dê para ele, nunca mais vai tê-lo de volta."

Mas ela segurou a bola peluda estendida para Henri na palma de sua mão.

"Espero que não seja pele de verdade", alertei.

Henri pegou a bola e gritou de animação. Uma baba grossa caiu na pele macia.

"Ah, nossa", eu disse.

Winnie riu e deu tapinhas na cabeça de Henri, e ele ronronou docemente.

"Esta é a tia Winnie", eu disse a ele. "Pode falar obrigado?"

Ele esfregou o chaveiro em seus lábios encharcados de saliva.

Expliquei para Winnie que, apesar de ele entender tudo, ainda não falava, e Oli atribuía o leve atraso ao fato de ele ser bilíngue.

"Menino esperto", disse Winnie.

Eu estava envergonhada demais para voltar para dentro da cafeteria, então, quando Maria conseguiu prender Henri no carrinho sem mais incidentes, sugeri que fôssemos para casa.

Lá, Winnie se sentou ao grande piano e tocou "Brilha, Brilha Estrelinha", cantando para Henri em Mandarim — "yi shan yi shan liang jing" —, ensinando-o a fazer estrelas piscantes com suas mãos gordinhas.

As profundezas de meu cérebro começaram a pensar. Naquele momento, minha mãe tinha falecido há apenas seis meses. Era ela que deveria ensinar chinês para Henri. Era ela que deveria esfregar minhas costas e me dizer que era normal estar tão cansada que eu pegava no sono enquanto escovava os dentes. Era ela que deveria me convencer a não fazer uma dieta rigorosa para Henri de carne de veado e alce porque eu tinha certeza de que os hormônios e antibióticos eram os culpados por ele ser assim.

Winnie viu a lágrima escorrer por minha bochecha e ergueu as mãos das teclas.

"O que houve, Ava?"

Henri puxou seu lóbulo da orelha, sinalizando a agitação crescente.

"Nada. Continue tocando."

Ela baixou as mãos para seu colo. O choro de Henri começou como um estrondo baixo que vinha do fundo do peito. Então ganhou força, subindo pela escala da sirene policial até o máximo.

"Maria", chamei.

Ela saiu correndo da cozinha, secando as mãos nos jeans, pegou Henri e o levou para o quarto dele.

Peguei um lenço e sequei minhas faces. "Oli diz que é uma fase."

"Claro", Winnie disse. "Todos os bebês são assim."

Eu não queria que ela pensasse que eu estava desesperada com meu filho, então contei a ela sobre o falecimento de minha mãe. Ela colocou uma mão sobre a boca. Lembrava-se de minha mãe da vez em que ela visitou Stanford há tantos anos.

"Ô, Ava, sinto muito. Ela deve ter sido uma avó tão boa para Henri."

Disse a ela que, nos primeiros três meses, ela, Henri e eu compartilhávamos um quarto. Ela acordava para cada amamentação, fez infinitas trocas de fraldas, jurava para mim que, um dia, ele iria parar de chorar. Ela caiu morta — não havia outro jeito de descrever — enquanto corria em sua esteira no porão. Parada cardíaca súbita. Sessenta e nove anos de idade, magra como um chicote, raramente pegava uma gripe.

Do fundo da casa, os gritos de meu filho se suavizaram em soluços irregulares. O chaveiro de pele babado de Winnie estava no tapete, como um presente de um gato. Quando me abaixei para pegá-lo, vi a palavra *FENDI* em alto-relevo no clipe de metal.

"Ah, merda", eu disse.

"Não se preocupe com isso. Fique como um presente para Henri."

Quando ela foi embora, pesquisei o chaveiro da bolsa na internet para poder comprar um substituto. Adivinhe quanto custava? Seiscentos dólares. Obviamente, não comprei. Na vez seguinte em que Henri teve uma crise, peguei a bola de pelo destroçada e a balancei no rosto dele. Ele ficou enfurecido, jogou-a longe e continuou berrando.

♦♦♦

Depois disso, Winnie me avisava sempre que vinha de L.A. para São Francisco. Seu trabalho, ela disse, a levava regularmente para lá, então ela geralmente ficava no centro de St. Regis. Fiquei impressionada. Da última vez que verifiquei, os quartos lá eram a partir de setecentos por noite.

Considerando tudo o que eu disse até agora, você deve estar se perguntando por que fiz amizade de tão bom grado com ela desta vez. Vou admitir que, primeiro, fiquei deslumbrada pela riqueza e beleza dela, sua autoconfiança extrema. Acho que parte de mim ainda estava presa no primeiro ano, me agarrando a amigos como botes salva-vidas.

Mas também havia um motivo mais profundo. A verdade é que ninguém mais, além de minha mãe, conseguia acalmar Henri, e eu estava desesperada. Meu filho ainda estava acordando a cada três horas, mais ou menos, o que significava que fazia mais de dois anos que eu não tinha uma noite inteira de sono. Eu passava dias encarando a tela de meu notebook, pesquisando dietas especiais para amenizar birras, enquanto a resoluta Maria andava com Henri para cima e para baixo, levando-o para passeios como a hora da história e a aula de música ao parque. Na verdade, na semana em que Winnie ligou, chegaram 3,5 kg de carne de búfalo enviados de Wisconsin, tudo escondido em um freezer secreto no depósito da garagem porque Oli tinha um desprezo particular por pseudociência nutricional. E com razão! Acho que podemos concordar que meu comportamento estava desequilibrado!

Ah, e falando em Oli, mencionei que isso foi bem quando ele saiu da UCSF para Stanford? Uma movimentação de carreira estelar certamente, mas que envolvia um trajeto de pesadelo além de um dia já infinito de trabalho, o que significava que ele nunca chegava em casa na hora de colocar Henri para dormir.

Então, como qualquer outra mãe de primeira viagem sobrecarregada, fiquei grata pela ajuda de Winnie.

Oli ficou feliz em saber que Henri tinha aceitado minha antiga colega de quarto, mas ficou, assim como você, surpreso com a extensão do quanto eu a incluí em nossas vidas. Afinal, a única coisa que eu havia contato a ele sobre Winnie foi o escândalo infame do SAT, o vestibular. Presumo que você já tenha sido informado?

Não? Não mesmo? Entendi. Acho que faz sentido. Não acredito que Stanford estivesse oficialmente implicada naquela época.

Isso foi no ano 2000, e a coisa toda não foi diferente do incidente recente com todos aqueles figurões de Hollywood falsificando credenciais e resultados de provas para conseguir que seus filhos entrassem em faculdades boas, só que, neste caso, os infratores foram chineses. De acordo com a imprensa, a polícia dos Estados Unidos tinha descoberto uma empresa de Pequim que contratava especialistas que viviam nos Estados Unidos para fazer as provas — em sua maioria, estudantes de graduação chineses —, fornecia passaportes falsos e os enviava para os SATs no lugar de candidatos chineses e ricos. A polícia apreendeu os registros da empresa e divulgou suas descobertas, e as universidades reagiram rapidamente. Três alunos chineses foram expulsos de Harvard, um de Yale, dois do MIT, um tantos outros de Penn, Columbia e Cornell. E pode apostar que ninguém escreveu artigos em defesa desses garotos, retratando-os como vítimas inocentes que não deveriam se responsabilizados pelos crimes de seus pais. Não, quando se tratava de estudantes estrangeiros, o grito de guerra universal era tirar esses traidores chineses nada bons de nossas instituições!

Lembro de estar ao lado da fonte no White Plaza com garotos do seminário de humanidades, distribuindo cópias recém-impressas do *Stanford Daily*. Voltei para o quarto e encontrei Winnie em lágrimas, guardando blusas e camisetas de qualquer jeito em suas malas rosa-choque. Contou que seu pai teve um infarto. Ela iria embarcar em um avião naquela noite, não importava que as provas finais começassem na semana seguinte. Disse a ela como eu sentia muito e dobrei a minha cópia do *Daily* em um quadrado apertado.

"Contou para o seu orientador?", perguntei. Eu tinha certeza de que eles a deixariam fazer as provas depois.

Ela reuniu pares de meias em uma braçada e disse: "Realmente não consigo pensar nisso neste momento".

Eu me ofereci para avisar os professores, e ela sorriu entre lágrimas e me agradeceu.

No dia da minha última prova, recebi um e-mail de Winnie. Uma tia viria da Virgínia para guardar o restante de suas coisas. Ela ia abandonar a faculdade. Não explicou por quê.

Não preciso dizer que todo mundo do dormitório especulou que Winnie tinha partido bem a tempo. Joanne Tran e Carla Cohen, que continuaram como algumas das minhas amigas mais próximas, se concentraram na gramática menos-que-perfeita de Winnie. Ela misturava *ele* e *ela*, esquecia de adicionar *s* ao fim de substantivos no plural, usava tempo presente onde deveria ter sido passado. Obviamente, ela não poderia ter gabaritado a prova oral do SAT, muito menos escrito uma declaração pessoal que fosse aceitável. Elas pareciam enxergar a suposta traição de Winnie como um insulto pessoal. Joanne bateu o punho cerrado na parede frágil do quarto do dormitório lamentando ter que fazer a prova três vezes para aumentar sua a pontuação, enquanto aqueles garotos ricos pagavam pela deles.

Eu também tinha quase certeza de que Winnie tinha roubado, e que ela havia inventado o infarto de seu pai. Mas não fiquei brava. Para não dizer que não senti algo, fiquei com pena dela. Talvez porque tivesse visto como ela vinha se esforçando; talvez porque eu soubesse que ela não era rica. Os pais dela não eram oficiais de alto escalão como os pais daqueles garotos de Harvard. O pai dela era diretor de uma escola de Ensino Fundamental. Sua mãe era secretária. Ela conseguiu se matricular ali só porque tinha ganho uma bolsa de estudos do governo chinês e porque sua tia da Virgínia enviava cheques mensalmente. Mesmo assim, ela trabalhava no turno da noite no quiosque de café do outro lado da biblioteca. Trabalhava de babá e tutora. Escolhia suas aulas baseada no número de livros exigidos. Quando era possível, ela se inscrevia nas mesmas aulas que eu para poder pegar meus livros emprestados. Ela colocava o alarme para antes do amanhecer e terminava sua a lição de casa antes mesmo de eu acordar, nunca me dando motivo para me irritar e revogar o uso dos meus livros.

Um dia depois de receber o e-mail de Winnie, enquanto Carla, Joanne e o restante do nosso andar bebiam vinhos baratos para comemorar o fim do semestre, eu pegava caixas da área de recicláveis atrás da livraria e empacotava o resto das coisas de Winnie. Quando a tia e o tio dela apareceram em nossa porta, ficaram surpresos por tudo que eu tinha feito. Eles me levaram para jantar em agradecimento. Mas Winnie nunca me agradeceu. Sem dúvida, ela tinha muitas outras coisas com que se preocupar.

Já a questionei sobre o SAT? Não, não vi motivo. Por que trazer isso à tona depois de todo esse tempo? Ela pagou pelo crime ao sair da faculdade, o que é mais do que pode ser dito daqueles pirralhos de Hollywood.

2

Logo Winnie se tornou um acessório em nosso lar. Devo dizer que ela apareceu em um momento sinistro da minha vida. De alguma forma, ela conseguira ressurgir durante o único período turbulento que tive e, quando alguma coisa ameaçava sair do controle, lá estava ela com uma palavra reconfortante, um abraço aconchegante e um presentinho para Henri.

Uma vez, ela levou um livro infantil de contos populares chineses lindamente ilustrado (guardado em outra impressionante Birkin azul-turquesa). Posso dizer, com sinceridade, que não reconheci o menininho que logo subiu no colo dela para ouvir a história do Vaqueiro e da Tecelã. Era uma que minha mãe me contava quando eu era criança, sobre um casal de amantes desafortunados que foram tragicamente separados pelo rio celestial (é a Via Láctea, no caso de você estar se perguntando).

A história era longa e complexa, madura demais para uma criança da idade de Henri. Após seguir por uma boa parte, ele ficou entediado e segurou um canto da página. No entanto, Winnie teve reflexos rápidos e, antes que ele conseguisse rasgar o papel, ela segurou o punho dele e disse, firmemente, em mandarim “Não”.

Pulei, pronta para acalmar meu filho, porém, milagrosamente, a reação não foi o choro. Em vez disso, ele abriu um sorriso atrevido, contorceu-se para descer do colo de Winnie e correu para o piano. Bateu seus punhos pequenos no banco de couro acolchoado e deu a ela um olhar suplicante, fazendo-nos gargalhar. Maria murmurou que, talvez, quando ele crescesse, virasse um pianista, e eu apertei a mão dela, genuinamente emocionada. Não era totalmente improvável; Oli tinha demonstrado ter talento de verdade em sua juventude.

Passamos o resto da tarde cantando músicas infantis, enquanto Henri batia o pé e balançava o corpinho conforme o ritmo, primeiro na nossa língua, depois em mandarim, então Maria também nos ensinou algumas em espanhol. Eu estava no temido processo de matrícula da pré-escola. Sabe como é, não, detetive? Mais competitivo que entrar numa faculdade. Quando Henri se esgueirou para Winnie, deitou a bochecha em seu colo e suspirou serenamente, eu pude, pela primeira vez, imaginá-lo caminhando sem a gente.

Foi com essa cena que Oli se deparou ao entrar em casa uma hora inteira antes do esperado. Ele tinha terminado tudo cedo, para variar, e se apressou para casa a fim de me surpreender e nos levar para jantar.

Apresentei Winnie ao meu marido. Ela pegou a mão dele com as duas dela e lhe agradeceu por encaixar seu amigo doente em sua agenda lotada. Ele deu tapinhas paternais no ombro dela e disse: "Estou feliz em ajudar".

Ela juntou suas coisas rapidamente e foi até a porta, sem querer invadir nosso tempo familiar. Entretanto, assim que

Winnie colocou os sapatos, Henri desabou em lágrimas. Ele cambaleou até ela e se fundiu à sua perna.

Tentei tirá-lo, dizendo que a tia Winnie precisava voltar para seu hotel. Que precisava trabalhar. Que viria visitá-lo de novo em breve. Esta última ideia fez Henri soltar um berro tão angustiado que Oli interveio: "Winnie, por que não se junta a nós? Vamos só pegar uma pizza no fim da rua".

Ela hesitou. Eu sabia que ela estava esperando que eu confirmasse o convite de Oli, mas fazia tanto tempo que nós três não saíamos juntos para comer que fiquei dividida.

O grito de Henri aumentou; Oli insistiu.

"Tudo bem", ela disse. "Desde que não esteja invadindo."

"Claro que não", eu disse finalmente.

O jantar foi tão tranquilo quanto poderia ter sido com uma criança à mesa. Henri insistiu em se sentar ao lado de Winnie e expressou sua satisfação ao estragar com entusiasmo seu cardápio de papel com gizes de cera verde e roxo e depois entregar sua obra de arte para ela. Nós engolimos a pizza, escaldando o céu de nossa boca com a muçarela borbulhante. Quando Henri ficou inquieto, peguei o iPad e os fones de ouvido.

Foi só depois de os pratos terem sido tirados, os copos de água terem sido enchidos uma última vez, a conta ter sido colocada ao lado do cotovelo de Oli e de ele ter limpado os lábios com o guardanapo, que ele pigarreou e soltou uma informação tão condenável que cheguei a me perguntar se ele tinha, de fato, planejado convidar Winnie para jantar, sabendo que eu seria obrigada a controlar minha reação.

Até então, nossa conversa tinha sido inofensiva, variando de aumento de preços de casas à piora do trânsito, o que tinha, naturalmente, levado Oli a lamentar seu trajeto horrível.

"Sabe", ele começou a falar. "Posso ter encontrado uma solução."

"É?", disse Winnie.

"É?", eu disse.

Aparentemente, um dos colegas de Oli tinha oferecido a ele um pequeno apartamento na California Avenue para alugar, a dez minutos do hospital. O lugar estava vazio há meses, então fizeram um acordo com ele.

Meu sorriso enrijeceu os cantos de minha boca. "Você vai morar em Palo Alto?"

"A California Avenue é uma boa rua", disse Winnie.

Oli evitou meus olhos. "Pensei que poderíamos fazer essa tentativa. Só durante a semana. E quando eu tiver que trabalhar aos fins de semana."

"Faz sentido", Winnie disse. "Qual é aquele lugar com um brunch ótimo com a fila bem comprida?"

"Joanie's", respondeu Oli, "apesar de eu ter ficado sabendo que a qualidade diminuiu."

"Faz sentido?", perguntei, ainda sorrindo como uma boba. "Deixar sua esposa sozinha com seu filho de dois anos, ainda pequeno e agitado?"

Oli falou lenta e calmamente, como ele fazia quando repreendia o mencionado filho de dois anos.

"Nossa, Ava. Conversamos sobre isso antes de eu aceitar o emprego."

"Conversamos sobre um dia nos mudarmos *em família*."

"Sim, e o que devo fazer nesse meio-tempo?"

"Nesse meio-tempo, você faz sacrifícios porque é isso que é o melhor *para a família*."

A expressão dele ficou rabugenta. "Por que me incentivou a dizer sim?"

Virei para encará-lo para que ele pudesse absorver meu olhar de incredulidade. "Porque é seu emprego dos sonhos. Porque é isso que bons cônjuges fazem: apoiam um ao outro, ajudam o outro a se sobressair."

Falei que eu estava perfeitamente feliz onde estava.

Arranquei meu guardanapo que estava sobre o colo e o joguei na mesa. Winnie prendeu a respiração. Até Henri olhou por cima do iPad. Os fones de ouvidos grandes demais estavam pendurados em sua mandíbula como orelhas do Snoopy.

"Certo. Podemos conversar sobre isso em casa." Afastei minha cadeira arrastando de propósito as pernas pelo chão, saboreando o barulho alto ensurdecedor.

Oli jogou um monte de notas de vinte na mesa, habilmente empurrando a mão de Winnie quando ela tentou adicionar dinheiro à pilha. Sem avisar, ele tirou Henri de seu cadeirão e, imediatamente, a criança começou a chorar.

Do lado de fora do restaurante, Winnie acariciou a bochecha de Henri, provocando um gemido desesperado. Ela acenou para um táxi passando ali perto e, quando me abraçou, apertou meus ombros e sussurrou, bem no meu ouvido "Me ligue".

Um calor percorreu meu rosto. Não conseguia acreditar que tinha permitido que ela testemunhasse toda aquela cena. Quando ela foi embora, parti para cima de Oli, furiosa. Por que ele tinha que fazer isso na frente da minha amiga? Como ele pôde me humilhar assim?

Ele disse, atrapalhado, "Não pensei mesmo que você ficaria tão brava."

Me virei e marchei de volta para a casa, deixando-o para carregar Henri, o carrinho e a bolsa de brinquedos.

♦♦♦

Eu sei o que vai dizer, detetive. O que estava me segurando de fazer as malas e me mudar para a Península com meu marido? Afinal de contas, estou bem ansiosa para fazer isso agora.

Um grande motivo era Maria. Havíamos tido três outras babás antes de a encontrarmos e, sei que é clichê, mas ela realmente fazia parte da família. No tempo em que esteve conosco, só ficou doente uma vez — um caso terrível de intoxicação alimentar — e nunca vou me esquecer de como Henri desabou quando contei a ele que ela não viria naquele dia. Ele chorou tanto que começou a hiperventilar, seu pequenino tórax arfando como os foles de um acordeom. Eu não conseguia acalmá-lo. Gritei no telefone para Oli que nosso filho não parava de chorar, que seus lábios estavam ficando roxos, que ele tinha desmaiado. Irritantemente calmo, Oli me disse para não entrar em pânico e ligar para a emergência se ele não voltasse em um minuto. Henri acordou logo depois disso, mas o terror ainda está bem fresco, a ponto de fazer minha pulsação acelerar.

Eu pensava em Maria como uma parente de verdade. Ela estava comigo na tarde em que meu pai ligou para me contar sobre minha mãe. Eu não conseguia entender o que ele estava dizendo por causa do choro descontrolado. Ele repetiu que ela estava morta e, então, desligou abruptamente o telefone para ligar para o meu irmão. Quando Maria entrou na cozinha, me encontrou parada ao lado da pia, a torneira ainda totalmente aberta, atacando a peneira de morangos. Perguntei a ela se era possível eu ter entendido meu pai errado. Ela me segurou em seus braços fortes e enérgicos, me colocou na cama e me disse com firmeza que a única coisa que eu tinha que fazer naquele momento era sentir o luto; ela cuidaria de todo o resto. Horas mais tarde, olhei pela janela para o quintal e a vi se ajoelhando ao lado de Henri, a cabeça deles se tocando e, juntos, soltando um balão amarelo no céu.

Havia mais um motivo que me impedia de fazer a mudança: meu orgulho tolo. Aqui, em São Francisco, rodeada por contatos profissionais e antigos colegas, eu era uma advogada com uma licença-maternidade estendida, um período *sabático* — um conceito que havia, recentemente, ultrapassado as paredes da academia e infiltrado a vida corporativa. Nos últimos dois anos, conhecidos haviam tirado meses de licenças pagas para viajar o mundo, se voluntariar em reservas de vida selvagem, meditar em retiros. Aqui em São Francisco, eu poderia dizer a mim mesma que não era tão diferente deles.

No entanto, desde o falecimento de minha mãe, eu tivera cada vez mais certeza de que nunca mais conseguiria voltar para o direito tributável e para a tirania de horas faturáveis, um pensamento que me assustava tanto que não o mencionava a ninguém. Sabe, na minha família, havia apenas alguns caminhos aceitáveis: Direito, Medicina e Engenharia. Direito era o que eu desgostava menos. Desde o início, eu sabia qual seria a minha sorte: ser boa o suficiente em meu trabalho e tolerá-lo até a aposentadoria.

Isso deve parecer tão bobo para você, detetive. Você queria ser da Polícia desde que era uma garotinha? Ah, seu pai era detetive. Aposto que ele te falou que poderia ser o que quisesse, independentemente do seu gênero.

Acho que não consigo compreender esse nível de liberdade. Mesmo aos 37 anos, ainda estava obcecada com o que minha pobre mãe teria a dizer se ela tivesse vivido para ver que eu estava me tornando professora de yoga ou designer de interiores ou confeiteira — não que alguma dessas coisas fossem minha verdadeira paixão, o que só enfatizava o absurdo da minha crise. Não havia mais nada que eu quisesse fazer!

Então, o que falei para Oli? Absolutamente nada. Mais do que tudo, temia a reprovação dele.

Tenho uma história que vai explicar o que quero dizer: logo que saí da faculdade de Direito de Berkeley, entrei para um grande escritório e passei o ano trabalhando quase que exclusivamente com um sócio horrível. Seu nome era Vince Garibaldi. Falava alto, suava muito, era cruel, um tirano mesquinho que jogou seu peso de papel de vidro jateado com formato de pirâmide no chão e nos xingou de otários quando cometemos um erro. Eu vivia constantemente com medo de ser demitida.

Quando não estava gritando comigo, Garibaldi amava reclamar de sua ex-esposa. Como ele, ela tinha sido uma advogada bem-sucedida, porém parou de trabalhar quando eles tiveram seu terceiro filho, e isso, ele afirmava, foi o início do fim. Ela passou de uma mulher curiosa e crítica para outra isolada e maçante. Ela não conseguia continuar uma conversa que não girasse em torno de algo que as crianças falaram ou fizeram. Agora, se ele não tivesse sido meu chefe, eu teria destacado que ele deveria ter pensado melhor em quem iria cuidar dos filhos antes de ter tantos. Mas parte de mim, sinto muito em dizer, entendia o que ele estava querendo dizer. Na época, Oli e eu tínhamos acabado de começar a namorar, e eu amava como combinávamos bem em todos os sentidos — o mesmo currículo brilhante, o mesmo tipo de emprego exigente e de prestígio. Um poderoso casal em treinamento. Na festa de fim de ano de seu departamento daquele ano, quando o mentor dele perguntou como estávamos lidando com a agenda cansativa de reuniões de Oli, ele sorriu com orgulho e disse "As horas de Ava são ainda piores do que as minhas".

O que Oli pensaria se eu quisesse desistir da minha carreira para, não sei, escrever livros de receita? Seguir meu marido para a Península era um passo a mais e perigoso para se tornar uma dona de casa entediante.

Agora, olhando para trás, vejo todas as coisas em que errei, todas as minhas ideias preconceituosas e suposições equivocadas. Sim, Maria era uma babá fantástica, extremamente competente e totalmente atenciosa, mas eu estava tão convencida de minhas próprias deficiências maternas que a colocava em um pedestal, certa de que ela, sozinha, poderia garantir o bem-estar de meu filho.

E do mesmo jeito que eu havia me subestimado, subestimei meu marido. Ele queria que eu fosse uma advogada poderosa e bem-sucedida porque foi isso que eu tinha dito que queria. Como você sabe, desde então, eu jogo limpo com ele sobre, bem, tudo, e por mais que ele vá precisar de um tempo para digerir isso tudo, há uma coisa da qual tenho certeza: eu permanecer ou não no Direito tem zero influência sobre onde vamos a partir daqui.

Mas me empolguei. Chega de mim. Estamos aqui para falar de Winnie.

3

Apesar do pedido de Winnie, não liguei para ela depois daquele jantar humilhante. Em vez disso, me afundei na minha miséria, visualizando cenários ainda mais terríveis. Minha imaginação ficou descontrolada. Bem pior, percebi, do que Oli se envolvendo em um caso com uma enfermeira novinha era ele descobrir que não sentia minha falta, que estava perfeitamente satisfeito sozinho.

Tentei me fazer de corajosa. Mergulhei nas inscrições de pré-escola de Henri, que eram para aquela semana. Expliquei repetidamente por que aquela pré-escola era uma boa escolha para o meu filho (e você sabe muito bem tanto quanto eu que *porque é uma distância a pé de nossa casa* não iria colar). Expus as filosofias da minha maternidade, sonhos e esperanças detalhadas para o início da educação do meu filho, desenrolei uma longa lista das características marcantes dele. *Aficionado por música clássica para piano. Carinhoso e gentil com os cachorros do bairro.*

À noite eu me apertava na cama nova de Henri porque era o único jeito de fazê-lo parar de chorar por seu papai

— e também, vamos ser sinceras, fazia eu me sentir melhor. Inúmeras vezes, escrevi a mesma mensagem para Carla e Joanne, mas nunca enviei. Até escrever as palavras *Acho que Oli vai me deixar* parecia arriscado, como se eu pudesse, de alguma forma, escrever a realidade. Em resumo, eu estava absoluta e totalmente péssima.

Foi aí, em meu momento mais vulnerável, que Winnie sentiu uma oportunidade de fazer negócios. Até aquele ponto, seu principal objetivo tinha sido assegurar a ajuda de Oli para seu amigo doente, Boss Mak. (Sim, todo mundo o chama assim.) Mas, sentindo que ela poderia se aproveitar do meu estado frágil (e do meu conhecimento em Direito Tributário), ela expandiu suas ambições em me recrutar para o esquema.

Naquela manhã cinzenta de janeiro, ela ligou para ver como eu estava.

"Não, sério, como você está?", ela perguntou, sua voz cheia de boas intenções.

O fio desgastado dentro de mim se partiu. Lágrimas escorreram de meus olhos.

"Ava?", ela chamou baixinho. "Você está aí?"

Lutei para estabilizar minha voz. "Sim." Uma única sílaba me beliscou com tanta força que desisti de qualquer esperança de enganá-la.

"Você está bem?"

"Não."

Por um tempo, ela simplesmente ficou me ouvindo enquanto eu engolia ar, tentando me recompor.

Então, ela declarou: "Ele vai detestar tanto morar sozinho que não vai durar um mês."

Por algum motivo, isso me fez rir. "Ele assinou um contrato de aluguel de seis meses."

"Que seja. Ainda não acho que ele vá durar mais do que duas semanas. Homens são muito perdidos sozinhos."

"Ele está gastando dinheiro que não temos."

A pausa que seguiu me disse que isso a surpreendeu — cirurgia de transplante é uma das especialidades médicas mais bem remuneradas —, mas ainda estávamos pagando financiamentos do mestrado, da casa, a Maria.

E completei "Mas o que posso dizer? Não ganho um centavo."

Acredito que foi aí que Winnie enxergou uma abertura. Ela anunciou que iria me levar para almoçar. Naturalmente, falei que não estava a fim. Ela insistiu mesmo assim.

♦♦♦

The Rotunda, o restaurante no último andar de Neiman Marcus, estava cheio de turistas com tênis de marca, com uma parede de sacolas de compras ao lado de suas cadeiras, e senhoras desocupadas, verificando o batom em espelhinhos compactos dourados. Winnie ainda não tinha chegado. Eu estava sentada em uma mesinha redonda ao lado de uma mulher branca que deveria ter seus oitenta anos. O corte bob platinado, a maquiagem pesada e o terninho Chanel não conseguiam disfarçar sua forma enrugada. Ela estava sentada sozinha diante de um prato de vegetais e um martini, e todos os garçons bronzeados e sarados se dirigiam a ela pelo nome. Pelo jeito como ela flertava com eles, dava para ver que ela tinha sido linda. Observei, maravilhada, enquanto ela cortava um quadrado pequeno de salsão, o mergulhava em um ramequim de molho ranch e mastigava como se fosse filé mignon.

Winnie chegou com sua Birkin azul-turquesa em uma mão e uma grande sacola de compras prateada na outra — uma coisa que precisava devolver, ela disse.

Mordiscamos popovers aquecidos de entrada enquanto esperávamos nossas saladas.

Winnie deu um gole na água gelada e disse "Um pouco de independência em um casamento não é necessariamente ruim".

Brinquei com a prataria pesada. "É, sim, quando a independência só se aplica a um dos dois."

Ela baixou a voz. "Você tem sua própria conta bancária?"

Meus dedos se agitaram involuntariamente, batendo minha faca no meu prato de pão. "O quê? Não estamos nem perto desse ponto."

"Certo", ela disse rápido. "Claro que não."

Nossas saladas chegaram, e mudei de assunto. "O que vai devolver?"

"Ah, isto." Ela olhou para sua sacola de compras. "Uma bolsa Celine que realmente não preciso."

Dei um assobio baixo e admiti que nunca entendi a atração por bolsas tão caras.

"São um desperdício de dinheiro", ela concordou alegremente. "Desde que os conglomerados globais compraram as marcas dos herdeiros, os preços sobem e a qualidade diminui."

"Então por que as pessoas continuam comprando?"

"Pelo mesmo motivo que seus pais pagaram Stanford quando você poderia ter ido para uma faculdade estadual."

Eu discordei. Minha graduação tinha me levado a uma faculdade de Direito excelente, e depois para um escritório excelente.

Ela, gentilmente, se conteve para não comentar quanto tempo fazia que eu tinha trabalhado na área. Ela disse: "A questão é que são símbolos de status. Um diploma de Harvard não é tão diferente de uma bolsa de marca. Ambos sinalizam que você faz parte do clube, eles abrem portas".

"Então o que está dizendo é que estamos todos sendo extorquidos."

Ela deu de ombros. "Algumas pessoas gostam mesmo de clubes." Ela ergueu a sacola de compras. "Mas eu? Vou devolver isto e tomar uma posição."

Moldei minhas mãos em um megafone e o mirei para a sala de jantar arejada, dizendo, "Atenção, atenção, compradores do Neiman Marcus, vocês todos foram enganados", enquanto Winnie revirava os olhos de forma provocativa.

Quando veio a conta, ela a pegou.

Eu disse: "Não seja ridícula", alto demais. "Posso pagar uma maldita salada."

A senhora na mesa vizinha nos olhou por cima de sua taça de martini.

Winnie perguntou resolutamente: "Está gostando do seu almoço?".

"Ah, sim", a mulher disse. "Venho aqui toda terça-feira nos últimos quinze anos." Ela tentou sorrir, porém seus músculos faciais paralisados quimicamente só conseguiram formar uma careta. Ainda para Winnie, ela comentou: "Já te vi aqui. Você também deve vir sempre".

"Não", Winnie respondeu. "Eu não moro em São Francisco."

"Ah, então devo ter te confundido com outra pessoa. Há tantos orientais por aqui, e todos eles gastam, gastam, gastam." Ela olhou especificamente para a Birkin de Winnie.

Me afundei na cadeira, horrorizada, mas Winnie permaneceu composta. Ela bebeu o último gole de seu *espresso* e disse: "Há mais de um bilhão de nós. Estamos em todo lugar. Tenha um bom dia".

A caminho da saída do restaurante, balancei a cabeça para Winnie, ainda indignada.

Ela disse, "Idosos são racistas. Meus pais falam coisas assim o tempo todo e são muito mais jovens do que ela".

A magnanimidade dela me irritou. De repente, era de suma importância que Winnie ficasse do meu lado.

"Mas aquela palavra que ela usou... não tem desculpa. Somos pessoas, não tapetes. E qual é o direito dela de julgar como você gasta seu dinheiro? Ela não sabe nada sobre você."

Winnie deu risada. "Vocês, americanos asiáticos, são tão sensíveis. Nós, chineses, sabemos que o mundo nos menospreza, mas não nos importamos! Precisa só de algumas gerações para novos ricos se tornarem velhos ricos, não estou certa?"

Ela saiu da escada rolante e liderou o caminho para o departamento de bolsas, parando no caixa. Ela colocou sua sacola de compras no balcão de vidro, e uma vendedora branca pequenina com um corte de cabelo de pajem e lábios vermelhos se aproximou apressada. "Sra. Lewis, está de volta à cidade."

Claramente, ela tinha confundido Winnie com alguma outra oriental rica, mas, em vez de corrigi-la, Winnie disse: "Deirdre, oi, esperava que você estivesse trabalhando hoje". Ela pegou um objeto quadrado embrulhado em uma sacola de tecido cru estampada com a palavra *CELINE*. Ela continuou: "Minha sogra disse que a cor é muito brilhante. Ela não ousa carregá-la".

Lancei um olhar confuso para Winnie. Ela era divorciada há anos e nunca mencionou seu ex-marido, muito menos sua ex-sogra. Elas mantinham mesmo contato? Quanto tinham que ser íntimas para garantir um presente tão extravagante? A expressão tranquila de Winnie não revelava nada.

Dentro da sacola de tecido tinha uma boxy tote minimalista — a Luggage Tote, depois fiquei sabendo — em azul-royal, um pigmento tão brilhante e saturado que era como olhar fixamente para o único objeto colorido em um mundo preto e branco.

Winnie deslizou um recibo pelo balcão, e apertei os olhos para enxergar os números. Três mil, cento e quarenta e seis dólares.

"Ah, que pena", a vendedora disse. "Mas sabíamos que era um risco."

"Tentei convencê-la", Winnie falou, virando a palma das mãos para cima. "Vamos preferir trocá-la por preta."

"Ah, querida", lamentou Deirdre. "Não mencionei? Estamos sem a preta. A empresa inteira está sem."

"Ah, não", disse Winnie.

"Sinto muito."

"É minha culpa."

Analisei a expressão de minha amiga, tentando entender as muitas reviravoltas da conversa.

"Bem", disse Winnie, "acho que terei que devolver esta."

"Claro, minha querida." Deirdre digitou rapidamente na caixa registradora e escaneou o código de barras da etiqueta. "Vai voltar tudo para o seu Amex."

"Obrigada", Winnie disse, dando tapinhas na mão manchada do sol da vendedora.

"Volte e venha nos visitar logo."

Winnie se virou e seguiu para a saída. Eu a segui bem de perto.

"Lewis?", perguntei.

Ela respondeu: "Por um tempo".

"E você compra presentes supercaros para sua ex-sogra?"

"É melhor ter uma história."

"Melhor para quê? Do que está falando?"

Do lado de fora, na calçada, Winnie parou e se apoiou em uma parede, me puxando junto com ela. Quando ela falou em seguida, sua voz estava tão baixa que o trânsito quase a engoliu. Me inclinei até meu cabelo encostar nos lábios dela.

"Lembra que te contei que estou na produção de bolsas?"

Assenti.

"Trabalho com um tipo específico de bolsa. Réplicas de bolsas de grife."

"O que isso significa? Imitações?"

Ela gesticulou para eu falar baixo e ergueu sua Birkin. "Quanto você acha que custa isto?"

Duas adolescentes asiáticas diminuíram o passo e encararam descaradamente a bolsa. Winnie pegou meu braço e me puxou pela esquina para uma cafeteria pequena e sombria.

"Quanto?", ela perguntou de novo. Ela se sentou a uma das mesas que pareciam oleosas, o mais longe possível do único outro cliente, um idoso com chapéu, lendo o jornal.

Lancei um número extremamente improvável. "Não sei, dez mil?"

"Claro", ela disse. "Se eu a comprasse na Hermès no fim da rua, teria sido quase doze, incluindo taxas. Isto é, se eu conseguisse, de alguma forma, convencê-los a me vender uma — porque eles dizem que nunca têm no estoque."

"Então onde você a comprou?"

Ela me deu um sorriso que escondia seus dentes, me convidando a passar os dedos no couro granulado flexível, no brilhante dourado duro com as palavras *Hermès-Paris*, no carimbo *Made in France*, no cadeado minúsculo com um H impresso. Ela me deixou analisar cada detalhe antes de responder.

"Esta é de Guangzhou, a capital do mundo de réplicas de bolsas de grife."

"Parece muito boa", eu disse, apesar de, na época, eu não fazer ideia de que estava olhando para o *crème de la crème* das réplicas, o que é como a primeira linha. Melhor do que AAA e só um A. (Até a indústria de réplica de bolsa sofre com inflação.)

Eu estava perdendo a paciência. "O que isso tem a ver com Neiman Marcus?"

De novo, ali estava aquele sorriso enigmático. "O que você acha?"

"Acho que você importa bolsas falsas da China e as vende com lucro."

Ela grunhiu, com desgosto. "Todo mundo faz isso. Onde está a criatividade? Onde está a inovação?"

Não me incomodei em corrigi-la. "Então me conte o seu brilhante modelo de negócio."

Seus olhos brilharam como os do meu filho quando ele está prestes a derrubar sua tigela de cereal no chão. "O que eu fiz lá dentro?" Ela apontou seu polegar vagamente na direção da loja de departamento. "Você não assistiu a tudo?"

Então, percebi. A linda bolsa azul-royal era falsa. Ela tinha devolvido uma imitação para a loja de departamento mais exclusiva do mundo e embolsou os mais de três mil dólares.

"O que fez com a verdadeira?"

"Vendi no eBay na semana passada."

Como reagi? Fiquei furiosa. Muito mais do que eu teria imaginado. Meu corpo inteiro queimou. Meus poros exalaram suor. Não consegui suportar olhar para a expressão tranquila de Winnie. De uma vez só, entendi como Joanne deve ter se sentido na época do primeiro ano, socando a parede e amaldiçoando a injustiça de tudo.

Falei, atrapalhada, algo como "Mas isso é roubo!".

Winnie ficou impassível. "E quanto a vender uma bolsa por dez vezes mais do que custa para fabricá-la. Isso não é roubo?"

"Nem um pouco. Ninguém está segurando uma arma na sua cabeça, obrigando você a comprar uma."

"E quanto a produzir uma bolsa inteira na China, exceto a alça, e depois gravar na alça em alto-relevo *Made in Italy*?"

"Como assim? Nem é aqui nem lá."

"E quanto a obrigar pessoas a trabalhar por horas sem pausas para o banheiro? Explorando-as por cada centavo e, então, se virando e vendendo o trabalho manual delas por milhares?"

"O que está tentando dizer? Muitas pessoas fazem coisas horríveis, isso ainda não torna correto o que você está fazendo."

Ela disse: "Estou somente sugerindo que todos nós nos fixamos em certos tipos de roubo, enquanto, deliberadamente, ignoramos outros".

Um jovem de avental sujo se aproximou e informou: "Sinto muito, as mesas são apenas para clientes".

"Vou querer um *espresso* duplo", Winnie falou, ao mesmo tempo em que eu respondi: "Não se preocupe, estamos indo embora".

Confuso, ele recuou.

"Ava, não vá", Winnie pediu. "Aquelas marcas luxuosas, elas são as vilãs. Nós estamos do mesmo lado aqui." Ela prendeu minha mão como fez com a vendedora, como se tivesse lido em algum manual que um toque firme no momento certo pudesse enfraquecer a determinação de uma pessoa.

"Você é nojenta", eu disse antes de sair pela porta.

Por que a confissão dela me enfureceu tanto? Por que eu tinha me incomodado em tentar discutir com ela? Havíamos acabado de nos reconectar, e eu não devia nada a ela. Ainda assim, conforme descia correndo pela calçada, a conversa continuou na minha cabeça, nossos respectivos argumentos se empilhando como uma torre de blocos de madeira. E o que me perturbava mais era a sua extrema falta de vergonha, a sua certeza de que eu seria receptiva às ideias dela.

Pensando melhor, vejo que isso foi tudo parte da estratégia dela: ao não esconder nada, ela me obrigou a pensar na possibilidade de ela não ter mais nada a esconder.

Peguei meu Lyft no fim da rua. Seguramente abrigada no banco traseiro, baixei a cabeça e massageei minhas têmporas doloridas.

A motorista perguntou se a temperatura estava boa na minha parte do carro. Uma argola de ouro perfurava seu nariz delicado e esnobe.

"Sim."

Ela aumentou o volume do rádio e uma balada pop de uma década atrás preencheu o carro. Ela cantou junto com uma voz doce e ofegante. "*I keep bleeding, keep, keep bleeding love.*" Ela olhou para mim no espelho retrovisor. "Amo esta música."

Eu sempre achei que a letra era "*keep breathing, keep, keep breathing*", e contei isso a ela.

"*I keep breathing love*? O que isso ia querer dizer?"

Olhei para fora pela janela. Uma idosa chinesa corcunda empurrava lentamente pela calçada um carrinho de compras cheio de caixas de papelão desmontadas.

"Nada", eu disse. "Não faz absolutamente nenhum sentido."

4

Fizemos um acordo, você e eu, pode ficar tranquila, detetive, que vou contar tudo o que sei. Mas não importa quantas vezes você refaça a pergunta, minha resposta nunca vai mudar. Não faço ideia de onde ela está. As contas de e-mail e WhatsApp dela sumiram. O celular foi desconectado. E, como já falei, pode esquecer rede social: ela guardava sua privacidade a sete chaves.

Imagino que tenha pousado em um daqueles países que não extraditam para os EUA: Marrocos, Indonésia ou Qatar. Não é isso que você faria no lugar dela?

Winnie não tinha muitos amigos, nem aqui nem na China. Tinha vários sócios nos negócios e alguns antigos amores e, claro, tinha Mak Yiu Fai — Boss Mak — que tinha pertencido a essas três categorias em muitos momentos da vida. Como você, sem dúvida, sabe, Boss Mak é dono de uma das mais conceituadas operações de fabricação de bolsas em toda Guangdong. A qualidade do acabamento das fábricas dele lhe rendeu contratos com todas as grandes marcas de grife que se estendem a caminhos extremos a fim de esconder o fato de que fabricam na China: as Pradas, Guccis e Louis Vuittons. (Uma decepção cada vez maior, aliás: há tantos locais precários de trabalho na Itália quanto há instalações de última geração na China.)

Winnie me contou que ela tinha conhecido Boss Mak em Shenzhen, totalmente por acaso, quando estava de férias com sua prima e alguns amigos dessa prima. Isso foi três anos antes, logo depois da eleição de 2016, o que a incentivou a pensar em mudar de volta para a China. Até então, ela tinha se casado, recebido seu green card e se divorciado, e disse que, se fosse viver no governo de um autocrata, poderia muito bem ser o de seu país natal.

Após um longo dia de compras, Winnie e o grupo fizeram uma refeição em um restaurante de um dos grandes hotéis internacionais. Foi então que Boss Mak entrou sozinho. Alto e esguio, com cabelo platinado e um bigode bem aparado, vestido em um terno de corte fino de linho, Winnie o enxergava como o auge da sofisticação. Ele tinha sessenta e sete anos — a mesma idade de minha mãe, dois anos mais velho do que ela.

A recepcionista colocou Boss Mak na mesa vizinha, e ele não recusou, embora estivesse claro que as mulheres estavam em um clima barulhento e festivo. Elas tinham espalhado suas compras entre os pratos usados: Neverfulls da Louis Vuitton, PMs da Goyard e Flap Bags da Chanel — todas falsas, lógico. Aquele tinha sido o principal objetivo da reunião. Winnie era a única que não tinha comprado nada. Na verdade, ela me disse que tinha ido junto apenas para fugir do apartamento claustrofóbico de seus pais.

Por acaso, seu lugar na mesa era o mais próximo de Boss Mak, perto o suficiente para observar o manejo habilidoso dele com a faca e o garfo enquanto cortava a carne de porco, a maneira fina como mastigava com a boca fechada entre goles de uísque japonês.

Quando Boss Mak viu que ela o estava observando, ele perguntou o que ela havia comprado naquele dia.

"Nada", ela disse. Ergueu a tote que sempre carregava, feita de náilon preto resistente, comprada em uma promoção qualquer na Macy's, e completou "Uma bolsa é uma bolsa e só isso".

Essa é a questão em se tratando de Winnie: ela não comprava coisas que estavam em alta. Não dava a mínima para moda e *status*. Quando ela entrava no jogo de falsificações, ela carregava aquelas bolsas absurdamente caras e colocava aquelas joias chamativas como uma aeromoça veste uma meia-calça cor da pele por obrigação. Simplesmente fazia parte do uniforme, e ela faria qualquer coisa para aumentar os lucros. Esse foco e esse pragmatismo singulares são a razão do seu sucesso.

Naquela noite no restaurante, Boss Mak pagou a conta da mesa inteira de Winnie. Uma das mulheres anunciou que iriam a um bar com karaokê e o convidaram para ir junto. Ele recusou, e Winnie também, e a prima e suas amigas, todas elas casadas ou, no mínimo, noivas, trocaram sorrisos maliciosos e saíram sem eles. Boss Mak e Winnie seguiram para o bar do hotel e, depois, para a suíte dele.

Três dias depois, quando ela voltou para Xiamen, chegou uma encomenda no apartamento dos pais dela com uma sacola de compras laranja rígida, grande o suficiente para esconder um filhote de cachorro. Dentro dela, havia uma réplica da Birkin 25 mais recente em rosa-cereja com um cartão escrito à mão:

Uma bolsa é uma bolsa e só isso, mas somente uma Birkin é uma Birkin. (Não se preocupe, esta é uma réplica. Não sou tão sem noção.)

A mensagem era esperta, mas o presente, em sua feminilidade excessiva e pura frivolidade, fez Winnie se encolher. Mais tarde, ela me contaria que aquela viagem para Shenzhen tinha lhe dado uma janela para o seu futuro na volta para casa, e ela abominou o que viu. Quando insisti, ela explicou que não tinha nada em comum com sua prima e aquelas mulheres. Ah, elas eram muito agradáveis, mas tudo com o que elas realmente se importavam era em ganhar dinheiro suficiente para comprar roupas de grife e, eventualmente, enviar seus filhos para universidades de excelência. E os homens eram ainda piores.

"Mas você e Boss Mak tinham uma conexão de verdade", eu disse.

"Justamente!", ela respondeu. "Era só o que eu tinha para ansiar: me tornar a amante de um velho casado. Além disso, pude ver imediatamente que ele era um bêbado."

(Ao longo da noite que passaram juntos, ele tinha, metodicamente, esvaziado o minibar.)

Deixando de lado a Birkin falsa, naquele exato momento, Winnie tomou a decisão de permanecer nos EUA. Comprou uma passagem de ida para o LAX, determinada a construir uma vida nova longe de Charlottesville, Virgínia, e do ex-marido Bertrand Lewis. (Sim, exatamente o mesmo homem que tinha sido casado com sua falecida tia, mas essa é praticamente outra história, detetive. Vou chegar lá.)

Winnie sabia que teria de ser cuidadosa com dinheiro em uma cidade cara como Los Angeles. Mudou-se para um apartamento tipo estúdio em um prédio desgastado pelo tempo por estudantes universitários e comprou um Kia Sportage usado que chacoalhava como uma lata quicando na estrada. Armada com um currículo falsificado afirmando que ela havia se formado em Stanford em 2004, junto com todas nós, ela presumiu que seria rápido encontrar uma vaga júnior em marketing, comunicação ou vendas. Enviou seu currículo para vinte e duas empresas e não conseguiu uma única entrevista. Então ampliou sua rede, candidatando-se a cargos de professora de chinês. Até tentou ser contratada como babá depois que uma menina xangainesa, empurrando um carrinho de bebê duplo, revelou o quanto ganhava. Quando nada deu certo, Winnie começou a entrar em pânico.

Um dia, muitos meses depois de sua chegada, ela acabou passando por uma loja de penhores, incongruentemente localizada a algumas quadras do Rodeo Drive. Estava escrito Beverly Loan Company na placa acima do toldo verde-escuro, tão intimidantemente chique quanto qualquer boutique de grife. Seu olhar pairou na réplica da Birkin rosa-cereja de Boss Mak no banco do passageiro. Mesmo sem a caixa original e a sacola de tecido, ela saiu com um cheque que, facilmente, cobriria o aluguel daquele mês e, mais importante, as sementes de uma nova aventura.

De volta ao seu apartamento, ela ligou para Boss Mak em busca de orientação. Ele adorou tanto a ideia que se ofereceu para cobrir os custos iniciais. Foi assim que ele se tornou o primeiro investidor do negócio dela.

No dia seguinte, uma escola integral chinesa em Culver City ligou para oferecer um emprego a ela como professora de jardim de infância. Imaginando que deveria proteger suas apostas, Winnie aceitou imediatamente.

♦♦♦

No início, o negócio era uma operação de uma pessoa só. Ela criou uma quantidade enorme de cartões de crédito sob nomes um pouco diferentes para espalhar suas compras e seus estornos subsequentes: Winnie Fang Lewis, Winnie Wenyi Fang, Winnie WY Lewis. Então, ela foi às compras. Neiman's, Saks, Nordstrom, Bloomingdale's. Ela começou com uma bolsa clássica grande, a Longchamp Le Pliage. Sabe de qual estou falando? Tenho certeza de que você a reconheceria. É aquela de náilon frágil que se dobra formando um pequeno quadrado. Existe em basicamente toda cor em que consiga pensar, do violeta ao abacate até o pêssego, e é assustadoramente fácil de copiar. Na verdade, se você ficar do lado de fora na rua por, mais ou menos, uma hora, aposto que meia dúzia, falsas e verdadeiras, vão passar por você. Naqueles dias iniciais, Winnie andava com tantas dessas bolsas que agendou carregamentos mensais da China, certa de que colocaria todas em uso.

Da Longchamp ela passou para a clássica Louis Vuitton com estampa de monograma, as Speedys, Noés e Almas. Então para Prada, Gucci, Chanel, Dior. Em um ano, ela havia acumulado um pequeno exército de compradores que surgiram pelo país, adquirindo bolsas de luxo como se fossem meias.

Você já sabe onde ela encontrou essas jovens asiáticas: on-line, naqueles fóruns para fanáticos por bolsa e, depois, por meio de referências pessoais, sempre cuidadosa em esconder sua identidade.

O trabalho era mais exaustivo do que parece. Ela voava para lá e para cá entre Guangzhou e Los Angeles, examinando pessoalmente cada unidade, pechinchando cada centavo.

Depois de ter adquirido os estilos clássicos, ela passou a focar nas bolsas mais exclusivas, portanto mais lucrativas, nas sazonais e até em edições limitadas, o que exigia um nível de fornecedor totalmente diferente.

Então, com um ano e meio de vida como uma empresária internacional, com uma receita mensal declarada de cem mil, seu pedido de cidadania americana foi aceito, mantendo-a nos EUA até as entrevistas requisitadas e os compromissos serem finalizados. De novo, ela se apoiou em Boss Mak. Com a rede de contatos extensa que possuía, ele poderia, facilmente, procurar fabricantes de falsificação de qualidade e construir novos relacionamentos, e provavelmente teria feito isso de graça se Winnie não tivesse insistido em pagá-lo uma pequena comissão.

Esse acordo funcionou bem até o dia em que ele apareceu para uma reunião falando enrolado e totalmente confuso sobre onde estava. Foi levado ao hospital, onde sua esposa contaria ao médico que, pensando bem, os brancos dos olhos de seu marido estavam amarelados há semanas.

Por dez dias, Winnie não conseguiu entrar em contato com Boss Mak. Seu carregamento atrasou, fazendo-a perder os prazos de devolução para muitas bolsas caras, cortando seus lucros. Tudo seria perdoado quando ela soube que Boss Mak tinha sido internado por falência no fígado, mas isso não fez os problemas dela desaparecerem.

Sem um contato local confiável, ela precisou fazer tudo remoto, estudando fotografias em alta resolução de todos os ângulos, atendendo telefonemas tarde da noite. Mas, independentemente de quão pesado ela trabalhasse, a qualidade das bolsas que chegavam se deteriorou, mesmo de fornecedores antes confiáveis, e os preços continuaram a subir. Ficou claro que, se ela não encontrasse um mensageiro para enviar para Guangzhou em seu nome, ela teria que fechar o negócio todo, talvez até voltar a dar aulas para aqueles pirralhos bilíngues. (Palavras dela, não minhas.)

Quando ela apareceu na cafeteria do meu bairro, seu desespero tinha chegado à altura do Burj Khalifa. Então, imagine o espanto e o prazer dela ao descobrir que eu poderia, na verdade, ser a solução para *ambos* os problemas.

♦♦♦

Muitos dias após o fiasco da Neiman, Winnie me ligou para se desculpar. Falou que não estava pensando direito. Lidar remotamente com Guangzhou era uma dor de cabeça tão gigantesca que ela tinha ficado estressada. Contou que estava prestes a pagar caríssimo por um carregamento praticamente invisível. "Você deixou claro seu ponto de vista", ela disse, "então essa é a última coisa que vou falar sobre trabalho. Mas, Ava, quero que saiba que adorei passar um tempo com você e Henri. Espero que possamos continuar amigas."

Eu ainda estava brava, e disse isso a ela. Ela falou que entendia e que não iria me incomodar de novo.

Como eu queria que esse fosse o fim da história. Como eu queria ter terminado essa conversa e a deixado desaparecer da minha vida. Talvez se eu não estivesse tão ansiosa quanto ao meu casamento, o meu filho, a minha carreira fracassada — ou se ela tivesse aparecido em qualquer outro momento —, eu teria agido de forma diferente.

Imagine eu ali parada, com o celular na mão, tensa de raiva. Imagine meu marido entrando no quarto. Imagine eu o abraçando, pressionando minha testa na dele.

"Você nunca vai adivinhar o que aconteceu", eu diria. "Você acredita que ela pensou que eu fosse aceitar o trabalho que ela fazia?"

Mas essa não era uma época normal. Oli não voltou para casa naquela noite nem na seguinte. As mensagens de texto dele, quando ele as enviava, eram breves e, quando eu tentava ligar por vídeo para mostrar Henri, logo antes de dormir, ele ainda estava no hospital e atendia somente para dizer "Não posso falar agora. Amo você, filho. Não chore, desculpe, tenho que ir".

Enquanto meu filho fazia sua quarta birra do dia, caí de costas na cama dele, tão arrasada que juro que consegui pegar no sono em meio aos seus gritos ensurdecedores. Por um instante, os gritos dele se transformaram em um ruído brando, então ele soluçou alto. Meus olhos se abriram de repente. Eu o aconcheguei e o ninei, e conversei, e implorei, até ele chorar ao ponto da exaustão e cair em um sono profundo.

Arrastei meu corpo dolorido até meu quarto, ardendo em fúria. Eu odiava Oli por ter lugares a ir, assuntos a refletir, tarefas a cumprir. Ele tinha me prendido naquela casa com um demônio de criança. Naquele momento, a única coisa que importava para mim era me vingar de meu marido. Queria que ele se sentisse tão abandonado e impotente quanto eu me sentia, para mostrar a ele como era ser deixado para trás. Abri meu notebook e pesquisei voos para Boston para visitar meu pai, Chicago para visitar Gabe. Sem minha mãe para nos unir, sete meses haviam se passado desde que todos estivemos juntos na semana do funeral dela.

Mas, quando me imaginei conversando com meu pai sobre o meu casamento, vi o pânico percorrer a expressão dele. "Se não está satisfeita, fale para ele", ele diria com olhos agitados atrás de seus óculos. "Talvez ele apenas não saiba." E, se eu o pressionasse — "Ah, tenho praticamente certeza de que Oli sabe" —, ele continuaria a recuar, balançando chavões como uma bandeira branca: "Tenho certeza de que vocês conseguem resolver. Quando existe uma vontade, existe um caminho. Vai ficar tudo bem".

E, se conseguir acreditar, contar ao meu irmão teria sido pior. Relaxado, sempre de bom humor, Gabe daria de ombros como se eu estivesse exagerando e diria "Tudo o que você precisa fazer é decidir se vai se mudar para Palo Alto, certo? Não precisa transformar em um problema maior do que é". Eu responderia "Ah, é *só* isso? Obrigada por me esclarecer, ó, sábio". Então ele ergueria as mãos e me diria para eu me acalmar, o que só me irritaria mais, e o ciclo se repetiria até eu finalmente sair bufando, enfurecida.

Está se perguntando o que minha mãe teria dito? Para ser sincera, acho que não teria ousado contar para ela. Ou melhor, teria minimizado nossos problemas, fingido apoiar o plano de meu marido. Por quê? Porque, por mais que ela nunca tenha sido aparentemente maldosa com Oli — ela era gentil e educada demais para isso —, ela sempre teve o pé atrás com ele, desconfiada de seu carisma. Ela é a única pessoa que conheço que não sucumbiu instantaneamente aos encantos do meu marido. Talvez seja por isso que eu me dava melhor com ela. Os limites entre nós eram finitos e claros, e não poderíamos discutir por coisas que eu não lhe contava.

No topo da minha tela, apareceu um banner, anunciando passagens com desconto para Hong Kong. Tia Lydia, irmã mais velha da minha mãe, tinha voado pelo Atlântico para o funeral e se plantado ao meu lado, sua mão firme e fria nas minhas costas, me guiando para lá e para cá. Quando era encurralada por colegas ou vizinhos da minha mãe, minha tia administrava as perguntas deles, aceitava suas condolências em meu nome e, às vezes, simplesmente me tirava dali. Antes de ela partir, tinha me feito prometer que levaria Henri a Hong Kong para visitar minha avó enquanto ela ainda estava lúcida, e eu assentira automaticamente, incapaz de compreender como eu ainda tinha minha avó enquanto meu bebê não tinha mais a dele.

Em meu quarto escurecido, iluminado apenas pelo brilho de meu notebook, me convenci de que esse era o momento perfeito para levar Henri para visitar meus parentes. Afinal de contas, em alguns meses, ele começaria a pré-escola e eu voltaria ao trabalho de alguma forma. O voo de treze horas seria desafiador, claro, e considerei seriamente pedir para Maria ir junto. Só de pensar em ter que explicar aos meus tios que não conseguia controlar meu filho sozinha me convenceu do contrário.

Antes de eu poder mudar de ideia, inseri a informação do meu cartão de crédito e apertei comprar. Posso, sinceramente, dizer que não passou pela minha cabeça que Guangzhou é bem na fronteira de Hong Kong. Você precisa se lembrar que, naquela época, eu só tinha um rascunho inicial do que Winnie realmente fazia.

5

Determinada a não deixar Oli me fazer desistir dessa viagem, esperei vinte e quatro horas, até a janela de cancelamento ser fechada para enviar a ele os detalhes por mensagem.

Era quase meia-noite. Mesmo assim, ele me ligou imediatamente.

"O quê? Como? Você não pode levar Henri."

Quanto mais frenético ele ficava, mais fria eu permanecia. "Está tudo na mensagem."

"Por que não me contou?"

Me enfiei debaixo das cobertas com o celular pressionado na orelha. "Acabei de contar."

"Por que agora? De repente? Vamos em alguns meses, juntos. Vamos tirar umas boas férias."

Com isso, precisei me impedir de jogar o celular do outro lado do quarto. "Até parece, Oli, você nunca tem tempo."

"Você não pode fazer uma viagem tão longa com Henri sozinha."

Não consegui resistir. "Tive bastante prática ultimamente, administrando tudo sozinha."

No silêncio prolongado, eu o senti contendo sua frustração. Enfim, ele disse "Por que você fica tão brava comigo o tempo todo?".

Ele já estava prestando mais atenção em mim agora do que em semanas.

"São onze dias. Você nem vai perceber que fomos."

Ouvi seu punho se conectar com uma superfície dura — parede, mesa ou cômoda — e pulei. Ele não era do tipo que atacava.

"Ava, eu deveria ter lidado melhor com a questão deste apartamento. Me desculpe. Por favor, não vá."

Cheguei a amolecer, mas era tarde demais para mudar de ideia. "É uma semana e meia. Por que você está fazendo disso um problema tão grande?"

Em uma voz estrangulada, ele disse "Eu trabalho o tempo todo. Não fico aqui relaxando ou me divertindo".

Impotente contra o que eu havia colocado em curso, avancei. "Então você vai ter bastante tempo sem que a gente te interrompa."

Ele afiou o tom. "Nós dois sabemos que você nem vai sobreviver ao voo."

♦♦♦

Bem, Oli não estava errado quanto a isso. Primeiro, Henri encantou as aeromoças, acenando suas mãos gordinhas e sorrindo quando elas passavam no corredor. Dei um beijo na bochecha dele e ouvi um guincho. Estava torcendo para que tivéssemos deixado para trás a crise dos dois anos e entrado em uma nova e gloriosa fase. Seu bom humor amargou quando o prendi com o cinto em seu assento para a decolagem. Ele chorou quando o avião subiu para o céu e quando o troquei e quando tentei alimentá-lo com o purê de maçã da refeição kids. (Nesse momento, eu tinha desistido do bisão e suspendido sua dieta de baixa carga glicêmica pelo período da viagem.) Ele chorou quando o carreguei pelo corredor, para cima e para baixo, de um lado para o outro, porque eu não sabia mais o que fazer. Primeiro travei o olhar com cada passageiro a fim de comunicar o quanto eu sentia profundamente, mas, depois do quarto olhar furioso, foquei no tapete escuro, cantando baixinho, inutilmente, no ouvido de Henri. Mesmo a mais legal das aeromoças, que, durante as primeiras horas tinha sorrido com empatia e oferecido docinhos e brinquedos, virou-se contra nós, brigando comigo porque eu estava bloqueando a porta do banheiro.

Você mencionou suas duas meninas, detetive. Quantos anos falou que elas tinham? Então se lembra de como era quando eram pequenas. Oli diz que Henri tem ouvidos incomumente sensíveis — sua tuba de Eustáquio e tal —, o que torna extremamente desconfortável voar, pobrezinho. É para ser uma coisa que ele vai superar.

No caminho inteiro até Hong Kong, Henri chorou enlouquecidamente, lutando para dormir. No instante em que pegamos um táxi para a casa da minha tia, ele dormiu. Me esforcei para não balançar o carrinho ao entrar com ele no elevador, deixando nossa bagagem no lobby, aliviada de que, pelo menos, minha família não receberia uma criança chorona e inconsolável.

Coloquei Henri na cama enquanto meu tio descia para pegar nossas malas. Então me juntei aos adultos na sala. A varanda tinha vista para uma floresta de prédios de apartamentos claros e firmemente encravados, banhados pela luz do sol do fim da tarde. Tirei uma foto e a publiquei on-line com a legenda *Cheguei!*, querendo provocar Oli.

O flat aconchegante dos meus tios ficava no 15º andar de um prédio antigo, mas bem conservado, em Happy Valley. Minha tia sempre amou desenhar e, suas telas enormes que retratavam suas filhas e netas ocupavam as paredes. Tia Lydia me contou que minha avó, cuja casa de repouso não era longe, tinha ficado perguntando de mim a semana inteira. Tio Mark disse que minhas primas mandaram beijos. (Kayla era chef confeiteira no Mandarin Oriental; Karina, oftalmologista, havia se mudado para Singapura recentemente.) Meus tios assentiram, aprovando, quando mencionei o novo cargo de Oli na Stanford, e me lembrei de que o marido ortodontista de Karina a tinha trocado pela assistente dele, o que havia antecipado a mudança dela. Contei a eles que Gabe e a esposa tinham acabado de engravidar e, quando minha tia sorriu, uma covinha apareceu em sua bochecha direita, exatamente como na minha mãe.

Por toda Hong Kong, eu via pessoas que pareciam que poderiam ser meus parentes — as mesmas maçãs do rosto amplas, testas altas, pele bronzeada. Na primeira vez em que visitei a cidade, aos três anos de idade, fiquei atordoada por ver todos aqueles chineses circulando pelo aeroporto. "Todo mundo se parece com a gente!" Eu tinha exclamado para minha mãe e meu pai, que tinham dado risada alta o bastante para atrair olhares.

Era quase hora do jantar quando ouvi choramingos do quarto de hóspedes. Me apressei para ficar ao lado de Henri, coloquei *Thomas e seus amigos* no iPad e, assim que seus olhos se grudaram na tela, entrei no banho. Da última vez que verifiquei meu celular, havia uma série de mensagens de Winnie:

Ei, odeio como as coisas ficaram entre nós. Desculpe, de novo, por fazê-la se sentir tão desconfortável.

Não estou querendo me justificar. Só quero explicar que estou sob muita pressão tentando lidar com esse carregamento de Guangzhou e não estava pensando direito. Desculpe por ter descontado em você.

Enfim, você está em Hong Kong?! Visitando sua família? Que a viagem seja incrível! Espero que possamos nos ver quando você voltar!!

Não me ocorreu na época, mas agora, olhando para trás, entendo que, claro, ela estava monitorando meus posts nas redes sociais, embora dissesse não ter conta em nenhuma. Deixei meu celular de lado e vasculhei minha mala para encontrar um dos novos brinquedos que tinha escondido. Acenando um avião de miniatura para Henri, guardei o iPad em uma gaveta antes de levá-lo para a sala.

Pelos minutos seguintes, tia Lydia e tio Mark bagunçaram o cabelo dele, acariciaram suas bochechas e elogiaram seus cílios compridos até seus pés grandes para sua idade, enquanto eu ficava em pé com minhas mãos cerradas, desejando que meu filho não tivesse uma crise. Milagre dos milagres, ele movimentava seu avião, voando-o alto acima de sua cabeça e zunindo de maneira entusiasmada. Beijei sua têmpora, orgulhosa.

Conseguimos chegar ao restaurante escolhido por minha tia com poucas lágrimas. Lá, nos regalamos de pato defumado e camarão crocante apimentado, e eu me enchi de um forte chá de jasmim para amenizar a sonolência.

Assim que as tigelas complementares de pudim de manga tinham sido colocadas na mesa, tirei meu cartão de crédito como um caubói tira uma pistola e, de forma triunfante, estendi ao garçom. Minha tia e meu tio protestaram muito, fazendo Henri gritar de alegria, mas me mantive firme.

Dentro de minutos, o garçom voltou e se curvou para murmurar que meu cartão tinha sido negado. De novo, meu tio pegou a carteira dele. Entreguei meu cartão de débito para o garçom e tagarelei sobre ter me esquecido de avisar meu banco sobre a viagem.

"Não seja boba, Ava", minha tia disse. "Deixe que nós pagamos. Você pode resolver as coisas com seu banco depois."

"Crianças americanas são assim... Muito independentes", disse meu tio. "Nossas filhas nunca tentam pagar!"

"Somos muito gratos por estarmos hospedados com vocês."

Minha tia disse "Imagine, vocês são família".

O garçom voltou, sua corcunda arrependida sinalizando de que aquele cartão também tinha sido negado.

"Seu banco é muito seguro", tia Lydia disse quando meu tio entregou o cartão dele.

Fiquei tão envergonhada que, quando Henri começou a brincar com um de meus hashis, quase apreciei a distração. Tirei o utensílio da mão dele e, sem querer, o bati na bochecha dele, o que deu abertura para gritos indignados. Me levantei e o ninei nos braços, cantando desculpas para ele e para todo mundo que conseguisse ouvir. Assim que tio Mark assinou o recibo, saímos apressados.

De volta ao apartamento, coloquei Henri diante do iPad e liguei para o banco, ainda mais irritada do que preocupada. Uma mulher alegre com um sotaque sul-asiático atendeu minha ligação, me garantindo que faria seu melhor para solucionar meu problema se eu não me importasse de aguardar. Música de violino clássica preencheu meu ouvido.

"Sra. Desjardins?" A mulher pronunciou "Dess-jar-dinns". Eu estava acostumada com isso.

"Pode ser Wong", eu disse.

"Perdão?"

"Wong. Sra. Wong."

"Ah, certo, desculpe, Sra. Wong-Dessjardinns. Acredito que eu tenha encontrado o problema."

"Ótimo, então agora posso usar meu cartão?" Olhei para Henri, que tinha caído no sono na postura da criança, como se estivesse implorando por alguma coisa de joelhos e, de repente, afundou o rosto no colchão e dormiu.

"Não, acredito que não. É um pouco mais complicado do que isso."

"O que houve?" A pergunta saltou minha boca, deixando para trás o gosto amargo do pavor.

A mulher falou com cautela. "Parece que o Sr. Dess-jar-dinns removeu a senhora como usuária autorizada dos cartões de crédito dele."

"O que isso significa?"

"Significa que seu cartão de crédito não funciona mais."

Dei um tapa tão forte na minha coxa que encolhi. Henri não se moveu.

"Parece que ele também mudou as configurações da sua conta conjunta para que vocês dois, juntos, precisem aprovar todos os futuros saques."

"Então também não posso usar meu cartão de débito?"

"Não se ele não aprovar a transação."

"Quando ele fez isso? Por que não fui notificada?"

"Vinte e três de janeiro, então, ontem."

Entrei no banheiro e fechei a porta. "Você não entende. Estou em Hong Kong. Não tenho nenhum dinheiro."

"Sinto muito, mas como o titular da conta é o Sr. Dess--jar-dinns..." Sua voz sumiu.

"Dê-zar-dan", soltei.

"Perdão?"

"Nada, desculpe, esqueça. Que opções eu tenho? Estou no exterior, sabe, e tenho um bebê aqui comigo. Pode me dar acesso até eu conseguir falar com meu marido?"

No mesmo tom monótono a mulher disse "Sinto muito, mas não tenho permissão para fazer isso".

Minha voz ricocheteou pelos azulejos do banheiro. "Como ele pôde fazer isso sem ninguém me avisar?"

"Sinto muito, mas ele é o titular da conta..."

"Está bem, está bem, entendi." Desliguei e, então, liguei para o celular de Oli repetidamente.

A mensagem da caixa-postal dele me insultou como uma música publicitária incessante. "Olá! Você ligou para o Dr. Olivier Desjardins. Por favor, deixe uma mensagem e vou te retornar em breve!"

Finalmente, desisti.

Obviamente, eu não tinha um problema real. Minha tia e meu tio iriam nos dar tudo que precisássemos — ele sabia disso tanto quanto eu. O que ele queria era me envergonhar, me obrigar a confessar minha situação lamentável para a minha família.

E não posso dizer que o culpo. Afinal, ele tinha implorado para eu não ir, e eu não o escutei, optando por tentar fugir de nossos problemas como uma jovem imprudente e angustiada.

Você parece surpresa, detetive. Provavelmente pensa que o que ele fez foi inaceitável, prova de um louco misógino, um obcecado por controle. Esse é o tipo de reação impulsiva que muitas de nós, feministas, teriam, mas posso garantir que esse não é Oli. A verdade é que o coloquei sob muita pressão quando saí do meu emprego, tornando-nos uma família de renda única. O bebê tinha acabado de nascer e nossas despesas aumentaram assustadoramente. Henri não devia ter mais de duas semanas quando a privação de sono me levou a cometer uma série de erros custosos e negligentes: atrasei o pagamento de duas faturas do cartão de crédito e paguei juros altos; destruí o retrovisor de meu carro enquanto saía da garagem; deixei a torneira aberta na lavanderia, o que resultou em gastos de dois mil dólares por causa dos danos causados pelo alagamento. Depois disso, Oli assumiu as nossas finanças por um tempo, transferindo o envio das nossas contas para o endereço de e-mail dele. Sinceramente, foi um alívio quando ele mudou a estrutura de nossa conta bancária, me rebaixando de titular da conta conjunta para usuária autorizada. Amenizou um pouco da culpa que senti por não trabalhar. E, com a cabeça e o coração cheios de Henri, fiquei mais do que feliz em renunciar as responsabilidades, principalmente se isso também diminuísse o estresse de Oli.

Ah, não me olhe assim. Pelo menos, agora você sabe que não sou uma dona de casa iludida, satisfeita em perpetuar o patriarcado. Minha mãe costumava me olhar do mesmo jeito, como se não conseguisse acreditar que tinha lutado tanto por igualdade de gênero só para ver a sua filha desistir de tudo. Mas esta é a questão que a geração dela não entende: igualdade se trata de ter escolhas, mesmo que minha escolha não seja a que ela teria feito.

Sabe, uns dois dias antes de meu casamento, ela me chamou para perguntar sobre nossas finanças. Me lembro de ter sido pega desprevenida. Depois da minha formatura, ela meio que tinha me deixado aprender as coisas sozinha. Disse a ela que Oli e eu havíamos unido nossas contas para ter uma coisa a menos para nos preocupar.

Ela mordeu um canto dos lábios. "Não é uma má ideia ter seu próprio dinheiro."

Uma risadinha escapou de mim. O que ela achava que éramos: uma donzela impotente e financeiramente dependente e um grosseiro chauvinista? Na época, meu salário era o triplo do dele! No entanto, quando vi que ela estava falando sério, me recompus. Não sabia por onde começar. Decidi explicar que a Califórnia era um estado de propriedade conjunta. Digamos que se eu parasse de trabalhar por alguns anos, por qualquer que fosse o motivo, e então Oli e eu nos divorciássemos, todos os bens acumulados ao longo do casamento seriam divididos exatamente pela metade. Cheguei a brincar que deveria tê-lo feito assinar um acordo pré-nupcial, para o caso de nos separarmos antes de ele se tornar cirurgião.

Ouvi a insolência em meu tom, e ela também. Sua boca formou uma linha fina. Ela disse "Eu sei, você frequentou as melhores escolas. Você tem um emprego chique. Só estou dizendo para pensar nisso".

Eu não pensei.

Agora, atirava meus cartões de plástico inúteis no tapete do banheiro. Durante a minha última conversa com Oli, antes de embarcar no avião, ele tinha falado "Você não pode querer as duas coisas. Não pode gastar dois mil quando se sentir a fim e depois ficar brava comigo por trabalhar para ganhar esse dinheiro".

Fiquei com tanta raiva que não consegui responder. "Nossa casa, nossas regras", meus pais tinham entoado repetidamente ao longo da minha adolescência. Toda aquela ira juvenil latente se inchou dentro de mim, e a única coisa que consegui compor foi um frio "Não ouse", antes de finalizar a ligação.

Não havia como eu deixar que ele ganhasse — eu não ia me desculpar e implorar por misericórdia, não ia me humilhar diante de meu tio e minha tia. O que posso dizer, detetive? Você não recebe apenas notas dez em toda a sua vida sem ser minimamente competitiva.

Desculpe, não quis amenizar o que fiz. Estava tentando explicar como minha ideia quase patológica de condução interveio, me convencendo de que havia restado somente uma opção. Peguei meu celular e escrevi uma mensagem para Winnie:

> Tem um problema com minha conta bancária e preciso acessar os fundos rapidamente. Você ainda precisa que alguém vá para Guangzhou?

A resposta dela veio em segundos:

> Conversar agora?

Me empoleirei na beirada da banheira e esperei a ligação dela. Ela não perdeu tempo com gentilezas. Me disse para pegar caneta e papel porque não podia enviar nada escrito.

Dizendo a mim mesma que ainda havia bastante tempo para desistir, obedeci.

Na manhã seguinte, ela disse, um motorista chegaria no apartamento da minha tia para me transportar pela fronteira para a Baiyun Leather World Trade Center, a maior varejista do mundo de réplicas de grife de couro.

"Espere", eu disse. "Ainda não concordei com nada. Esse lugar é perigoso?"

"Ava", Winnie disse, "é um shopping normal."

Lá, no Baiyun, eu encontraria a loja administrada pelos contatos de Winnie, onde examinaria e pagaria por cinquenta Chanel Gabrielle Hobo em todas as últimas cores e tecidos.

Isso também me fez parar. O que era uma "Gabrielle Hobo"? O que exatamente era para eu examinar?

"Você consegue fazer isso", ela disse com firmeza. "Olhe para a bolsa de todos os ângulos. Alise o couro, que deve ser macio e maleável. Certifique-se de que os zíperes fechem com suavidade, que a costura seja precisa, que as beiradas e costuras se alinhem. Verifique a fivela. Leia cada palavra no cartão de autenticidade."

Fiz anotações o mais rápido que consegui.

"E se eu não conseguir diferenciar entre uma falsa boa e uma falsa ruim?"

"Tire fotos. De perto, da parte interna e da parte externa. E envie para mim."

Esse último direcionamento me deixou mais calma, mas também me motivou a perguntar por que ela não podia fazer tudo isso de L.A.

Winnie expirou de forma apavorada. "Ava, não estamos comprando de uma marca de nome respeitável. Essas pessoas são bandidas. Podem me cobrar por réplicas perfeitas e me entregar um monte de porcaria. Você é a única em quem confio."

Ouvi-la se referir aos seus próprios sócios como bandidos me tirou do transe. O que eu estava pensando? Nunca tinha feito nada remotamente ilegal na vida, e a última coisa que queria era a confiança de Winnie.

"Não posso fazer isso, não. Desculpe por fazer você perder tempo."

"Não desligue."

O comando me imobilizou.

"Só estou pedindo para você mostrar a essas pessoas que elas estão sendo vigiadas. Um favor para uma velha amiga. Você não está fazendo nada criminoso. Não está prejudicando ninguém."

De novo, recusei.

Ela disse "Olhe, não vou perguntar por que, de repente, você precisa de dinheiro, mas se realmente é tão urgente quanto parece, este é o dinheiro mais fácil que você vai ganhar".

Ela me disse que, depois de eu examinar e pagar pelas bolsas, elas seriam enviadas para Dubai, onde eles as dividiriam em remessas menores que passariam despercebidas nos EUA.

Quando ela recebesse a confirmação do carregamento, enviaria minha comissão.

Perguntei "Cinco por cento do quê? Do preço de custo ou do preço de varejo?".

"Varejo. Não sou mão de vaca."

Fiz a conta. Se cada bolsa fosse vendida por quatro mil na internet, ela ganharia o dobro daquela quantia após devolver a falsa para uma loja de departamento que não desconfiasse.

Quando destaquei isso, ela soltou uma risada curta e disse "Bom argumento, bom argumento. Eu deveria ter sido mais esperta ao ir contra uma ex-aluna de Stanford".

Quando vi, tínhamos dobrado minha comissão, para ser paga em três parcelas.

"Ainda não me sinto bem com isso."

O tom de Winnie se derreteu como manteiga na torrada. "Vai se sentir melhor assim que ver como tudo ocorrerá tranquilamente... e assim que for paga."

Ela me aconselhou a abrir uma carteira móvel no WeChat para conveniência e privacidade, intencionalmente não perguntando o que estava havendo com a minha conta bancária. (Como você e eu já conversamos, ela tinha outras formas de encontrar respostas.)

"Vou enviar todos os pagamentos para seu WeChat", ela disse. Ouvi o clique em sua voz quando ela completou "Ninguém nunca precisará saber".

6

O motorista de Winnie chegou às sete em ponto na manhã seguinte para fazer a viagem de duas horas para Guangzhou. Pegando minhas coisas, parei na mesa de jantar, onde Henri estava sentado entre meu tio e minha tia, comendo cereal.

Me abaixei para beijá-lo nas duas bochechas. "Tchau, Docinho", eu disse. "Seja um bom menino."

Ele jogou uma mão cheia de cereal nas minhas costas, como se fossem grãos de arroz em um casamento. Se eu não estivesse com tanta pressa, poderia ter dado risada.

Minha tia se levantou para recolher o cereal espalhado.

Voltei para a mesa e dei um tapa na mão dele. "Docinho, nós não jogamos comida." Me curvei para ajudar minha tia.

Henri deu risada e jogou outra mão cheia bem na minha cara. Segurei o braço dele. "Não. Não fazemos isso."

Meu tio afastou a tigela. "Você não pode comer cereal se jogar."

"Sinto muito", eu disse.

Nem minha tia nem meu tio responderam, mas flagrei o olhar que houve entre eles e imaginei que já se arrependiam de ter se oferecido para cuidar de Henri. Meu celular tocou, era o motorista avisando que tinha chegado. Henri choramingou e puxou sua orelha.

"Agora, Docinho, sem choro", eu avisei.

Ele deu um tapa na mesinha de seu cadeirão, exigindo mais cereal.

Lentamente, andei de costas até a porta, ainda segurando os farelos jogados. "Não. Chore."

Seu olhar se fixou no meu.

"Seja. Bonzinho."

Os olhos dele me assistiram.

"Vá", minha tia disse. "Não se atrase."

"Divirta-se com sua amiga", meu tio falou.

Foi isso que falei para eles: que eu ia encontrar uma velha colega da faculdade de Direito.

"Obrigada. De verdade, muito obrigada."

Quando saí do seu campo de visão, o choro do meu filho se transformou em grito. Corri para o elevador e apertei o botão de fechar a porta. Durante a descida, encarei a câmera de segurança no teto, incitando-a a notar o rosto da pior mãe do mundo. Em menos de vinte e quatro horas em Hong Kong, minha tia e meu tio já tinham suportado uma birra e estavam no meio da segunda. Eu meio que esperava que eles me seguissem até o lobby, gritando que haviam mudado de ideia.

"Você o levou em um especialista?", minha tia tinha perguntado gentilmente na noite anterior. "Posso pedir a opinião de Karina?" Eu a lembrei que o pai dele também era médico, e ela parou de falar no assunto.

No lobby, joguei o cereal do meu filho no lixo. Além da porta de vidro estava meu motorista, um homem de meia-idade com uma barriguinha e pouco cabelo. Não era tarde demais para cancelar. Poderia esvaziar minha carteira com meus últimos dólares e mandá-lo embora com um simples pedido de desculpa. Poderia voltar para o meu menino chorão.

E depois? Como eu explicaria por que não tinha dinheiro? Como conseguiria revelar o que meu marido havia feito sem soar os alarmes? Ah, a família se jogaria na fofoca. Se minha mãe ainda estivesse viva, minha tia enviaria mensagem para ela imediatamente para se certificar de que ela soubesse, e para minhas primas. Na verdade, no mesmo instante, provavelmente, tia Lydia estaria ligando para Karina para relatar as *questões* de Henri e para perguntar se não tinha problema dar um pouquinho de Benadryl para acalmá-lo.

Mais tarde naquela noite, conforme minha tia e meu tio se preparassem para dormir, ela diria "Pode acreditar naquele Oli? Jana falou para Ava manter sua própria conta bancária, mas ela recusou".

"Filhos americanos", meu tio diria. "Muito teimosos."

Talvez eles dessem as mãos, secretamente gratos por Karina não ser a única cujo marido tinha provado ser um cafajeste.

Não, eu não poderia revelar a verdade. Baixar minha guarda parecia tão inconcebível quanto ficar nua na sala de estar da minha tia e do meu tio. E agora eu tinha assumido o fardo adicional de não querer decepcionar Winnie.

Talvez tudo isso seja difícil para você entender, detetive, mas quando se cresce como eu cresci, educada na supremacia do "rosto" — o rosto figurativo, a imagem, a reputação, a honra pela qual se deve lutar e preservar a todo custo —, libertar-se de restrições para pensar por si mesmo se torna uma tarefa hercúlea.

Então, fui lá fora, cumprimentei o motorista e entrei em sua minivan.

Percorremos o nosso caminho por ruas fervilhantes da cidade, flanqueadas por prédios construídos tão perto um do outro que formavam uma parede infinita de cinza. De vez em quando, o motorista tentava conversar, mas meu mandarim era limitado a assuntos superficiais sobre comida e o clima, e meu cantonês era pior. Em determinado momento, ele ligou o rádio e ouviu as notícias.

Devo ter dormido porque, da vez seguinte em que olhei, estávamos cambaleando pelo trânsito no lado errado da rua. Ao cruzar a fronteira, era como se tivéssemos passado por um espelho: todo mundo dirigia do lado direito da estrada, e nós também, só que meu motorista ainda estava do lado errado da van. Quando ele sinalizou e fez uma curva fechada à esquerda, meu estômago se revirou. Éramos desajustados, ele e eu, alienígenas nessa terra estranha e exótica.

Meu motorista ziguezagueou na frente de um caminhão cheio de caixotes de madeira com galinhas cacarejantes e estacionou em frente a uma torre de cor pêssego, uma das cinco que se estendiam por um quarteirão inteiro.

Chegamos.

Apesar de Winnie ter me dado um número de loja, 04-21, de alguma forma, eu ainda esperava várias barracas espalhadas em uma parte externa, como os mercados noturnos de Mong Kok e Temple Street. Mas não havia nada temporário, nada ilícito quanto a esse shopping center onde as melhores réplicas de bolsas de grifes eram exibidas e vendidas. A alguns passos da entrada havia um quiosque improvisado da polícia que abrigava um trailer, contribuindo ainda mais para a natureza surreal do lugar, e para minha atribuição iminente. Como eu poderia estar prestes a cometer um crime quando toda a cidade parecia, descarada e indiferentemente, estar fazendo a mesma coisa?

Uma mulher se esgueirou e me entregou um flyer, no estilo Vegas. "Bolsas para uma beleza como você? Bolsas de grife?"

Um jovem de uniforme saiu do trailer e acendeu um cigarro.

"Não, obrigada", eu disse.

Dentro do shopping, olhei lojas e lojinhas, cobiçando as bolsas abarrotadas nas prateleiras como potes de balas. Essas lojas de nível mais baixo tinham uma mistura de marcas, uma compilação dos maiores sucessos de bolsa de luxo do mercado: as Dionysus, da Gucci, perto das Baguette, da Fendi, perto das Speedy, da Louis Vuitton. Conforme tinham mais luxo e o preço mais alto, as lojas focavam em marcas únicas: Celine, Goyard ou a linha Bao Bao da Issey Miyake em todo estilo e cor que se podia sonhar.

As lojas do nível mais alto tinham localização privilegiada logo ao lado das escadas rolantes. Eram espaçosas e intencionalmente bem decoradas e tinham nomes de negócios reais, como Cherished Dreams Handbags e Revive the Nation Leather Goods. Pegando as dicas de boutique de grife de verdade, eles exibiam cada bolsa como uma escultura debaixo de um único spot. Até seus vendedores eram de perfeita qualidade. Quando pedi para dar uma olhada melhor em uma *clutch* Chanel de uma prateleira alta, uma jovem ágil, vestida com um terninho de tweed clássico, botas de cano alto até a coxa e um bonezinho de jornaleiro com um C entrelaçado, me mostrou as muitas qualidades da réplica, desde o couro amanteigado de bezerro (importado da França) até a fivela dourada brilhante.

Do outro lado, uma Birkin gigante verde amarelada do tamanho de um berço me atraiu para uma loja imaculada que vendia apenas Hermès. Com suas vitrines ricas dignas de Instagram, exibindo acessórios aleatórios da vida de prazeres da alta burguesia — um jogo de gamão feito totalmente à mão com couro não tratado, uma sela de cavalo brilhante e um chicote de montaria combinando —, essa loja não estaria deslocada na Madison Avenue ou na Rue Saint-Honoré. Além da seção de bolsas de tamanho considerável, um canto da loja era dedicado àqueles cachecóis de seda icônicos, outro era para coloridas joias esmaltadas, um terceiro era para louças com estampa escandalosa. Ergui da prateleira uma bolsa Kelly em um alegre tom de ametista e a virei para lá e para cá, como se eu soubesse o que procurar.

Uma vendedora vestida toda de preto, exceto por um triângulo de seda magenta e esmeralda pendurado em seu pescoço, me disse que era da novíssima cor do outono.

"Que linda", admiti. "Quanto?"

Converti yuan para dólares na cabeça e tive certeza de que fizera a conta errado, então, digitei, timidamente, os números em meu celular: mil e quatrocentos dólares.

"Quanto você disse?", perguntei.

Ela repetiu o número. "É um bom negócio."

"Certo. Entendi." Winnie *tinha* falado que a coisa verdadeira estava por doze mil, então, de certa forma, a vendedora tinha razão. Delicadamente, devolvi a bolsa à prateleira e saí, ainda acreditando firmemente que nenhuma bolsa, verdadeira ou falsa, poderia valer tanto assim.

Sem mais clima para explorar, fui direto para o quarto andar para terminar o que tinha ido fazer. Era fim da manhã e o shopping estava cheio de atacadistas arrastando malas que logo estariam explodindo com mercadorias para serem exibidas por prateleiras em Manila, Buenos Aires e Moscou.

Escondida bem no fundo do complexo, a 04-21 era discretamente decorada e mal iluminada, e não tinha placa acima da entrada. (Depois, Winnie me garantiria que a oficina deles produzia algumas das bolsas com aparência mais autêntica que ela já tinha visto, porém eles mantinham as coisas boas escondidas quando eram avisados de uma batida policial.) Falei para o atendente, um jovem magricelo com bochechas afundadas, que eu trabalhava para Fang Wenyi, e ele me ofereceu um banquinho e um copo de chá quente antes de ligar para verificar meu pedido.

"Está pronto", ele anunciou, então voltou a digitar em seu celular.

Olhei em volta, imaginando o que era para fazer em seguida. Escolher as bolsas direto das prateleiras? Era aquela a Gabrielle bem ali no canto? Poderia pegar meu celular para compará-la, discretamente, à foto que eu tinha salvado mais cedo naquela manhã?

Um homem mais velho entrou na loja. Ele era baixo e musculoso, vestindo jeans rasgado da moda e calçando canos altos brancos e imaculados.

"É um prazer conhecê-la, um prazer conhecê-la, venha comigo", ele disse sem se incomodar em se apresentar.

Fiquei confusa. "Onde?"

Agora ele estava confuso. "Onde? Pegar suas bolsas."

"Ah. Que bom. Vamos."

Ele me levou para baixo em uma escadaria nos fundos que fedia a fumaça de cigarro.

"Você é americana?", ele perguntou, me analisando da cabeça aos pés.

"Sim. É por isso que meu chinês é tão ruim."

Ele deu risada. "É decente."

"Então, aonde vamos?", perguntei.

Ele apontou para um ponto indeterminado. No fim da rua.

Ele andava rápido, esquivando-se de motocicletas, ignorando as luzes do trânsito, e lutei para acompanhar, erguendo a palma da minha mão a motoristas com um gesto tanto de desculpa quanto de pedido para que freassem antes de me atingirem.

Passamos por outro shopping center enorme especializado nas fivelas que enfeitavam as bolsas, os cintos e os sapatos. Não ousei perguntar ao meu acompanhante como essas lojas, todas vendendo os mesmos itens, conseguiam sobreviver lado a lado. Esse era o pouco que eu sabia. Demoraria mais alguns meses para eu entender o tamanho e a complexidade do comércio de acessórios falsificados.

O homem virou em uma rua estreita e parou em frente a um antigo prédio de apartamentos.

"Aqui?", indaguei. Esperava um depósito com segurança, talvez uma recepcionista.

Ele me olhou de lado. "É." Puxou um chaveiro e destrancou a porta da frente.

Eu o segui por um corredor escuro, atenta a qualquer sinal de vida além das paredes, som de vozes ou cheiro de comida. O prédio estava assustadoramente quieto. Se, por algum motivo, eu precisasse gritar, será que alguém iria me ajudar?

Ele parou diante da última porta, no final do corredor, e eu o olhei de cima a baixo. Ele era apenas alguns centímetros mais alto do que eu, porém, quando abriu a porta, seu antebraço se flexionou, exibindo músculos e veias saltadas. Ele acendeu uma luz. Um objeto fino e comprido amarelo neon brilhou no bolso de trás dele: um estilete. Dei um passo para trás.

"Espere", eu disse, tirando meu celular e analisando a tela preta. "Desculpe, tenho que atender esta ligação."

Ele deixou a porta entreaberta. Digitei uma mensagem para Winnie:

> Tem um homem mais velho, baixo, musculoso, que quer que eu entre no apartamento dele para pegar as bolsas. É isso mesmo?

Encarei a tela, desejando que uma resposta aparecesse. Quem saberia quem mais estava dentro daquele apartamento, esperando que uma americana ingênua entrasse? Retirei o dinheiro da minha carteira — duas miseráveis notas de vinte — e as escondi no meu sutiã. Envolvi as chaves de casa nos dedos e me perguntei se, quando as coisas apertassem, eu realmente teria coragem de arrancar um olho dele, por exemplo. Verifiquei meu celular. Sem resposta.

A cabeça do homem apareceu ao lado da porta, me assustando.

"Pronta?"

Que escolha eu tinha? Enfiei meu celular na bolsa e entrei.

Sacos de lixo cheios e gigantes preenchiam o chão do cômodo principal, que não tinha móveis exceto por duas cadeiras e uma mesa de plástico com uma bandeja cheia de coisas, tudo encostado na parede. A porta se fechou, e ouvi o homem trancá-la. O suor escorria debaixo de meus braços, porém minha boca secou. Às minhas costas, apertei os dedos em volta das chaves.

"Quer alguma coisa para beber?"

Gaguejei "Não, obrigada".

Ele foi até a cozinha e voltou com duas garrafas verdes de cerveja, estendendo uma delas em minha direção. Balancei a cabeça em negativa, e ele deu de ombros e a colocou em cima da mesa de plástico. Ele tirou o estilete do bolso, exibiu a lâmina e, com destreza, abriu a tampa da garrafa para dar um gole grande.

"Não quero tomar muito do seu tempo", eu disse, falando alto a fim de abafar meu coração acelerado.

Ele secou a boca com as costas da mão e apontou a lâmina na minha direção. Prendi a respiração.

"Você e Fang Wenyi trabalham juntas há quanto tempo?"

Qual era a resposta certa? "Só há pouco tempo, mas nos conhecemos há vinte anos."

"Ela é muito capacitada", ele falou, mas pareceu uma pergunta.

"Sim, ela parece ser boa no que faz."

Ele mexia o estilete como um dedo. "É, boa demais."

Eu não conseguia prever onde ele queria chegar.

"Ela me encrencou bastante com o chefão. Ele não gostou do preço que eu fiz depois que ela pechinchou. Certifique-se de que ela saiba que essa foi a única vez."

"Vou passar sua mensagem", eu garanti. "Não tomo as decisões, sigo instruções. É para eu inspecionar o carregamento agora?"

Ele enfiou o estilete no bolso de trás, deu outro gole na cerveja e arrotou baixinho.

"Então, onde estão as bolsas?", perguntei. Minhas chaves caíram no chão, e me abaixei para pegá-las.

Ele estreitou os olhos. "Por que está tão agitada? Está com pressa?"

A mentira jorrou de mim. "Na verdade, sim. Minha família está aqui em Guangzhou. Vou encontrá-los para almoçar, meu marido e meu filho."

"Seu marido, ele é americano?"

Eu sabia o que ele queria dizer. "Sim."

"O que ele faz?"

"É cirurgião."

"Quantos anos tem seu filho?"

"Doze", menti, então me perguntei por que estava me empenhando tanto na tarefa. Visualizei Oli e meu filho imaginário de doze anos entrando pela porta para me resgatar.

O homem diminuiu a distância entre nós e, como um músculo gigante, meu corpo inteiro ficou tenso. Quando a mão dele foi para seu bolso de trás, um grito se ergueu em minha garganta.

Ele pegou o celular. "Meu filho tem dez", ele disse. "Quase da idade do seu." Ele mostrou uma foto de um menino gorduchinho girando uma bola de basquete em um dedo.

Eu poderia ter caído de alívio no monte de sacos de lixo. "Muito lindo", eu disse.

"Me mostre o seu."

Falei para ele que não tinha nenhuma foto, e ele não acreditou.

"É um celular novo", menti.

"Está certo, está certo, você está com pressa." Ele verificou as anotações grampeadas a um trio de sacos de lixo em um canto. "Aqui estão."

Me ajoelhei e abri o primeiro saco. O cheiro de carro novo me atingiu em cheio. Analisei as alças de corrente de três cores, testei os zíperes nos bolsos internos, tirei fotos de cada cor de inúmeros ângulos.

O homem observou a situação, divertindo-se. "Fang Wenyi não deve confiar em você se ela faz você tirar todas essas fotos."

"Os padrões dela são altos."

Ele bebeu o último gole de sua cerveja e começou a segunda garrafa. Então comentou "Meu filho quer estudar na América quando crescer."

"Que bom. Ele vai jogar basquete?"

O homem franziu o cenho. "Claro que não. Isso é só por diversão. Ele não é alto o suficiente para competir com americanos."

"Ah".

"Ele quer estudar ciência da computação."

"Isso é ótimo!"

"Sua São Francisco é o lugar para isso."

"Claro, Vale do Silício. Google. Facebook. Steve Jobs."

Abruptamente, ele se levantou, como se ele tivesse se cansado de minha falação fútil. "Certo, então", ele disse. "Acabamos aqui?"

Meu celular tocou e verifiquei a tela.

As bolsas parecem boas! Não ligue para Ah Seng. Ele fala demais, mas é inofensivo.

Esse homem, Ah Seng, me entregou um recibo, que li antes de assinar meu nome. Assim que paguei as bolsas com a conta de Winnie, apertei a mão dele e corri para a porta.

Lá fora na rua, respondi a mensagem de Winnie. A resposta dela foi instantânea.

Bom trabalho! Aproveitei e depositei sua primeira parcela.

Caminhei de volta para o shopping center de cor pêssego e olhei a hora. Quinze minutos até meu motorista chegar. Entrei no prédio para fugir do ar cheio de fumaça e me vi subindo pela escada rolante para a boutique da Hermès.

A mesma vendedora que tinha me ajudado mais cedo estava passando, sem mostrar entusiasmo, um espanador nas prateleiras.

"Você voltou", ela disse com uma voz entediada.

A Kelly ametista estava bem onde eu a tinha deixado. Deslizei a mão por sua alça e me virei para meu reflexo no espelho da parede. A bolsa balançou em meu punho como um pendente gracioso; ela transformou meu cardigã e meu jeans básicos em obras de artes minimalistas; fez meu coração acelerar, tipo drogas muito boas.

"Combina com você", a garota disse com sua característica expressão sem graça.

"Você acha?"

"Nosso acabamento é um tipo único."

"Dois, na verdade. Você e Hermès."

Ela não abriu um sorriso.

"Oito mil yuans é demais. Vou te dar cinco."

A vida reacendeu na garota. "Cinco? Nem pensar que posso fazer por cinco."

Coloquei a bolsa de volta na prateleira. Me senti invencível. "Deixa pra lá. Tenho que encontrar meu motorista mesmo."

"Seis e quinhentos", disse a garota.

"Seis."

"Feito."

Cada célula de meu corpo tamborilou com o triunfo. Paguei a garota com meu celular, e ela embalou minha bolsa com o mesmo cuidado que usaria com um recém-nascido e me entregou.

♦♦♦

Quando voltei ao flat, metade da tarde já havia se passado. As cortinas estavam fechadas contra o sol forte. No sofá, meus tios estavam sentados em estado de choque, meu filho roncava baixinho encolhido como um filhotinho de cachorro aos pés deles.

"Ele finalmente se cansou", eles sussurraram e não ousaram mexer nele.

Precisei implorar para eles me deixarem levá-los para jantar naquela noite a fim de agradecê-los por tudo que fizeram. Escolhi um restaurante de frutos do mar chique no Central sobre o qual todos os blogs de comida deliravam e pedi os itens mais caros do cardápio — mexilhões selvagens, abalone, caranguejo —, confiante de que, desta vez, eu conseguiria bancar a conta.

Quando minha tia perguntou que tipo de chá eu queria, respondi que íamos beber vinho.

No fim da refeição, descobri três chamadas perdidas de Oli e, então, logo antes de dormir, vi um e-mail longo detalhando o quanto ele estava arrependido.

> Exagerei, me comportei de forma terrível. Espero que possa me perdoar.

Ele finalizou com nossa piada interna:

> Ava, je t'aime beaucoup.

No início de nosso namoro, Oli adorava zombar de meu francês de cursinho: minhas conjugações perfeitas e meu vocabulário mofado combinado com minha total incapacidade de entender as nuances do discurso coloquial. Uma dupla de expressões que eu achava particularmente irritantes eram: *je t'aime* e *je t'aime beaucoup*. No sentido original, elas me atingiam como uma piada de mau gosto. Ao contrário das traduções literais, "je t'aime" significava "eu te amo", mas "je t'aime beaucoup" significava "Até que gosto de você de um jeito platônico". Após um debate fervoroso sobre qual era a língua mais xenofóbica, a francesa ou a chinesa (que acabou em empate), Oli se inclinou, beijou a ponta de meu nariz e disse "Je t'aime beaucoup". Tem sido nossa senha desde então.

Essa mensagem, justo aquela, enxerguei como uma evidente validação da minha decisão de ir a Guangzhou. Estava orgulhosa da minha engenhosidade. Eu tinha enfrentado Oli, ele tinha recuado. A gangorra de nosso amor tinha balançado de novo.

Chegarei em casa na quinta, às 11h. Je t'aime beaucoup.

Pelo resto das minhas férias, minha família e eu passamos tardes preguiçosas com minha avó perto do lago de carpas no jardim de sua casa de repouso, observando Henri, alegre, jogar um monte de pão amanhecido para os peixes. Almoçávamos dim sum deliciosos e andávamos bastante por shoppings legais. Visitamos as aves no Hong Kong Park, o que fez Henri passar a apontar para o céu e grasnar a cada vez que via um pardal na cidade.

Em uma manhã específica, minha tia e eu fugimos para o Pacific Place a fim de fazer umas compras. Sozinha, sem Henri me cercando, me maravilhei por não precisar me esforçar para alcançar os corrimões do metrô, com o jeans que provei e serviu perfeitamente caindo bem acima do meu tornozelo, dispensando a necessidade de fazer a barra, por todo par de sapatos que me chamava atenção acomodar meu pé largo, porém ossudo. Pela primeira vez na vida, meu corpo não era um problema a ser resolvido. Eu me perguntei o quanto eu seria diferente se tivesse crescido em um lugar assim. Como minha tia e minha mãe. Como Winnie.

Tudo na viagem estava perfeito, exceto pelo meu tio que repetia, toda vez que Henri fazia um de seus sons de animais: "Não se preocupe, vamos fazê-lo falar, não é mesmo, pequenino? Fale mãe, pai, sim, não, cachorro, gato".

Tentava me lembrar de que o tio Mark estava tentando ajudar, que meu pai falava o mesmo tipo de coisa, que eu tinha sorte de ter esses parentes na minha vida. Parentes não eram legalmente obrigados a ser um pouquinho irritantes, pelo menos às vezes?

Quando competia com meu tio para pagar por uma refeição com meu cartão recém-desbloqueado, meus pensamentos iam para aquele dia no apartamento com Ah Seng. Já parecia que tinha acontecido com outra pessoa, há muito tempo.

Sabe, detetive, na minha cabeça, essa coisa com Winnie tinha acabado. Cada uma tinha conseguido o que precisava, ninguém havia sido prejudicado.

No último dia da viagem, minha tia, Henri e eu voltamos à casa de repouso para nos despedir da minha avó. Ela estava sentada em sua cadeira de rodas perto da janela e, quando entrei no quarto com Henri, ela ficou tão empolgada que se esqueceu de que suas pernas estavam propensas a ceder sem avisar e tentou se levantar.

Minha tia se apressou a dizer "Não se levante!".

Como em todas as tardes anteriores, meu filho ficou tímido e grudado em mim.

"Chame sua bisavó."

Incentivei. "Tai-ma."

"Tai-ma."

Ele enterrou a cabeça em meu pescoço e eu sorri para minha avó, me desculpando.

Desta vez, em vez de rir, minha avó deu uma gargalhada de maneira impaciente. Ela ficou com os braços abertos e exigiu abraçá-lo.

Senti o corpinho tenso dele, porém o abaixei até ela ao mesmo tempo.

"É Taima, docinho." Minha pulsação estava acelerada. "Você se divertiu tanto com ela ontem. Ela te deu pão para alimentar os peixes."

Do que meu filho se lembrava do dia a dia? O que poderia explicar seu humor volátil?

Minha avó se esticou e apertou levemente o lóbulo da orelha de Henri. No dia anterior, ela tinha falado que ele tinha os lóbulos da orelha carnudos como os de seu bisavô, um sinal de sorte.

Henri se soltou dela e começou a urrar. Me perguntei se ele sentia algo diferente quanto à sua bisavó, um sopro de amargura que nós, adultos, estávamos dessensibilizados demais para perceber.

Expliquei que ele não tinha dormido bem na noite anterior, no entanto, minha avó me ignorou, cantando "Que menino chorão".

"Mãe", minha tia alertou, colocando uma mão no ombro dela.

"Venha aqui, Henri", minha avó disse. Então para minha tia "Não acha que ele é grande demais para ficar chorando o tempo todo?".

Eu o coloquei no chão e tentei virá-lo para ela, mas ele grudou o rosto na minha perna. Pelo menos se acalmou.

"Quantos anos você tem?", minha avó perguntou.

Ele olhou para ela, amuado.

"Quem é esta?" Ela apontou para mim. "Quem é aquela?" Ela apontou para tia Lydia. "Menino tolo, por que não consegue falar?"

O sangue martelou em meus ouvidos. Se eu estivesse em qualquer outro lugar, teria envolvido Henri nos braços e o tirado de lá.

"São muitas perguntas, mãe", tia Lydia disse. "É muita informação."

Justo nesse momento, a enfermeira gentil e faladeira que eu tinha conhecido nos últimos dias bateu na porta e estendeu uma sacola de pão amanhecido para Henri. Aproveitei a oportunidade para conduzir todos nós na direção do lago.

Levei a cadeira de rodas da minha avó para um lugar à sombra debaixo de uma árvore grande com folhas vermelhas brilhantes intercaladas com o verde. Minha tia e eu nos sentamos no banco de pedra ao lado dela, enquanto Henri rondava o lago, procurando seu peixe preferido, o maior, com manchas prateadas e vermelhas.

"Não chegue perto demais, cuidado para não cair", eu gritava de vez em quando.

Minha avó estava me questionando sobre quando eu planejava voltar a trabalhar e se Oli era um marido que me apoiava quando vi que meu filho estava abaixado perto do chão, mordendo um pedaço de pão velho.

Voei até ele. "Henri, não! Está velho! É só para os peixes." Peguei a sacola de plástico, o que o devastou, naturalmente. Ergui a mão e pedi que ele cuspisse o pão nela, então desisti e embalei sua forma ofegante.

De algum lugar atrás de nós, minha avó falou para minha tia "O que essa criança tem? Tem alguma coisa errada na cabeça dele".

De repente, senti ferozmente a falta de Oli. Ele não hesitava em dizer aos intrometidos para poupar seus conselhos sobre criação de filhos para depois que estudassem desenvolvimento pediátrico e conquistassem diplomas médicos.

"Não as escute", sussurrei no ouvido do meu filho, mesmo enquanto me convencia a usar um pouco do dinheiro de Winnie para levá-lo em segredo a uma fonoaudióloga.

Você se pergunta, detetive, por que tinha que ser em segredo? Porque Oli teria declarado que era completamente desnecessário e um grande desperdício de dinheiro. Ele sabia que eu estava preocupada, sabe, que precisava de garantia constante de que estava criando meu filho corretamente.

Como sempre, Oli estaria correto. Um mês e meio depois de nossa volta a São Francisco, o melhor fonoaudiólogo da cidade daria uma olhada para mim e me julgaria pela mãe super ansiosa e exigente que eu era.

"Vá para casa", o fonoaudiólogo disse. (Estou parafraseando aqui.) "Ele tem dois anos. Contanto que esteja lendo para ele, ele vai falar."

Nunca contei a Oli sobre essa visita. Por que dar a ele mais motivo para se vangloriar?

7

Aconteceu uma coisa estranha quando Henri e eu pousamos em São Francisco. Logo antes de desembarcarmos, tirei minha Kelly ametista da minha mochila, deslizei minha carteira e meu passaporte para dentro dela e a pendurei em meu ombro pela primeira vez. Assim, se a alfândega nos parasse, presumiriam que a bolsa fosse antiga. Ao empurrar um Henri meio cochilando e atordoado no carrinho pela fila da alfândega, vi que passageiras de todas as idades, de adolescentes em jeans lavado até avós com sapatos ortopédicos, olhavam na minha direção.

O padrão era sempre o mesmo: seus olhares entediados e cansados varriam o corredor, pousando na minha Kelly, e seus olhos se arregalavam de admiração e inveja. Sorrateiramente, elas analisavam minha expressão cansada, meu cabelo lambido e minhas roupas amassadas. Deviam estar se perguntando como uma mulher com aparência tão comum tinha uma bolsa tão espetacular. Ao perceber que eu os tinha flagrado me observando, invariavelmente, abriam sorrisos tímidos. Eu me senti uma celebridade instantânea: uma fashionista com uma rede social florescendo, um chef que passou alguns minutos em uma competição de comida na televisão. Aquelas estranhas queriam ser eu ou, no mínimo, ser minha amiga.

Então era por isso que as pessoas gastavam dinheiro em anéis gigantes de diamante e carros esportivos, por causa do fascínio da ostentação. E pensar que eu tinha passado minha vida adulta inteira — talvez minha vida inteira — tentando desaparecer, com roupas discretas e saltos baixos e suaves. Usei o mesmo corte entediante, porém lisonjeiro desde o primeiro ano da faculdade. Nunca, nenhuma vez, usei um tom de sombra que não poderia ser descrito como nude.

Além dessa bolsa de grife falsificada pendurada em meu ombro, será que eu já tinha escolhido alguma coisa simplesmente porque me fazia feliz? As meias-tênis de bebê com cadarços de verdade e sola de borracha de Henri tinham me deixado feliz. As abotoaduras de madrepérola de Oli que eu tinha visto na vitrine da lojinha na Provence tinham me deixado feliz. No entanto, nada que eu comprei para mim já tinha provocado alegria, nem meu vestido de casamento, que eu havia escolhido por seu preço razoável e, mais importante, por sua adequação. Um tubinho de seda com um decote em V não muito baixo e manguinhas, era um vestido que me fazia parecer mais esguia e destacava meu tom de pele e que não poderia, sob nenhuma circunstância, ser considerado de *mau gosto*.

De certa forma, não era esse desejo de desaparecer a raiz do porquê eu tinha feito Direito apesar de não ter interesse em Direito? Porque era mais fácil e menos arriscado sumir na imagem que meus pais — e o mundo — tinham da boa filha chinesa americana? Me curvei por cima do carrinho para me certificar de que os olhos de Henri permaneciam fechados. Uma imagem de muito tempo da Winnie caloura com uma camiseta rosa com as palavras "superlinda" bordada na frente em *strass* coloridos me surgiu. Na época, minhas amigas e eu zombamos dela pelas costas, mas agora me pergunto como ela teria reagido se eu tivesse feito isso na cara dela.

Sua resposta surgiu em meus ouvidos. "O que sugere que eu vista? Uma das três blusas pretas idênticas todos os dias? Você não fica entediada? O que quer vestir? Tem alguma ideia, Ava, do que realmente quer?"

No Lyft de volta para casa, imaginei possíveis adições ao meu guarda-roupa: saltos de couro vermelho, um casaco com estampa de leopardo, alguma coisa, qualquer coisa com pelo. *E se?*, pensei. E se? E se? Isso deve parecer tão frívolo para você, detetive, mas acredite em mim quando digo que esta nova linha de pensamento era totalmente revolucionária. Eu nunca tinha descartado, com tanta casualidade, as coisas que acreditava que deveria querer, fazer e ser.

Eu ainda estava perdida, sonhando acordada, quando uma mensagem de Winnie iluminou meu celular.

As bolsas chegaram. Estão perfeitas! O melhor acabamento. Me ligue quando estiver tranquila para conversarmos sobre os próximos passos.

Não tive tempo para responder porque o carro tinha chegado na minha casa, e ver a BMW de Oli na entrada apagou todos os outros pensamentos.

O motorista tirou nossa bagagem do porta-malas, e ergui a cadeirinha do carro segurando meu filho que ainda dormia.

"Papai está em casa", sussurrei.

Oli estava na sala de estar, digitando furiosamente em seu notebook.

Quando coloquei a cadeirinha do carro no chão, Henri abriu um olho, franziu o cenho e puxou sua orelha, mas a visão de seu pai conteve suas lágrimas. Oli o pegou no colo e o cobriu de beijos. Acariciou seu cabelo e disse "Tu me manques". ("Fiquei com saudade de você", outro desses francesismos irritantes.)

Por cima do cabelo todo bagunçado de Henri, o olhar de Oli se fixou no meu.

"Oi."

"Olá."

Henri choramingou e esfregou os olhos, e Oli falou que o colocaria para dormir.

Levei a mala até o quarto, ouvindo Oli dizer a Henri o quanto o amava. A cama estava exatamente como eu a havia deixado: o cobertor puxado apressadamente, meu travesseiro ainda com a forma da minha cabeça. Oli não havia dormido ali o tempo todo em que ficamos fora. Abri uma janela para arejar o ambiente.

Em certo momento, vi Oli na porta, me observando desfazer a mala.

"Oi."

"Olá." Os cantos da sua boca se ergueram.

Me senti estranhamente tímida.

"Vou entregar o apartamento. Vamos nos mudar para lá como uma família... quando você estiver pronta."

Era tudo que eu queria e, ainda assim, quando analisei o roxo crescente abaixo de seus olhos e a barba por fazer em seu queixo, eu retruquei "Não, não. Sei como você trabalha duro".

As sobrancelhas dele arquearam.

"Eu estava sendo egoísta. Mantenha o apartamento por enquanto. Consigo administrar a vida aqui com a Maria."

Em uma voz incerta, ele perguntou "Tem certeza?".

"Tenho."

Naquela tarde, pela primeira vez em semanas, fizemos amor. E, pela primeira vez em mais tempo do que isso, minhas entranhas se agitaram como o mar. Quando o surpreendi montando nele — algo que eu não fazia desde o comecinho —, ele soltou um gemido gutural, um som tão reflexivo, tão íntimo, que me encheu de ternura, pura e doce como o mel.

Depois, ficamos deitados nos lençóis emaranhados, nos abraçando até Henri nos chamar com um choro. Nós o pegamos de seu quarto e pedimos Palak Paneer e frango ao molho Tikka Masala para jantar. Comemos com gosto até a barriga estufar.

Oli surpreendeu Henri com um novíssimo conjunto de trens de brinquedo, e eles passaram uma hora fazendo aqueles pequenos vagões de madeira percorrerem o trilho. Quando Oli começou a bocejar, falei para ele ir dormir; eu ficaria acordada com nosso menino em jet-lag.

Tinha passado da meia-noite quando me deitei na cama e encaixei meu corpo no do meu marido, me deliciando com seu calor. Acordei ao amanhecer e vi que ele já havia saído para trabalhar.

Aguardei algumas horas para ligar para Winnie e dizer que não haveria próximos passos; nossa relação de negócios estava acabada.

"Estas bolsas são realmente fantásticas", ela disse como forma de me cumprimentar. "A próxima coisa que preciso que faça é que peça um cartão de crédito empresarial, crie um nome, algo mundano."

Interrompi. "Não há próxima vez. Não vou me envolver."

"Do que está falando? Você já está envolvida."

"Aquilo foi diferente. Eram circunstâncias atenuantes."

Sua incredulidade pareceu sincera. "Vamos, Ava, você fez todo o trabalho pesado. Esta é a parte divertida, a recompensa pelo seu trabalho duro. Esta é sua chance de ganhar dinheiro fácil."

Tudo que eu precisava fazer, ela disse, era levar meu novo cartão de crédito para a boutique da Chanel na Geary e comprar uma Gabrielle. Então, uns dois dias depois, eu devolveria a gêmea superfalsa em seu lugar.

Com certeza não parecia divertido. Até eu sabia que aquelas boutiques eram um desafio maior do que lojas de departamento. Suas vendedoras eram mais exigentes e suas políticas de devolução eram menos generosas.

Quando destaquei isso, Winnie disse "Ava, suas bolsas são boas mesmo. Temos que ousar. As boutiques têm a maior gama de estilos. É aí que está o dinheiro."

É difícil de explicar a sensação que as palavras dela desencadearam dentro de mim, a agitação na boca do meu estômago, o brilho nos meus olhos. Me imaginei entrando naquela loja, com minha bolsa Kelly pendurada, mostrando meu cartão de crédito. Como seria, me perguntei, ser tão impetuosa, tão ousada? E se eu conseguisse entrar nessa personalidade, só por um instante, tão facilmente quanto conseguia ser uma atriz subestimada?

Winnie ainda estava falando. "Em uns dois meses, vamos enviar você para Dongguan para conhecer Boss Mak e nossos outros sócios, apresentá-la mais oficialmente."

Saí da minha fantasia — porque era só o que isso era: faz de conta, ficção, farsa.

"Espere. Definitivamente, não. Mesmo se eu quisesse ir, o que não quero, como explicaria para Oli? Nos entendemos apenas recentemente."

"Ah, ele finalmente se desculpou?"

"O que quer dizer?" Nunca mencionara os cartões de crédito bloqueados.

Friamente ela disse "Esbarrei em Oli enquanto você estava fora. Ele não te contou?"

Sua análise indiferente me deixou alerta. "Onde? Palo Alto? O que você estava fazendo lá?"

"Na cidade. Naquele restaurante de frutos do mar na Union Square. Farelly? Farolo? Algum nome assim engraçado."

"Farallon." Eu conhecia o restaurante, o local do tipo intimista e supercaro que atraía ricões — e suas amantes.

"Esse mesmo."

"Com quem ele estava? Como ele estava vestido? O que falou?"

"Acalme-se, Ava. Ele estava com colegas. Estavam prestes a ir embora, e ele estava tão taciturno que o convenci a ficar e beber outra rodada."

"Claro", interrompi. O que os colegas de Oli devem ter pensado quando ele ficou para beber com uma mulher atraente? Por que Oli não tinha mencionado isso?

No entanto, Winnie insistiu que eles falaram apenas de mim e de Henri.

"O que você disse para ele?"

"Exatamente o que eu pensava. Que ele tinha ido longe demais. Que não estava se comportando diferente daqueles patriarcas velhos e furiosos da China que exigem que suas esposas e filhos se submetam a cada capricho deles. Que ele era melhor do que isso."

Repassando a cena, detetive, vejo que ela não poderia ter esbarrado nele sem querer. Ela deve ter pedido para seu detetive particular segui-lo até o restaurante e espioná-lo em sua mesa, para que ela pudesse aparecer em um momento oportuno. Eu me pergunto como ela fez Oli não somente se abrir, mas também admitir que estava errado. Com certeza, ela se meteu em um monte de encrenca para intervir em nossa briguinha conjugal. Mas, desta forma, eu fiquei em dívida com ela.

♦♦♦

Foi assim que, em uma tarde tranquila e sem nuvens, me vi dirigindo por cinquenta quilômetros para o Stanford Shopping Center, com Winnie no banco do carona e uma sacola de compras da Chanel enorme no banco de trás.

Acredite em mim quando digo que tentei recusar inúmeras vezes. Na verdade, o plano todo era tão repulsivo que eu tinha ficado enjoada nas vinte e quatro horas anteriores, instigando Maria a perguntar se eu estava grávida ou se estava gripada. Mas toda vez que eu falava para Winnie que não poderia seguir adiante, ela se aproveitava de suas habilidades magistrais de persuasão para provar que eu estava errada.

"Ava", ela disse, "o que torna falsa uma bolsa falsa se é indistinguível da verdadeira? O que dá o valor inerente à bolsa verdadeira?"

Precisei admitir que ela tinha razão: as Gabrielles verdadeira e falsificada eram duplicatas exatas, desde os logotipos de ouro antigo escovados até os cartões de autenticidade dourados em seus envelopes com tipografia nítida. Antes de Winnie ter publicado a verdadeira na internet por cinco por cento abaixo do preço (e de a bolsa ter sido comprada dentro de uma hora), eu havia enfiado meu nariz em cada bolsa e inspirado seu cheiro almiscarado idêntico — um lembrete de que este couro bronzeado e tingido um dia fizera parte de um ser vivo e que respirava.

Quando continuei insistindo que não era da minha natureza enganar, ela disse "Tente apenas desta vez. Oli nunca vai saber. Ninguém vai. Vamos, Ava, admita, não é divertido quebrar um pouco as regras?"

O negócio é o seguinte, detetive, durante toda a minha adolescência, nunca saí escondido de casa, nem perdi o toque de recolher, nem tive uma carteira de identidade falsa. Por quê? Medo, eu acho. Culpa. Naqueles dias, fechar meus olhos e imaginar a decepção da minha mãe era o suficiente para me fazer abandonar qualquer ato de rebelião, pequeno que fosse, que tivesse passado por minha cabeça. Falava a mim mesma que me divertiria quando entrasse na faculdade ou quando morasse sozinha ou assim que fosse financeiramente independente e não respondesse a ninguém. Mas, em certo momento, a resignação se instalou, e o hábito também. Então lá estava eu, trinta e sete anos e sentindo que minha chance de colecionar histórias tolas e selvagens que se conta sobre a própria juventude havia sido roubada.

Sabe, minha mãe morreu quatro meses antes da data em que planejava se aposentar. Ela já tinha comprado as primeiras férias pós-aposentadoria para ela e meu pai: duas semanas na Toscana, caminhando, cozinhando, bebendo vinho sob o sol. De novo, não quero dar desculpas, mas acho que é justo destacar que, quando Winnie reapareceu na minha vida, eu estava tomada pelo arrependimento: por todas as experiências que eu havia protelado e então perdido, por todos os momentos que minha mãe nunca teria, e que ela e eu nunca compartilharíamos. Com certeza, fica óbvio que qualquer mestre da manipulação teria me marcado como alvo fácil.

Ao passar pela última saída de São Francisco na 280, com os dedos apertando o volante, fiz uma última tentativa.

"Por favor, Winnie, não me faça continuar com isto." Não precisei olhar para ela para saber que sua paciência estava acabando.

Mas ela também tinha uma cartada final. Eu havia mencionado que tinha marcado uma consulta para Henri com um fonoaudiólogo, e agora ela perguntou, casualmente, "Quanto por sessão?".

"Trezentos e cinquenta."

"E não pode contar para Oli?"

"Nunca."

"E vamos dizer que queira ver Henri uma vez por semana por seis meses, talvez um ano. Como planeja pagar por isso?"

Fiquei olhando para a frente. Ela colocou uma mão quente em minha nuca.

"Pare de se preocupar", ela disse. "Vai acabar em cinco minutos."

Saí da rodovia enquanto ela repetia partes do mesmo discurso motivador que tinha usado antes de sairmos da cidade.

"Sem muitas desculpas, é isso que soa duvidoso. Seja confiante. Educada. Firme."

No estacionamento do shopping, parei em uma vaga, e um Tesla branco brilhante parou ao meu lado. Um grupo de chinesas — alunas da faculdade Stanford ou, provavelmente, da Santa Clara — saíram do carro como palhaças ágeis e habilidosas.

Winnie observou que, ultimamente, havia muitos chineses continentais em universidades americanas, não era como em nossa época, quando havia apenas alguns.

“Não me lembro de você sendo amiga de outros chineses continentais”, comentei.

“Naquela época, você precisava ser bem conectado e poderoso para enviar seu filho para estudar no exterior. Aquelas garotas não teriam sido minhas amigas. Além disso, por que eu viria até aqui para ficar com outros chineses?”

Ela me contou como ficou animada ao saber que eu era sua colega de quarto: “Uma americana de verdade!”.

De repente, fiquei emocionada por ela ter pensado em mim dessa forma. Lembrei de como ficava irritada por suas perguntas sobre assuntos aleatórios: Seus pais ficariam bravos se você namorasse um homem branco? E se fosse preto? Sua mãe faz comida chinesa ou americana? Seus pais batiam em você quando era pequena? Não bater — dar tapas, palmadas.

Winnie abriu a porta do passageiro e, quando me viu vacilar, recostou-se e disse “Pense assim: os vendedores passam o tempo deles lidando com luxos que não podem comprar para si mesmos, bajulando super-ricos e superprivilegiados.”

“E?”

“E que não precisa de muito para convencer alguém a ficar do seu lado, para fazê-los quererem te ajudar.”

Soltei meu cinto de segurança.

“Lembre-se, não fale demais.”

Saí do carro. Tentei imitar Winnie usando uma camisa de seda solta por dentro da calça cigarrete preta.

Ela me olhou da cabeça aos pés, focando na minha bolsa de couro preta — uma marca contemporânea francesa, Sandro ou talvez A.P.C. — que tinha sido presente da mãe de Oli.

Ela fez sinal com o dedo para mim. "Me dê isso. Você carrega a minha."

Obedientemente, entreguei minha bolsa. A que ela me deu em troca, uma Hermès Evelyne, era, bem francamente, nada de especial, até pouco chamativa: um retângulo cinza plano de couro macio, com uma alça utilitária transversal e um H enorme perfurado na lateral que era para ficar escondido, mas que a maioria das pessoas usava para frente.

Minhas dúvidas devem ter transparecido no meu rosto porque Winnie me garantiu que a Evelyne era uma parte-chave do disfarce.

"Mostra que você é rica, porém não ostenta."

Pendurei a bolsa no ombro, com o H para frente, e a segui.

Ela parou de repente. "Ava", ela chamou, virando a palma das mãos para o céu, "a Gabrielle."

Voltei rapidamente para o carro para pegar a sacola de compras, e continuamos em frente.

Nesses anos em que deixamos de ser estudantes, uma reforma completa tinha transformado o já ostensivo Stanford Shopping Center em um oásis de luxo excessivo. Corredores graciosos decorados com plantas e flores totalmente florescidas demarcavam o caminho para cada boutique de joias e perfumes. Clientes arrumados descansavam em cadeiras douradas espalhadas pelos pátios bem-cuidados. O lugar inteiro polido formava uma cópia de uma praça pitoresca de uma cidade de segundo nível da Europa, sem o bando de turistas suados, a poluição, o encanto. Essa abundância extrema de beleza artificial contribuiu, de novo, para a sensação de que eu tinha entrado em um reino da fantasia, onde absolutamente nada, inclusive o crime que eu estava prestes a cometer, era real.

Quando a boutique da Chanel apareceu, Winnie parou em uma mesa de ferro a metros da entrada.

"O que você está esperando?", ela perguntou.

Sequei minhas mãos úmidas na parte de trás da calça e fui em direção à loja.

Um segurança de terno preto segurou aberta a porta de vidro pesada com um murmurado "Boa tarde, madame".

Uma onda de ar deliciosamente frio, misturado com a essência pesada e cara de rosas, me levou para dentro. A boutique era repleta de superfícies brilhantes, com luz amarela. Duas vendedoras em saias-lápis e camisas brancas estavam paradas como sentinelas atrás de balcões de vidro em lados opostos da loja. Uma, provavelmente, era chinesa continental, a fim de atender todas as grandes consumidoras falantes de mandarim; a outra era branca e de meia-idade. Antes da parte consciente de meu cérebro ter tomado uma decisão, meu corpo, instintivamente, foi na direção da mulher branca.

Seus olhos brilhavam atrás de óculos enormes com hastes de casco de tartaruga. "Como posso ajudá-la hoje?"

O suor escorria de minhas axilas. Grudei meus cotovelos nas laterais do corpo para esconder as manchas brotando e disse "É só uma devolução." Coloquei minha sacola de compras no balcão.

"Vamos dar uma olhada, certo?"

Por que Winnie não tinha me alertado para não vestir seda? Mexendo somente meus antebraços, puxei cuidadosamente o saco de tecido contendo a Gabrielle réplica.

No espelho, observei a chinesa esconder um bocejo e se afastar para onde não pudesse ouvir a conversa, e os músculos profundos de meu abdômen relaxaram.

"Bem, isto é uma surpresa", a vendedora disse.

Meus músculos ficaram tensos de novo.

“Bege e preto é nossa combinação de cor mais popular. A lista de espera é quilométrica. Tem certeza de que não a quer?”

“Não é muito meu estilo.” Então acrescentei apressada “Quer dizer, pensei que fosse quando a comprei, mas mudei de ideia ao chegar em casa”.

Cale a boca, disse a mim mesma. Não sabia o que fazer com minhas mãos, então as enfiei na bolsa de Winnie e verifiquei a hora.

A vendedora olhou para a Evelyne de Winnie. “Entendo. Você é mais minimalista.”

“Exatamente.” O que Winnie tinha falado sobre a bolsa dela? Repeti “Prefiro coisas discretas, menos ostentadoras.”

Os olhos da vendedora se iluminaram. “Sei o que quer dizer.” Ela baixou a voz. “Para ser sincera, até eu, às vezes, acho nossos produtos meio espalhafatosos.” Ela pressionou um dedo indicador nos lábios e deu risada.

Encostei no antebraço dela com a ponta de meus dedos e dei risada junto.

Dando à Gabrielle uma última olhada superficial, ela analisou meu recibo.

“Precisa do meu cartão de crédito?”

“Não, está tudo certo. $ 4.665,00 para seu Visa.” Ela imprimiu um novo recibo, anexou-o ao antigo com um clipe preto brilhante, então dobrou ambos em um envelope creme.

Eu a agradeci e, depois, me forcei a andar lentamente para fora da loja, um passo de cada vez, como uma dama de honra percorrendo o corredor.

“Tenha um bom dia”, o segurança entoou, e não pude deixar de sorrir.

Quando saí, Winnie ainda estava sentada à mesma mesa, olhando para seu celular. Como uma tola, acenei loucamente. Sua expressão se transformou em uma careta. Baixei a mão.

"Senhorita!", uma voz chamou detrás de mim. "Senhorita! Espere!"

Meu estômago revirou, como se me estimulasse a sair correndo pelo caminho paisagístico requintado. Que escolha eu tinha a não ser me virar?

A vendedora estendeu meu celular. "A senhorita o deixou no balcão."

"Ah", eu disse, recuperando o celular. "Muito obrigada."

"Imagine. Volte para nos visitar de novo. Vamos encontrar algo que seja mais do seu estilo."

Winnie e eu seguimos para o estacionamento. Esperei até termos virado a esquina para desabar em uma coluna, eufórica de alívio. "Nunca mais", eu falei. "Não fui feita para isto. Meus nervos não aguentam."

Ela balançou a cabeça. "Você é absolutamente certa para isto. Tem um rosto honesto, e é asiática americana. Ninguém nunca vai desconfiar."

8

Depois da Chanel, resolvi cortar a Winnie de uma vez por todas. Deixei claro que não poderia trabalhar para ela. Ignorava algumas de suas ligações, dizia que estava ocupada demais para um encontro quando ela ia à cidade. E havia bastante verdade nessas desculpas.

Estávamos entrando naquele período pesado e estressante conhecido como "mês da entrevista da pré-escola", e eu precisava manter meu calendário livre caso alguma daquelas oito escolas para as quais nos inscrevemos nos chamasse para uma visita.

Passei o restante de fevereiro atualizando meu e-mail e analisando os grupos de mães, me torturando ao ler as postagens comemorativas. Em março, as cartas de rejeição chegaram, uma após a outra.

Lamentamos informar a senhora.
Recorde de número de inscrições.
Alunos muito mais qualificados.
Sentimos muito, desejos sinceros e esperamos sinceramente.

Oli lidava com isso fazendo piadas em torno do tema eles-não-merecem-nosso-filho. Eu? Eu me xingava por ter contado a todo mundo de nosso círculo que tínhamos nos inscrito naquele ano e rezava para que ninguém tocasse no assunto. Me perguntei se poderia inventar uma história que todos acreditariam sobre decidir não mandar Henri tão cedo para a escola; afinal, ele ainda não tinha dois anos e meio.

Então, uma tarde, após sete cartas de rejeição, nossa última esperança, a Divisadero Prep, escreveu dizendo que havíamos ido para a seguinte e última etapa. A data da prova-barra-entrevista foi agendada para a terça seguinte às nove da manhã, e me preparei para fazer o que estivesse ao meu alcance a fim de garantir que tudo ocorresse bem.

Na manhã do dia marcado, Maria, Henri e eu chegamos quinze minutos mais cedo. Conforme o grupo de mães aconselhava, chegar cedo demais poderia deixar sua criança entediada; chegar tarde demais não daria tempo para a criança se adaptar, o que poderia deixá-la irritadiça e confusa. Estacionei no lado da sombra da rua e abaixei as janelas para deixar a brisa entrar.

No banco de trás, Maria e Henri cantavam repetidamente musiquinhas com palmas. Toda vez que ela entoava "Erguer, marcar e escrever um H" — desenhando a letra na barriga dele com o dedo —, ele pulava para cima e para baixo como um boneco. Tudo estava indo a nosso favor. Henri estava com um ótimo humor. Tinha dormido bem na noite anterior, acordando rapidamente apenas uma vez. Maria tinha feito o café da manhã preferido dele, as panquecas de mirtilo com gotas de chocolate, que ele engoliu com gosto. Eu o havia vestido com a camisa polo mais linda da Lacoste na cor pêssego que destacava o rosado em suas faces. ("Faça seu melhor a fim de garantir que seu filho não esteja com fome, nem com sede, nem exausto, nem sujo", as mães aconselhavam.)

De vez em quando, os olhos de Maria baixavam para seu relógio, um tique que revelava que ela estava tão ansiosa quanto eu. Faltando dez minutos, ela ergueu Henri no ar, cheirou seu bumbum e deu dois tapinhas. "Cheira a rosas", ela disse. "Acho que ele está pronto." Então segurou o rosto de Henri com as mãos. "Divirta-se na escola, mi amor."

Não pela primeira vez, desejei poder enviar Maria para a sala de aula junto com ele. Quando a escola especificou que cada aluno em potencial chegasse com um cuidador, obviamente eles quiseram dizer pai ou mãe, mas e se eu desse uma desculpa viável? Tipo, precisei sair da cidade por causa de uma morte na família? Ou estava ocupada fazendo quimioterapia? Sim, isso mostrava o quanto eu estava acabada.

"Vamos, Docinho", cantei estupidamente. "Maria, voltaremos em uma hora. Abri a porta do passageiro e tirei Henri do carro, e ele se virou, estendendo a mão para sua babá.

O sorriso dela congelou. "Estarei bem aqui, mi amor", ela disse.

Ele abriu e fechou a mão insistentemente, um minidéspota exigindo ser pago.

"Somos só você e eu, Docinho", e tentei fazer com que ele olhasse para mim. "Vai ser divertido. Você vai brincar com seus novos amiguinhos."

Tentei levá-lo, mas ele se desprendeu da minha mão e se agarrou à camiseta de Maria. Ela o soltou delicadamente. "Vá com a mamãe."

Henri fez careta e puxou a orelha.

"Ok. E se Maria nos acompanhar até o portão e dar tchau de lá?"

Ela já estava saindo do carro. Pegou Henri nos braços, e o choro parou. Esse era exatamente o cenário que esperávamos evitar, pois, com certeza, haveria uma professora parada no portão a fim de nos receber, e sua primeira visão não poderia ser a de um menino gritando por sua babá.

Andamos lentamente, Maria e eu procurando uma forma de impedir o iminente desastre.

"Lembra do que falei para você?", ela disse para Henri. "Você é um menino grande agora e meninos grandes vão à escola."

Ele puxou suavemente um monte de cabelo dela.

"Haverá muitos brinquedos novos. E a professora vai te ensinar jogos, músicas e vai te dar lanches gostosos."

Nesse momento, a meio quarteirão da escola, eu sugeri "E se a mamãe te pegar no colo agora?".

Maria libertou seu cabelo da mão dele. "É, vá com a mamãe."

Nós duas tínhamos feito um combinado: ela iria mais devagar atrás de nós e eu me apressaria para entrar com ele e o distrairia, com sorte antes que ele percebesse que ela não estava mais por perto. Mas, quando estendi os braços para ele, Henri enterrou o rosto no peito de Maria.

"Mi amor", ela sussurrou, "é só por um tempinho. Maria ficará bem do lado de fora aguardando." Se os riscos não estivessem tão altos, ela nunca teria falado isso na minha frente — ela, que sempre tomou cuidado para não provocar ciúme parental.

Mas, sinceramente, eu estava estressada demais para as palavras dela me incomodarem. ("Tente exalar tranquilidade", as mães alertaram. "Se estiver tensa, seu filho vai perceber e ficar tenso também.") Estávamos a menos de dez passos do portão da escola. Observei uma mulher branca, alta e com um rabo de cavalo loiro platinado, andar até lá com uma cópia sua em forma de criança, que cumprimentou entusiasmadamente a professora parada ali.

"Frances Wright", a mulher se apresentou, estendendo a mão. "Diga seu nome, querido", ela incentivou o filho.

"Spencer Alexander Wright", o menino disse, adoravelmente completando "Muito prazer em conhecê-la".

O rosto da professora se iluminou. "O prazer é meu", ela respondeu, verificando sua prancheta e deixando-os entrar. Ela fez uma anotação ao lado do nome do menino, sem dúvida incentivando o comitê de admissão a aceitar aquela criança articulada e encantadora. Levantando o olhar, ela avistou nós três indo em sua direção e acenou. Acenei de volta. Maria continuou sussurrando no ouvido de Henri. O que quer que disse para ele funcionou, porque, quando ela o colocou no chão, ele se esticou para segurar minha mão.

"Boa sorte, divirta-se", Maria disse. E seus passos recuaram.

"Pronto, Docinho?", perguntei.

Ele olhou para mim e gargalhou como se eu tivesse contado a melhor piada.

"Você deve ser Ava", a professora falou. "E você deve ser Henri." Ela se curvou para ficar da mesma altura dele, e meu coração flutuou quando ele a deixou apertar sua mão.

Fomos levados a uma sala de aula com outros potenciais alunos — cinco ao todo, mais quatro mães e um pai. A supervisora do encontro se apresentou como srta. Jenny e instruiu a nós, pais, para nos sentarmos nas cadeiras em miniatura alinhadas na parede do fundo.

A srta. Jenny tinha cachos de Shirley Temple e enormes dentes brilhantes como os de um cavalo. "Sentem-se e relaxem", ela disse, o que provocou uma risada nervosa, além de um assobio do pai. "Este momento é para as crianças explorarem a sala de aula e se divertirem. Só isso! Não tem mais nada na programação."

O pai soltou um ronco baixo. Ele tinha barba por fazer avermelhada no queixo, uma argola prateada em uma orelha e um comportamento extremamente amigável. Eu o ignorei com firmeza, já irritada. A mulher de cabelo platinado pegou um notebook de sua bolsa Evelyne (vermelho tomate, couro Clemence) e digitou alguma coisa nele. Será que ela estava escrevendo o que a srta. Jenny dizia? Estava fazendo anotações sobre seu filho? Sobre nossos filhos? Quem saberia?

A professora fez um tour pela sala de aula com as crianças, apontando para a prateleira de livros, a mesa cheia de papéis e gizes de cera coloridos, o cesto cheio de bonecas, bichos de pelúcia, caminhões e aviões, o pote de massinha de modelar, o canto do Lego. As crianças se espalharam pela sala. Uma menina metade asiática, metade branca, com duas marias--chiquinhas saindo de sua cabeça se ajoelhou ao lado da estante de livros e escolheu um, e a inveja escorreu de mim.

O pai falou de canto de boca. "O que Cecily mais gosta de fazer é ler."

A-ha, uma esposa asiática, que deveria trabalhar em tecnologia ou finanças e ganhar uma porrada de dinheiro se aquele homem, seu marido, era o principal cuidador. O pai acenou para sua leitorazinha, exibindo uma tatuagem na parte interna de seu punho que estava escrito "[sic]".

Henri e Spencer Alexander Wright foram direto para os brinquedos de construção, e meus dedos agarraram o assento da minha cadeira. O menino maior chegou lá primeiro e pegou a escavadeira amarela brilhante, a que Henri também queria.

Ele ficou ali parado, parecendo chateado e atordoado, e eu prendi a respiração e rezei. Então, em vez de insistir, Henri simplesmente mergulhou no cesto e encontrou outra escavadeira menor e mais gasta. Eu queria saltar e comemorar. Olhei para longe a fim de ver se a professora tinha visto a generosidade de meu filho, porém ela estava observando outra criança desenhar ondas compridas alaranjadas em uma folha.

"Aquele é o meu", eu disse para o pai, que respondeu gentilmente "Que gente boa".

Pelos vinte minutos seguintes ou mais, nós, pais, murmuramos, rimos e ficamos boquiabertos como se esse momento fosse a peça de teatro mais cativante. Quando a srta. Jenny anunciou que era hora de as crianças escolherem outra atividade, tentei sinalizar para Henri com uma indicação sutil de meu queixo. *Livros. Vá para os livros.*

Ele tomou o tempo dele, rondando a sala, observando as outras crianças.

"Ele é tão observador", notei, comentando baixinho. "Pensativo."

Parecia que a pequena Cecily estava totalmente absorta por *Uma lagarta muito comilona*, porque ela continuou virando as páginas, sem prestar atenção na professora. A srta. Jenny se aproximou e disse a ela que era hora de fazer outra coisa, e ela enrugou o rosto e jogou o livro no chão com um grito prolongado.

Henri olhou com preocupação, no entanto, a professora estava ocupada demais para perceber a profundidade de sua empatia.

"Está tudo bem, Cece", o pai falou. "Sinto muito, srta. Jenny, ela gosta muito de livros." Ele se levantou da cadeira, mas a professora o fez parar com um balançar de cabeça.

Com uma voz calma, ela disse, "Cecily, está na hora de outra atividade."

A garotinha pegou o livro e jogou diretamente no esterno da srta. Jenny.

"Ai", a professora resmungou.

A garota deu risada, mais por surpresa do que por malícia.

"Cece", o pai gritou, "peça desculpas."

A menina correu até o pai, que mandou que ela pedisse desculpa novamente.

Ela olhou por cima do ombro e cantou, quase sedutoramente, "Descuuuulpe".

"Ela sente muito", ele disse. Incentivou-a a ir na direção da srta. Jenny. "Fale de verdade."

Cecily esgueirou-se para a professora. Olhou-a por entre os cílios compridos e abriu o sorriso mais sedutor. "Me desculpe, srta. Jenny."

A professora afagou a cabeça dela com um pouco de força a mais.

O resto de nós, pais, nos simpatizamos, encantados e horrorizados por essa criança sedutora e, acima de tudo, aliviados por não ter sido nosso próprio filho a desobedecer.

Atrás de mim, uma mãe falou para a outra "Os mais adiantados sempre são os mais teimosos".

A mulher de cabelo platinado gritou "Bom trabalho, Spence!", quando seu filho martelou um prego de borracha em uma placa, o que provocou um olhar focado da srta. Jenny.

Henri passou pela estante de livros e, finalmente, parou à mesa com o pote de massinha de modelar. Boa escolha. Massinha era seguro. Não poderia ser arremessada ou usada como arma. Um pouco depois, Cecily se juntou a Henri à mesa, uma chance maravilhosa para ele demonstrar como brincava bem com outros. Por alguns instantes encantadores, os dois ficaram lado a lado, amigavelmente moldando bolinhas de massinha.

"Olhe", Cecily disse, pegando sua bolinha e amassando-a em forma de panqueca na mesa, o que Henri achou hilário. Imitando-a, ele também amassou a dele. Aparentemente, agora ele sentiu que devia algo a ela porque tirou a panqueca da mesa e, alegremente, mordeu a beirada dela.

Os olhos da garota se arregalaram e, então, ela jogou a cabeça para trás e deu risada. Inspirei lentamente. A massinha era apenas farinha e água (e sujeira das mãos de inúmeras crianças). Ficaria tudo bem. A srta. Jenny nem perceberia.

Mas Henri deve ter decidido que a massinha tinha um gosto muito bom, porque deu outra mordida. Agora isso foi demais para Cecily, que fez um sinal para a professora como se estivesse chamando um táxi e gritou "Bebê comendo massinha!".

O pai deu um tapa no próprio joelho. "Ela é muito mandona. Minha esposa diz que ela tem a personalidade de uma CEO, e que sabe disso."

Eu queria estrangulá-lo e, para ser sincera, junto com a menininha, mas não conseguia tirar os olhos do meu filho, que formou uma bola com sua panqueca e a lambeu como um pirulito.

"Ele nunca faz isso", gritei. "Docinho, não seja tolo, pare com isso."

A srta. Jenny olhou para a etiqueta do nome dele. "Henri, massinha não é para comer."

Os olhos grandes e castanhos de Henri se direcionaram para ela. Devagar, ele desenrolou a língua. Me afundei em minha cadeirinha.

"Não", ela disse, pegando a massinha da mão dele.

Ele quis olhar para mim, seus olhos se enchendo de lágrimas.

Balancei a cabeça e gesticulei um "Está bem. Não chore. Te amo."

Ele puxou seu lóbulo da orelha e soltou um grito de arrepiar.

As mães atrás de mim arfaram. Cecily fez um grande show de tampar os ouvidos com os dedos. Eu não conseguia parar de olhar feio para ela enquanto me apressava até meu filho, que começava a desmoronar.

("Não tenha medo de levar seu filho para fora para tomar um ar", disseram as mães. "Você é a mãe!")

"Vou levá-lo para fora um pouquinho", e fiquei surpresa quando a srta. Jenny apenas assentiu.

O que isso significava? Que ela já havia decidido quanto a ele? Que não era necessária mais nenhuma observação?

Peguei Henri no colo e o levei pelo corredor, enfiando seu rosto na minha manga para abafar seus soluços. Ainda assim, uma professora em outra sala de aula colocou a cabeça para fora e falou para ficarmos quietos. Lá fora, olhei o jardim esperando encontrar Maria, mas ela tinha voltado para o carro.

"Escute, Henri", e apontei para um pardal em um galho, mas ele só parecia interessado nos pássaros de Hong Kong.

"Palminhas, palminhas", e ergui a mão para ele bater.

Ele apertou os olhos e chorou mais.

"A srta. Jenny fez você se sentir mal? Acho que ela não teve a intenção. Ou foi Cecily? Não precisa brincar com ela quando voltar lá para dentro."

Henri estava inconsolável.

"Por favor, Docinho, temos que voltar. Só por alguns minutos."

Ele balançou a cabeça com tristeza.

"Dez minutos, eu juro."

E então, um presente do paraíso: uma escavadeira estava passando por aquele quarteirão.

"Veja, Docinho", gritei, e desta vez ele se animou e acenou várias vezes, e o motorista, um verdadeiro anjo, acenou com seu capacete em resposta. Limpei o catarro do meu filho, sequei a baba de seu colarinho o máximo que consegui e o apressei para dentro. Mas aí tínhamos perdido a arrumação e o círculo compartilhado e o encontro tinha terminado.

"Podemos voltar outro dia?", perguntei à srta. Jenny enquanto os outros pais saíam com seus filhos fofos e santos.

"Acredito que não", a professora respondeu.

"Por favor", pedi. "Ele é muito tímido. É só uma criança. Vai se acostumar a ficar perto de outras crianças."

"Esta é nossa última sessão. As cartas serão enviadas na próxima semana."

"Ele poderia entrar em uma aula de verdade? Ou conhecer mais algumas professoras? Vocês vão poder ver como ele é realmente adorável quando o conhecerem melhor."

"Tenho certeza de que isso é verdade", a srta. Jenny disse gentilmente, o que fez eu me sentir pior. "Ele vai encontrar a escola certa, independentemente da nossa ou de outra."

"Precisa ser aqui. Adoramos esta escola", argumentei. "É nossa única opção."

A professora me abriu um sorriso que parou em seus olhos. "Vai dar tudo certo. Você vai ver."

Um barulho alto atraiu nossa atenção. Henri tinha derrubado todos os livros da prateleira de baixo e dado risada.

"Ah, Docinho, o que você fez?" Caí de joelhos e comecei a colocar os livros de volta na prateleira.

"Deixe assim", a srta. Jenny disse.

"Não mesmo."

O tom dela foi preciso. "Não, sério, deixe." Ela suspirou. "Você os está guardando de forma errada. Simplesmente vou ter que fazer tudo de novo."

Soltei *O gato da cartola*, me levantei e peguei a mão do meu filho. Juntos, ele e eu andamos até o carro, de onde Maria brotou, perguntando "Como foi? Como ele se comportou? Você se divertiu, mi amor?".

Balancei a cabeça, ela apertou os lábios e não falou mais nada.

Oli, claro, não seria silenciado com tanta facilidade.

Ele ligou quando eu estava saindo do estacionamento, e o coloquei no viva-voz.

"Como assim? Desastroso como?"

Repassei toda a manhã.

"Ele é um bebê. Elas, dentre todas as pessoas, deveriam saber como bebês se comportam."

"Não tem mais jeito", eu falei.

"Não necessariamente. Você explicou que isso foi uma anomalia? Pediu para levá-lo de novo?"

"Sim." Respondi a cada uma das perguntas dele até que, enfim, ele disse "Ainda podemos dar um jeito nisso. Tenho certeza".

"Se tem tanta certeza, dê um jeito." Mirei o retrovisor e Maria evitou meu olhar educadamente.

"Espere um pouco", ele pediu.

Eu o ouvi dizer alguma coisa brusca e que soava importante para um colega desconhecido.

"Tenho que ir", ele avisou. "Ligue para sua amiga Winnie. Ela não era professora do jardim de infância?"

Fui pega de surpresa por ele ter se lembrado. "O que ela poderia fazer sobre isso?"

Com paciência exagerada, ele respondeu "Bem, não sei, Ava, é por isso que você precisa ligar para ela e perguntar".

♦♦♦

Winnie atendeu a ligação imediatamente.

"Desculpe ter demorado tanto para te ligar de volta."

"Está tudo bem", ela disse. "Sei que você tem estado ocupada."

Meus olhos pinicaram. Parecia que fazia semanas, talvez meses, que alguém tinha sido gentil comigo. "Está tudo horrível por aqui."

Contei a ela sobre a escola e, depois que expliquei a injustiça da professora, Winnie falou "Para te dizer a verdade, não sei por que as pessoas pensam que aquela escola é tão boa. Para mim, eles não parecem ter nada de especial".

Já me senti melhor.

"Quer saber, vou ligar para minha amiga Florence Lin da Ming Liang Academy, em Richmond."

Comentei que era tarde demais. O período de inscrição de todas as escolas decentes tinha acabado em janeiro. As notificações seriam enviadas a qualquer momento a partir dali.

Winnie gargalhou para mim. "Florence é uma amiga. Trabalhamos juntas em Culver City. Ela vai aceitar Henri com a minha recomendação."

Ela estava falando sério? Poderia ser assim tão fácil? Não tínhamos procurado escolas bilíngues chinesas, já que Oli já estava ensinando francês a Henri, mas Ming Liang tinha uma boa reputação.

"Henri vai adorar lá", ela garantiu.

"Acha mesmo que vai dar certo?" Winnie ainda não tinha mencionado essa amiga, e me perguntei o que ela havia feito para Florence para lhe dever esse favor.

"Claro. E, se não quiser arriscar, faça uma pequena doação. Alguns milhares serão suficientes."

Hesitei.

"O que foi? Mesmo três, quatro mil são suficientes. Só uma pequena porcentagem do que você já está gastando com taxas escolares."

Não era com o dinheiro que estava preocupada; era com o meu marido. Já conseguia ouvir seu sermão: *Não vamos comprar a entrada de nosso filho na pré-escola, Ava. Não seja absurda.*

Rapidamente, calculei quanto ainda tinha em minha conta WeChat e percebi que, assim como Oli não precisava saber sobre a consulta da fonoaudióloga cara, também não precisava saber sobre isso.

Falei para Winnie que ficaria feliz em fazer uma doação.

"Ótimo, vou ligar para Florence agora mesmo."

"Obrigada. Mesmo."

Ela se esquivou do agradecimento. "Para que servem as amigas?"

No fim da semana, uma carta oficial de aceite da Ming Liang Academy tinha chegado pelo correio. Meu marido usou o seu *Te falei* e eu me enrolei mais na teia de Winnie, aguardando o momento em que ela decidisse cobrar o favor.

9

Winnie me deu algumas semanas para comemorar a aceitação de Henri na pré-escola, então enviou mensagem para me informar que estava de volta na cidade.

Me encontre na Bloomingdale's, Westfield Mall, duas da tarde.

Ela não forneceu detalhes adicionais.

Você tem as imagens das câmeras de segurança, detetive; você viu como ela, rapidamente, me colocou para trabalhar, me atribuindo tarefas, no mínimo, uma vez por semana. O objetivo dela era tornar essas devoluções em lojas um hábito, para me ajudar a relaxar. Ela me falou que eu precisava parar de me preocupar, que quanto mais eu me aprofundasse no papel, menos chance eu teria de realmente ser pega.

E devo admitir que a advogada em mim gostava da elegância do esquema dela. Nem a compradora mais exigente duvidaria da autenticidade de uma bolsa comprada de um vendedor de boa reputação. O poder da insinuação era sedutor demais, o efeito do viés de confirmação era muito potente.

Logo Winnie declarou que eu estava pronta para seguir por conta própria. Como seus vídeos mostram, toda semana eu testava uma personalidade diferente, a depender da loja. Aqui sou eu na Barneys (RIP) como a mulher profissional bem-sucedida e impaciente em seu horário de almoço; essa sou eu na Saks, a gerente mediana indecisa que só começou a comprar luxo recentemente; na Gucci, a esposa troféu volúvel; na Louis Vuitton, a herdeira mimada; e aqui na Nordstrom, a minha preferida de todas, sou a mãe dona de casa com os pés no chão, o que é, mais ou menos, eu mesma.

Por que eu amava Nordstrom? Deixe-me contar os motivos. Eles tinham a política de devolução mais branda do planeta. Sua equipe de vendedores era simpática e eficiente e, mais importante, impedida de fazer perguntas. Sua loja no centro era bem cheia, então eu nunca sentia que estava sendo observada, o que, em troca, me permitia observar.

Perambulando perto do caixa, eu tinha visto clientes devolverem descaradamente roupas, sapatos e até peças íntimas usadas, sem etiquetas, sem recibos, nada exceto suas reivindicações duvidosas. Essas pessoas fizeram eu me sentir virtuosa se comparada a elas. Afinal de contas, a loja não teria dificuldade em vender minha réplica Longchamp Le Pliage (tamanho G, em amarelo limão). Nordstrom não perderia um centavo comigo.

Uma vez, observei uma mulher branca de meia-idade tirar um par de botas de caminhada de um saco de papel. Os sapatos estavam tão gastos que, provavelmente, ela não viu como falsificar a verdade e prontamente disse que elas tinham sido compradas um ano antes. Explicou que havia engordado nove quilos (devido a novos remédios), o que fez seu pé inchar, e agora as malditas lhe davam bolhas.

O sorriso do vendedor nunca diminuiu enquanto ele virava, cuidadosamente, uma bota e dizia "Ah, uau, não vendemos esta marca há um tempo".

A mulher deu de ombros. "Ok, bem, o que você pode fazer por mim?"

Sua ideia de direito me impressionou. Ela teria morrido se parecesse estar envergonhada?

O vendedor sugeriu "O que acha de escolher outro par de botas e fazermos uma troca imediata?". E acrescentou "Se não gostar das que temos na loja, podemos pedir um par on-line e enviá-los para sua casa".

Em vez de se desmanchar em gratidão, a mulher disse "Não preciso exatamente de botas. O que preciso é de um par resistente de sandálias. Pode ser?".

A testa do vendedor se enrugou. Cheguei mais perto e fingi analisar um par de chinelos de borracha pendurados em uma prateleira. Será que a história estava prestes a ser escrita? Será que a política de devolução da Nordstrom tinha, finalmente, encontrado seu espelho?

O vendedor chamou um gerente, e eles se reuniram por alguns minutos. Depois ele anunciou "Boas notícias! Podemos fazer desse jeito!".

Mais tarde, relatei a história para Winnie, que disse que, uma vez, ela tinha visto alguém devolver uma camisa de trabalho xadrez desbotada tão velha que tinha um buraco na costura da axila.

"Ele sequer deu um motivo?"

"Sim, o motivo era o buraco."

Winnie me contou que políticas de devolução ridiculamente generosas tinham sido uma das coisas que a deixavam maravilhada quanto à América. Bem no topo, juntamente com o tamanho das porções, a parada de quatro vias e o desperdício de água. "100% de satisfação dos clientes", ela disse. "Esse é o modo de vida americano."

Acho que o que estou dizendo, detetive, é que Winnie me convenceu de que o nosso crime era benigno e não fazia vítimas. Todo mundo na equação não ficava feliz? O cliente on-line conseguia comprar uma bolsa de grife cobiçada por um preço justo em nossa loja do eBay, o vendedor ganhava uma comissão boa por vender sem querer uma falsificação e, até o cliente para quem a dita falsificada foi vendida ficava muito satisfeito. (E, se não ficasse, poderia devolver com facilidade.) Contanto que fosse esse o caso, importava o fato de apenas uma dessas bolsas ser verdadeira?

Armada com essa lógica pseudosubjetiva e questionável, Winnie me incentivou a assumir mais responsabilidades com maiores consequências. Quando me recusei a receber o estoque na minha porta — e se Maria se enganasse e abrisse uma caixa? —, Winnie me falou para alugar uma unidade no conjunto de escritórios do sul de São Francisco. Quando reclamei sobre ter sido designada para muitas devoluções, ela me fez contratar e treinar mais compradoras. Quando vi, eu tinha me transformado em um departamento de RH — e a mão direita de Winnie. Como ela sabia muito bem, minha carreira inteira como advogada infeliz tinha me preparado para esse trabalho. Pela primeira vez na minha vida profissional, eu estava administrando um processo inteiro do início ao fim, testemunhando os resultados imediatos e tangíveis de meu trabalho e isso, após anos de papelada só por papelada, era inovador.

Naquele momento, nosso rendimento anual líquido estava chegando a dois milhões, 15% dos quais Winnie enviava a

Boss Mak por conta dos termos de seu acordo original. Ela me pagava um salário considerável também — tanto quanto eu ganhava no escritório (por metade das horas), uma parte da qual eu gastava prazerosamente com o tempo extra de Maria.

Não, acho que Maria não faz nenhuma ideia do que fazíamos. Na verdade, tenho certeza disso. Tudo que eu falava para ela era que estava ajudando minha amiga Winnie, revisando contratos, aconselhando em questões de tarifas e taxas, sabe, coisas entediantes. Presumo que tenha coletado tudo isso no depoimento dela, não? Uma ou duas vezes, ela pode ter aberto o porta-malas do meu carro e o encontrado cheio de bolsas, mas eu falava que era para angariar fundos para caridade. Sim, é claro que ainda a considero família. Por quê? Sua família por acaso sabe de tudo e cada detalhe de sua vida?

Não quis ser rude. Acho que ainda me arrependo da forma que ela e eu nos separamos e, mais amplamente, o jeito como a mentira constante custou todas as minhas amizades. O que Maria e eu compartilhamos era verdadeiro — não éramos próximas daquele jeito falso e melado que ricos neoliberais são com seus funcionários da casa. Eu valorizava mesmo nosso relacionamento. No chá com cookies de limão durante a soneca de Henri, ela desabafava sobre os homens que sua irmã ficava tentando arranjar para ela e as visões políticas conservadoras de seu pai, e eu também me abria com ela. Maria foi a primeira pessoa a quem admiti que detestava ser advogada, meses antes de sequer contar ao meu marido.

Sou a única culpada pelo que aconteceu. Em uma tarde de abril, há três meses trabalhando para Winnie, eu estava voltando de carro do sul de São Francisco e fiquei presa na rodovia — uma batida de carro horrorosa envolvendo um grande carro capotado. O trânsito estava parado. Não me mexi, literalmente, por meia hora. Em meio a esse impasse, Oli me enviou mensagem dizendo que tinha saído cedo do trabalho e estava a caminho de casa. Eu sabia que havia uma chance de ele chegar antes do que eu e encontrar Maria com Henri.

Ele também não fazia ideia de quanto tempo eu dedicava a esse trabalho. Tinha contado a ele as mesmas coisas que falei para Maria — que eu estava só me ocupando ao ajudar Winnie enquanto explorava opções de emprego, e que sim, claro, ela estava me pagando. Planejei que fossem depositados cinco mil dólares na conta-conjunta todo mês. Ele não desconfiou, principalmente porque o trabalho parecia me distrair da necessidade de reclamar do apartamento dele em Palo Alto.

Respondi a mensagem para dizer que estava presa no trânsito, e para não se preocupar, que Maria iria ficar até mais tarde. Quando ele perguntou aonde eu tinha ido, menti que havia dirigido até Menlo Park para tomar café com uma velha amiga.

Em seguida, liguei para Maria para lhe dizer que poderia ir embora assim que Oli chegasse em casa. Então fiz uma pausa, relutante a dizer o que precisava ser dito.

"Mais alguma coisa?", ela perguntou.

"Na verdade, sim. Se importaria de não mencionar o sul de São Francisco? Diga que não sabe aonde fui."

Foi a vez dela de fazer uma pausa. "Certo", ela concordou, estendendo a última sílaba.

"O que foi?"

Maria hesitou. "Você sempre me diz aonde vai e quanto tempo vai demorar."

Ela tinha total razão. "Certo, então diga a ele que fui até Menlo Park para encontrar com uma amiga para um café, certo?"

"Está bem."

Senti que devia uma explicação a ela. "Ele sabe que estou trabalhando meio-período, mas acha que não me pagam o suficiente, então não quero que ele saiba quantas horas estou dedicando a essa atividade."

"Claro, está bem." Ela nunca fazia perguntas.

Eu deveria ter deixado assim, mas, tola, na manhã seguinte, ainda me sentindo culpada por pedir a Maria para mentir para mim, coloquei um envelope com uma nota de cinquenta dólares na bolsa dela.

Imediatamente, me senti melhor.

"Para que é isto?", ela perguntou mais tarde, balançando o envelope perto do queixo como que se abanando. Ela pareceu genuinamente confusa.

"Só... obrigada por dizer a Oli, sabe, o que pedi."

Sua expressão ficou enevoada. "Não precisa me pagar por isso."

"Eu sei", disse rapidamente. "É um agradecimento por tudo. Você tem me ajudado tanto nessas últimas semanas ficando até tarde com Henri."

"Você me paga hora extra." Ela colocou o envelope na ilha da cozinha entre nós.

Eu o deslizei de volta para ela. "É um pequeno gesto de agradecimento."

Ela ergueu uma sobrancelha e murmurou um "Certo. Obrigada".

Depois disso, Maria manteve distância. Quando arrumei chá e cookies no horário de sempre, ela recusou, dizendo que era melhor colocar roupa para lavar enquanto tinha a oportunidade. Logo estávamos conversando apenas sobre Henri e de um jeito perfeitamente superficial. Quanto ele tinha comido? Que horas ele tinha feito cocô? Por quanto tempo havia chorado?

Temi que ela estivesse ficando insatisfeita com a nossa família, então, aproveitando toda a renda extra, preventivamente, ofereci um aumento a ela, o que ela aceitou com a mesma desconfiança, o que, provavelmente, favoreceu mais ainda o declínio da nossa amizade.

♦♦♦

Como falei, detetive, passei por grandes sacrifícios para garantir que ninguém na minha vida tivesse alguma ideia do que eu estava fazendo. Não apenas Oli e Maria, mas também minhas amigas Carla e Joanne. A única vez que nós três, finalmente, conseguimos marcar de sair, tirei meu Rolex rosé novo do punho por medo de provocar questionamentos.

Agora que Joanne tinha um segundo filho e Carla, um namorado sério (isto, além de suas carreiras já frenéticas como VP na Banana Republic e ginecologista-obstetra, respectivamente), raramente nos víamos. Na época em que Winnie havia reaparecido, tínhamos trocado mensagens de texto maldosas, mas eu não tinha contado a elas que ela tinha se tornado minha amiga, muito menos minha chefe.

Fui a primeira a chegar ao bar. Elas chegaram juntas, de braços dados, alguns minutos depois. Assim que se sentaram, suas perguntas se lançaram rapidamente: "O quanto Winnie tinha mudado?"; "Com que frequência ela ia a São Francisco?"; "Por que eu estava saindo tanto com ela?".

Felizmente, antes de eu conseguir responder essa última pergunta, nosso garçom serviu coquetéis espumosos em copos vintage diferentes, e minhas amigas pararam para dar longos e prazerosos goles. Foi então que Joanne percebeu minha Kelly ametista, que eu havia levado no último minuto, imaginando que minhas amigas fossem gostar.

"É o que penso que é?", ela perguntou, esticando-se para a bolsa. "É uma imitação", eu disse rapidamente. "Comprei em Hong Kong."

"Roxa!", Carla exclamou, que não tinha interesse em moda de grife. "Que inusitado. Você alguma vez, em toda sua vida, comprou uma bolsa que não fosse preta?"

Joanne a considerou uma boa cópia antes de ver minhas sandálias de estampa de zebra debaixo da mesa. "Não vemos você há uns dois meses e agora você está uma pessoa completamente nova?" Ela se virou para Carla. "Há quanto tempo tenho tentado fazê-la mudar os ares e usar cores?"

"Anos", Carla respondeu. "Talvez décadas."

Elas perguntaram se eu tinha descoberto no que Winnie realmente trabalhava.

Joanne disse "Aposto que é alguma coisa supersombria. Importação-exportação. Não deve ser nada bom".

Elas deram risada, e eu ri junto.

"Acreditem ou não, ela estava dizendo a verdade", comecei. "Ela conecta empresas de produtos de couro americanas a fábricas chinesas, e é tão entediante quanto parece. Eu saberia. Estou analisando os contratos dela, já que tenho um pouco de tempo livre."

"É mesmo? Desde quando?", Carla perguntou.

"Acha que é uma boa ideia?", Joanne quis saber.

Garanti a elas que tinha feito minha própria auditoria. Afinal de contas, qual de nós era a advogada ali?

O olhar que trocaram me deu uma ideia de todas as mensagens de texto e almoços compartilhados sem mim.

Quando perguntaram como tinham ido as inscrições de Henri na pré-escola, simplesmente respondi "Ótimas! Só precisamos tomar uma decisão! Não vamos falar disso. Só Deus sabe quanto tempo já gastei com o assunto pré-escola".

Joanne, cujos dois filhos tinham estudado em uma das escolas que nos havia rejeitado, assentiu com empatia. Mais tarde, eu inventaria uma história mentirosa sobre como tivemos dúvidas sobre Divisadero Prep e conseguimos nos inscrever para Ming Liang no último minuto. E era isso que Winnie sempre soube: contanto que ela conseguisse me convencer a trabalhar para ela, todo o resto se encaixaria. Os segredos que eu seria obrigada a guardar me alienariam de meus entes queridos, tanto que, um dia, não muito distante, eu olharia em volta e veria que a única pessoa que tinha sobrado era ela.

"Ah, meu Deus", Joanne disse. "Nos esquecemos de contar a ela."

"Ah, meu Deus", Carla concordou. "Como não falamos disso assim que chegamos?"

O rosto de Joanne corou de empolgação. Ela disse que tinha encontrado Helena Sontag, nossa antiga colega de classe, em uma conferência, e soube que ela dava aulas na UVA de vez em quando, no programa de MBA.

"E?", eu perguntei, minha irritação aumentando como um bolo no forno.

Carla me garantiu que isso era informação crucial de bastidores. Há uns dois anos, Helena estivera dando uma aula de marketing quando Winnie entrou e pediu para participar.

Falei que fazia sentido, já que ela havia morado em Charlottesville por uns dois anos enquanto cuidava da tia.

"Exatamente", afirmou Joanne, agora tão empolgada que a cor havia chegado ao seu pescoço. "Só que a tia dela já tinha falecido e Winnie ainda estava morando lá" — e aqui Joanne fez uma pausa para causar efeito — "porque estava tendo um caso com o marido da falecida tia."

"Foi assim que ela conseguiu o green card", Carla praticamente gritou, chamando atenção de mesas vizinhas. "Casando-se com o tio."

Joanne se virou para as mulheres boquiabertas da mesa ao lado e explicou "Sem parentesco de sangue".

Abafei meu choque, sem querer dar esse prazer às minhas amigas. Tentei me lembrar do homem que tinha nos visitado no dormitório com a tia de Winnie todos aqueles anos atrás. Pude conjurar a tia imediatamente. Ela usava blazer e cachecol apesar do calor fora de época, assim como uma viseira de palha imensa a fim de proteger o rosto do sol. Mas o marido era normal. Um homem branco mediano, nem alto nem baixo, nem gordo nem magro. Sobre o que conversamos no jantar no Fuki Sushi? Ele não comeu peixe cru, disso eu me lembrava — estranho, mas não notório para os padrões da época.

"Não é a coisa mais nojenta do mundo?", Joanne apontou.

"Mostra quem ela é de verdade", Carla comentou. "Ela não se impede de fazer nada para conseguir o que quer."

A forma lasciva como contaram essa fofoca, os olhares ávidos, as cabeças inclinadas para se tocarem — tudo isso me irritou. Falei algo como "Talvez vocês não saibam o valor da cidadania americana. Talvez seja algo que nós todas subestimamos".

"Ava", Joanne disse, "ela se casou com o marido da tia. É do nível de Woody-Soon-Yi."

"Não se envolva demais com ela", Carla sugeriu. "Não sabemos do que ela é capaz."

Jurei que eu estava pouquíssimo envolvida nos negócios dela, que não havia me comprometido com nada, e rapidamente mudei o assunto para a nossa reunião de quinze anos de formadas que iria acontecer. Faltavam cinco meses e, mesmo assim, os e-mails semanais já estavam chegando em nossa caixa de entrada, nos lembrando de se cadastrar, reservar quartos de hotel e enviar fotos para a apresentação no telão.

"Não entendo por que a décima quinta é grande coisa", comentei.

"Eu vou, já que perdi nossa décima", Joanne disse.

Carla disse "Se vocês duas forem, eu vou".

Elas olharam para mim. Dei de ombros sem compromisso.

"Acham que Winnie vai?", Joanne perguntou.

"Ela tem autorização?", Carla retorquiu.

Falei que não via motivo para ela ir, principalmente porque não tinha contato com ninguém.

"Exceto com você", Carla disse.

Joanne olhou nas profundezas de sua taça de coquetel como se tentasse enxergar uma mensagem na espuma que restou. "É tão estranha a reaparição dela, a forma como procurou você."

Carla completou o raciocínio. "Como ela sabia que Oli era um cirurgião de transplante? Ela não tem rede social, e você não falava com ela há quase vinte anos."

"A lista de ex-alunos", respondi, antes de perceber que claro que Winnie não teria acesso a ela, já que nunca se formou.

Mas Joanne e Carla já haviam mudado de assunto.

"Certifique-se de perguntar a ela sobre o tio-marido e nos contar", Joanne pediu, conforme Carla sinalizou para o garçom trazer outra rodada.

Eu desejei cancelar o pedido, levantar e sair. Não queria passar mais um minuto naquela mesa com aquelas mulheres, minhas amigas mais antigas e mais próximas.

Viu, detetive, esse era o quanto eu estava envolvida. Em vez de sentir repulsa pelo casamento de Winnie com Bertrand Lewis, eu achava que a reação totalmente natural das minhas amigas era a errada. Na verdade, na minha mente doentia e enevoada, eu admirava Winnie por de novo dizer “Para o inferno com os *haters*, vou fazer o que preciso fazer”. O nível de audácia, ousadia, coragem — bem, era tóxico.

10

Naquele junho, seis meses depois de Winnie ter me contatado pela primeira vez, Boss Mak chegou em Palo Alto para alguns dias de consultas e exames com Oli e o restante da equipe de transplante de Stanford. Winnie foi junto para traduzir e dar apoio moral.

Ela me contou que tinha ficado surpresa ao vê-lo no aeroporto com o rosto magro e o blazer pendurado em sua postura encolhida. Ele tinha parado de ir ao escritório e, até onde Winnie sabia, passava os dias assistindo a dramas coreanos complicados e com enredos difíceis demais de serem recontados.

Ele sequer tinha força para reclamar de sua filha, que tinha assumido o controle das fábricas — uma filha única, mimada e bonitinha, que tinha estudado nas melhores escolas do mundo e, ainda assim, segundo ele, de alguma forma, era uma sem noção.

Assim que Oli recebeu os resultados dos exames de Boss Mak, disse a ele que o comitê de transplante iria discutir o caso e lhe dar uma resposta em algumas semanas, certificando-se de destacar o quanto era difícil aceitar estrangeiros como pacientes. Para isso, Boss Mak assentiu sabiamente e disse (com Winnie traduzindo) "Mesmo assim, agradeço por seu tempo em analisar minha situação. Gostaria de fazer uma doação de meio milhão de dólares para o hospital a fim de apoiar seu ótimo trabalho".

Agora, como você provavelmente sabe, detetive, protocolos inflexíveis e listas de espera infinitas governam transplantes de fígado nos EUA, tanto que, quando Winnie me falou sobre Boss Mak a primeira vez, eu disse que era melhor ele ficar na China, porque, eu sabia, por causa de Oli, que existia uma abundância de fígados disponíveis que, havia boatos, teriam vindo de prisioneiros políticos executados. No entanto, Winnie explicou que, como toda pessoa rica na China, Boss Mak nunca se sujeitaria voluntariamente ao serviço médico de qualidade inferior do país. Ele exigia o melhor dos melhores.

Quando repeti o que havia absorvido de Oli sobre a escassez extrema de órgãos pelo país e a quase proibição de transplantes para estrangeiros depois da eleição, o sorriso que se abriu nos lábios de Winnie era zombeteiro. "Todo mundo sabe que há formas de contornar as regras", ela disse. Será que eu não me lembrava do que tinha acontecido com o UCLA Medical Center, para onde quatro chefes da Yakuza haviam ido de Tóquio para reivindicar novos fígados imaculados, os transplantes feitos pelo próprio chefe do departamento? Claro, em certo momento, o *L.A. Times* fez uma grande denúncia, mas o que aconteceu? O chefe permaneceu o chefe; os Yakuza mantiveram seus fígados.

Eu estava surpresa com o empenho de Winnie para ajudar Boss Mak? Não posso dizer que estava, detetive. Afinal, ele era a coisa mais próxima que ela tinha de família. Seus pais mal falavam com ela; sua tia da Virgínia estava morta.

Se acredito que a ruptura com seus pais a motivou a uma vida de crime? É, acho que sim. Os pais não levam sempre pelo menos um pouco da culpa? Pelo que pude entender, seu desentendimento com os pais aconteceu em duas fases distintas, por um período de quinze anos. A primeira foi quando ela teve que sair de Stanford. Era perigoso demais contar a verdade aos pais — que alunos chineses estavam contratando advogados caros para lutar contra a ameaça de sentenças de prisão —, mas de que outro jeito ela poderia explicar uma partida tão repentina? Ela estudou o problema de todos os ângulos e concluiu que não tinha opção a não ser dizer que havia sido reprovada.

Aguardando para embarcar em São Francisco, ela ligou para eles de um orelhão no portão. Mais tarde, me contaria o quanto foi torturante dizer as palavras inventadas, principalmente quando ela conjurou a imagem de seus colegas de classe passando o tempo jogando bolinhas de plástico em copos de cerveja e tirando notas B. É verdade, a inflação de notas em nossa ilustre instituição era uma piada. Acho que não teria sido possível reprovar a menos que você realmente se esforçasse. Felizmente, diferentemente das universidades na China, Stanford não enviava boletins de notas para os pais, então os dela nunca conseguiram ver a fileira impecável de A's que ela havia conquistado — sim, até em Redação e Oratória. (Todos os tutores da biblioteca a conheciam pelo nome.)

Depois de mais de dezessete horas de voo, da longa espera pelo ônibus, da viagem quente e empoeirada para casa, quando ela finalmente arrastou suas malas pela escada até o apartamento, seu pai não saía do quarto. Sua mãe apontou para a mesa onde estavam algumas tigelas sobre uma toalha de malha. Por alguns minutos, ela observou Winnie colocar comida na boca e então disse "Não conte a ninguém por que voltou. Só diga que não conseguiu pagar as taxas. Ela se levantou e se juntou ao marido no quarto".

Winnie estava com tanta fome que comeu todo o tofu em seu molho marrom congelado, as folhas de mostarda encharcadas, o arroz frio e duro. Do outro lado da parede, ela ouviu o volume da TV aumentar e diminuir, a risada de sua mãe, o grunhido de seu pai. Ela tinha estado fora por três meses, e eles nem conseguiam olhar para ela.

Winnie tentou uma inscrição fora de época para Universidade de Xiamen. A instituição abriu uma exceção e a aceitou, graças às suas notas espetaculares do ensino médio, assim como a prestigiada bolsa escolar do governo que tinha possibilitado que ela fosse para o exterior. Provavelmente, eles também sentiram pena dela.

"Você é a menina que teve que abandonar Stanford", professores e alunos similares diziam. "Como era lá?"

Ela me contou que sua resposta variava dependendo de seu humor. "Era o paraíso", ela disse à sua colega de laboratório gorda e ansiosa. "O campus era muito lindo, era como andar de bicicleta em um filme de Hollywood."

"Sinceramente, não era tão bom", ela falou para um monitor de Economia nervoso e desengonçado. "Se eu pudesse voltar atrás, teria me inscrito para Oxbridge. Mais rigorosa intelectualmente. E mais barata."

Assim que houve espaço disponível, ela se mudou para os dormitórios. Me contou que os outros alunos sempre ficavam maravilhados ao descobrir que ela era local, considerando que raramente ia para casa.

♦♦♦

A segunda e última fase da ruptura entre Winnie e seus pais aconteceu anos depois, após o divórcio de Bertrand Lewis. Seus pais ficaram, compreensivamente, bem enfurecidos quando ela se casou com ele por um green card, então ela achou estranho eles parecerem igualmente decepcionados quando ela o deixou.

Depois dos drinques naquele dia com Carla e Joanne, questionei Winnie sobre Bertrand. Ela me disse para deixar de lado minhas ideias preconceituosas em relação ao tipo de homem que se casaria com a sobrinha de sua falecida esposa. Ela jurou que Bert só havia sido leal e carinhoso com a tia dela e ex-esposa dele. Na verdade, ela acreditava que foi a enorme tristeza de perdê-la que o levou a aceitar o pedido de Winnie.

Na tarde em que dirigiram de volta da cerimônia no cartório, ele, de forma tímida, abriu uma garrafa barata de champagne. Isso a fez se encolher. Ela sabia que deveria colocar um fim no absurdo naquele instante, mas ele parecia tão esperançoso em seu terno esporte que ela se sentou e acabou com toda a garrafa junto com ele. Ela não estava com vontade de cozinhar, então, para jantar, eles devoraram batatas Ruffles mergulhadas em molho ranch. Era tarde quando se levantaram da mesa. As pálpebras dela estavam pesadas, e ela só queria deitar a face em um peito quente. Tolamente, ela o deixou levá-la para o quarto principal. Winnie nunca entrava lá; sempre deixava a roupa limpa dele em uma pilha impecável na poltrona em frente à televisão. Bert não tinha se incomodado em guardar as roupas, e a visão delas amontoadas na lateral da cama *king size* a irritou. Ele empurrou as roupas limpas para o tapete e sorriu, o que a teria irritado mais, porém ele parecia tão encantado consigo mesmo que ela teve um vislumbre do garoto que deveria ter sido. Então, ela tirou a calça jeans e se enfiou debaixo das cobertas, onde pelo menos estava aconchegante e confortável.

No meio da noite, ela voltou para o sofá-cama no escritório. Ela foi rápida para explicar isso assim que lhe contou como se sentia, e ele nunca mais a pressionou para dormir com ele. Bert lhe deu um lugar para viver nos três anos seguintes enquanto ela aguardava seu green card, fazendo entrevistas para aulas de administração na UVA, aceitando qualquer trabalho ilegal que pudesse encontrar. Depois que uma cliente da sua fase como babá pediu que ela falasse somente mandarim com sua filha, Winnie começou a oferecer seus serviços de professora de chinês. Isso não vai surpreender você, detetive: dentro de um ano, ela transformara o porão de Bert em um programa de aulas particulares de chinês para a elite da cidade. Executivos de negócios, médicos, advogados, acadêmicos, todos enviavam seus filhos, com idades entre dois e dezoito anos.

Mas não importava o quanto Winnie ficasse ocupada com seu trabalho, ela cumpria sua parte do acordo com Bert. Limpava os banheiros, fazia as compras e cozinhava refeições saborosas e nutritivas. No dia em que seu green card chegou, Bert a levou a um restaurante italiano a fim de comemorar.

Durante uma fatia compartilhada de tiramisu, os olhos dele se encheram de lágrimas. "Gostei da sua companhia", ele disse. "Vai ser solitário sem você."

Ela se mudou para um apartamento próprio depois disso, embora continuasse alugando o porão de Bert para seu curso de mandarim. E quem sabe por quanto tempo ela teria ficado em Charlottesville se não fosse pela eleição? Além de sua decepção com o presidente eleito, ela disse que tinha ficado entediada de ensinar chinês básico e havia começado a sentir o que descreveu como "os comportamentos ameaçadoramente amigáveis do sul". Assim, ela planejou umas férias longas para a China a fim de visitar os pais, que não via há oito anos, e também para experimentar a ideia de voltar para casa para sempre.

Entretanto, ao pisar na entrada de seu apartamento de infância, com sua luz piscando no teto e a tinta descascando, Winnie disse que sabia que tinha cometido um erro terrível. Ela passou cinco semanas consecutivas naquele espaço apertado, compartilhando um único banheiro com sua mãe e seu pai, além da ocasional refeição silenciosa. Quando conheceu Boss Mak, naquela viagem para Guangzhou com a prima e as amigas da prima, ela se afundou em um desconforto profundo. Temia abrir os olhos toda manhã; havia se esquecido de como era realmente estar interessada no que alguém tinha a dizer.

Deitada nos braços de Boss Mak naquele quarto de hotel, ela se agarrou às palavras dele, fazendo perguntas até tarde da noite sobre oportunidades de crescimento para as fábricas e as demandas para trabalhar com marcas internacionais.

"Você é esperta demais para ficar presa em Xiamen", ele disse. "Vá para Pequim ou Xangai. Posso te apresentar a umas pessoas."

A verdade era que Winnie não suportava aquelas cidades: a névoa era tão densa que você ficava semanas sem enxergar o sol, as multidões eram tão enormes que você perdia dias inteiros esperando em filas.

Boss Mak deu risada, seu peito gentilmente balançando a cabeça dela. "Agora vejo que você é americana. Nesse caso, por que desperdiçar seu tempo na China?"

Isso, ela me contou depois, era exatamente o que ela precisava ouvir. Em questão de semanas, havia comprado sua passagem de avião para Los Angeles e contado aos pais que havia mudado de ideia quanto a sair da América.

Enfim, seu pai ergueu os olhos de sua tigela de arroz e a encarou. "É melhor assim", ele disse, e então se retirou para o quarto, deixando Winnie e sua mãe livres para lavar a louça.

Ela embarcou naquele avião sabendo que nunca mais teria um lar para onde voltar na China. Estava livre. Livre para construir sua própria vida, para fazer o que quisesse. E, detetive, não exagero quando digo o quanto isso era raro para alguém como Winnie, a filha única de pais chineses. Então, se perguntar se a ruptura com eles teve alguma coisa a ver com sua eventual carreira? Sim, está bem claro que teve.

Ainda assim, ninguém que estivesse acompanhando os acontecimentos que levaram à partida de Winnie teria adivinhado que, dentro de meses, ela estaria de volta à sua terra natal comprando bolsas falsificadas. Que o Sheraton Dongguan, o Shangri-La Shen-zhen e o Marriott Guangzhou se tornariam, de certa forma, suas segundas casas.

Ela me contou que a última vez que viu Boss Mak saudável foi logo depois de ter enviado a inscrição para obter a cidadania americana. Eles estavam na sede do country club dele em Dongguan, bebendo drinques gelados após uma rodada de golfe. Nessa época, eles eram sócios e apareciam juntos em público livremente. A doença dele ainda não havia progredido, e ele estava bronzeado e forte, então ela se conteve quando ele virou uma cerveja e pediu outra. Havia outras coisas na sua mente. Se sua inscrição para a cidadania fosse aceita, ela ficaria presa nos EUA até seu novo passaporte ficar pronto, e estava pensando em fazer uma visita rápida a Xiamen para ver seus pais. Boss Mak achava que ela deveria ir?

Sempre comedido, ele respondeu "Depende dos seus motivos".

O que Winnie queria mais do que qualquer coisa era esfregar seu sucesso na cara de seus pais. Talvez as poltronas macias, as toalhas de mesa engomadas, a limonada azeda e gelada naquele ar-condicionado frio da sede do clube tivessem a ver com essa decisão, mas pode ser também que estivesse furiosa por eles terem acreditado nela quando contou que havia sido expulsa de Stanford. Eles não conheciam a própria filha? Não sabiam de sua capacidade? Por que não haviam insistido para descobrir o que realmente estava acontecendo?

Então Winnie tentou imaginar como eles teriam reagido se ela tivesse lhes contado o que havia feito. A reação deles teria sido a mesma: raiva, desgosto e, acima de tudo, vergonha. Ela não poderia ter confiado neles para protegê-la se tivesse chegado a esse ponto. Porque depois de toda a comoção — a cerimônia chique de premiação, o artigo no *Xiamen Daily*, a gloriosa despedida organizada pela escola onde havia concluído o ensino médio —, ela os havia humilhado ao abandonar a faculdade, e isso era imperdoável.

Foi aí que revelou a Boss Mak que, como formanda do ensino médio, ela havia ganhado uma bolsa de estudos do governo chinês e sido aceita em Stanford. Até ali, ele só sabia que Winnie havia se formado como a primeira de sua sala na Universidade de Xiamen.

Ele soltou seu copo vazio. "Por que você não foi?"

"Eu fui", respondeu, "por um bimestre. Menos de três meses". Ela deixou escorregar uma risada amarga.

Quando recontou toda a saga, ele tirou seu lenço e secou o rosto, emocionado. “Queria ter conhecido você na época. Acho que poderia tê-los convencido a deixar você ficar.”

Ela não destacou que tudo isso tinha acontecido anos antes, quando havia zero empatia pelos estudantes envolvidos. Até o filho do secretário do partido de Tianjin havia sido expulso de Harvard.

O que ele falou em seguida ela guardaria para sempre.

“Você foi uma garota que estava desesperada. E, claramente, era tão esperta quanto todo mundo lá. Isso precisava valer para alguma coisa.”

No fim, ela me contou, que não foi para casa, para Xiamen. Em vez disso, transferiu uma quantia indecente de dinheiro para a conta bancária de sua mãe. Sua mãe aceitou a transferência, porém não reconheceu o presente.

Então, não, detetive, não posso dizer que a determinação de Winnie em ajudar Boss Mak a conseguir seu transplante e salvar a vida dele me surpreendeu, mas, de novo, nem a fez mudar.

11

Enquanto Boss Mak definhava na cama em Dongguan, aguardando Oli e a decisão do comitê, sua filha, a antiga VP sênior da Mak International, estabeleceu-se em seu novo papel como presidente em exercício. Armada com um MBA de Wharton, um guarda-roupa de elegantes ternos Vivienne Westwood, Mandy Mak apresentava um fluxo constante de iniciativas, desde reestruturação de linhas de montagem e pequenas equipes de trabalhadores para flexibilidade máxima até novos uniformes, a fim de elevar a moral dos funcionários. Mas sua maior inovação foi implementada não nas fábricas legítimas de Mak, mas em nosso negócio de falsificação.

No esquema original de Winnie, ficávamos na defensiva constantemente, brincando de pega-pega com as marcas. Assim que um novo estilo chegava a uma boutique, corríamos para rastrear uma fábrica clandestina em Guangzhou que conseguisse colocar as mãos naquela bolsa, desmontá-la, buscar os materiais necessários e treinar seus trabalhadores para recriarem perfeitamente cada componente. Naturalmente, isso demandava tempo. E fábricas de falsificação eram invadidas e fechadas rotineiramente, então tínhamos que procurar novos sócios constantemente.

A solução que Mandy Mak deu para Winnie ao telefone foi tão simples quanto arriscada. As fábricas legítimas de Mak já produziam bolsas para todas as marcas maiores, então, em vez de administrar dois negócios separados, um legítimo e outro não, ela propôs que *falsificassem suas próprias marcas*, bem ali nas instalações. Por que não construir sua própria fábrica clandestina na região? Amostras e modelos genuínos poderiam passar pela porta dos fundos nas mãos de nossos associados, possibilitando que réplicas fossem lançadas ao mesmo tempo que suas contrapartes verdadeiras. Um golpe de mestre.

Sei o que está pensando agora, detetive. A fábrica clandestina não engoliria os lucros da legítima? A resposta é não, não necessariamente. De modo geral, o consumidor que paga uns duzentos dólares para uma réplica perfeita não é a mesma pessoa que paga mais de dois mil dólares pela verdadeira. Mandy Mak não estaria canibalizando suas fábricas legítimas, mas fazendo crescer o império de bolsas de sua família nas duas frentes. Tudo o que ela precisava fazer era garantir que as marcas internacionais nunca, jamais, descobrissem.

Para ser clara, o plano todo era ultrajante. Eu não conseguia entender por que Winnie ainda se incomodava em me contar em vez de rejeitá-lo imediatamente. As marcas internacionais, já ariscas por produzir seus produtos na China, ainda incapazes de fugir do trabalho barato, implementaram regulamentos severos para combater o roubo de propriedade intelectual. Sobras de materiais precisavam ser diminuídos em milímetros; modelos eram armazenados em cofres industriais, rejeitos de fábrica eram rapidamente destruídos.

Mas, quando tentei alertar Winnie sobre o risco, dizendo que, na minha opinião, se Boss Mak estivesse melhor de saúde, ele teria rejeitado completamente essa ação, ela respondeu com um sorrisinho. “Nunca o vi recusar dinheiro, e isso é dinheiro pra caramba.” Ela chegou rapidamente à conclusão de que eu precisava ir a Dongguan a fim de resolver os detalhes dessa nova parceria, que tornaria os Mak nossos únicos fornecedores de bolsas falsificadas.

Argumentei que o plano era perigoso demais, que os Mak poderiam nunca conseguir girar a nova atividade, que Winnie estava cedendo muito poder, e tudo por algo que estava fadado a falhar.

Até tentei apelar para o ego dela. “Esse era o seu esquema engenhoso”, lembrei. “Foi você que fez tudo isso acontecer. E, agora, se eles controlarem o fornecimento, você fica à mercê deles. Você trabalha para eles.”

Francamente, detetive, não posso dizer com certeza se eu realmente acreditava em meus próprios argumentos, ou se eu estava somente me agarrando a algum motivo para recusar a viagem. Porque, mesmo naquela época, eu sabia o que isso significava: ir a Dongguan seria tornar-se procuradora de Winnie, saltar de funcionária a sócia, igualmente responsável, igualmente culpada, igualmente envolvida com os Mak e com seus inúmeros outros esquemas ilegais.

Então, tentei ganhar um tempo, sugerindo que tirássemos umas semanas para refletir sobre nossas opções, mas Winnie não me deu ouvidos. Ela balançou um braço pelo ar, como se isso pudesse banir todas minhas preocupações.

“Não”, ela disse. “Não cheguei tão longe fazendo o que é seguro. Estamos dentro.”

Desesperada, eu disse a ela que não poderia deixar Henri.

Em um tom de desdém, ela resmungou "Isso de novo não".

"Oli nunca vai me deixar ir. Você sabe como ele é."

Sua expressão se endureceu. "Bem, se não conseguir convencê-lo, eu consigo. Na verdade, posso contar tudo a ele. É isso que você quer?"

A pele da minha nuca pinicou. Analisei a expressão dela por qualquer traço de humor ou ironia — com certeza, ela estava brincando. Com certeza, ela estava a um segundo de iniciar uma risada. Em vez disso, só encontrei puro desprezo sendo destilado. Naquele momento, enxerguei Winnie por quem ela realmente era: não uma nerd bizarra, não uma brilhante iconoclasta, mas uma bandida comum.

"Tudo bem. Quando devo ir?"

Ela uniu as mãos, instantaneamente voltando ao seu eu alegre. A mudança foi vertiginosa.

"Vamos colocá-la no próximo voo. Será ótimo, vai ver." Como se ela não tivesse acabado de ameaçar destruir a mim, meu casamento, minha vida.

♦♦♦

Naquela noite, quando Oli entrou em casa, exausto e esgotado, como ele sempre estava no fim da semana, eu estava pronta para apresentar meu caso. Seu prato preferido, bife bourguignon — a única coisa que aprendi a cozinhar — fervilhava no fogão; quatro tipos de queijos rígidos e macios e uma variedade de biscoitos estavam pela tábua de madeira; um bom Burgundy tinto respirava no decanter.

Servi ao meu marido uma porção fumegante do molho escuro e encorpado. A carne estava macia; as chalotas, perfumadas; os cogumelos, brilhantes como pérolas. Ele aproximou sua cadeira da minha e deitou a cabeça em meu ombro. Pressionei as almofadinhas dos meus dedos na cabeça dele e ele praticamente ronronou.

Foi então que contei a ele sobre a viagem.

Sua cabeça se lançou para cima como uma bola de basquete. "Shenzhen, China? Depois de amanhã?"

Eu o lembrei que Winnie não podia sair do país por causa de seu pedido de cidadania e eu era a única advogada da equipe. Ouvi as palavras saírem da minha boca e não fazerem o menor sentido, então balbuciei sem parar. Já que eu não poderia revelar o motivo verdadeiro para a viagem, tudo que Oli pôde saber foi que eu iria viajar de novo, de última hora e, pior, deixando nosso filho para trás.

"Ava, me fale a verdade, você está tendo um caso?", ele perguntou. A carne em minha boca virou cartilagem e a cuspi em meu guardanapo.

"Seu cabelo", ele disse, gesticulando para minhas novas mechas ruivas, "e esses vestidos coloridos... é tão clichê".

Jurei que era fiel; era ele que me sempre me repreendera para usar mais cor, que tinha feito isso por ele! Tentei explicar que o negócio na China precisava ser feito pessoalmente, que eu fecharia alguns contratos, assinaria umas coisas e daria meia-volta para voar pra casa, ah, só que minha avó faria noventa anos naquela semana e, por pelo menos uma vez na minha vida, eu poderia comemorar com ela e claro que ele me concederia isso.

"O que deu em você?", ele perguntou. "Está ouvindo como soa bizarra neste momento?"

Fechei a boca.

Oli empurrou o prato. "Nosso filho está sendo criado pela babá."

Aquilo foi demais. Meu discurso cuidadosamente pensado se estilhaçou como vidro no chão. Rugi de volta. "E a culpa é minha? Vindo de um homem que mora separado da família pela maior parte da semana?"

"Você sabe quantas horas estou trabalhando", Oli rebateu, sua voz falhando. "Este será o primeiro dia de folga que tenho em três semanas."

Aqui a minha eu regular, a minha eu *verdadeira*, teria me contido, teria parado e ouvido. A eu raivosa atacou, pensando somente em si mesma.

"Ah, vamos, você sabia no que estava se metendo. Ninguém te obrigou."

Ele ficou pálido. "Certo. Pague Maria para ficar o tempo inteiro enquanto você estiver fora. Não posso vir e voltar para Palo Alto toda noite."

"Agradeço por você ter suas prioridades tão definidas." Saí pela casa procurando meu celular para enviar a Maria uma mensagem, oferecer outro aumento.

"É você que está revirando nossa vida com esse dito emprego. Pelo amor de Deus, eu nem sei o que você faz."

"Isso é porque você nunca escuta", gritei da cozinha, onde meu celular estivera descansando perigosamente perto da pia. "Te contei mil vezes, mas só o que você faz é trabalhar, trabalhar, trabalhar, aí vem para casa no fim de semana e passa quinze minutos aqui e ali brincando com seu filho. Chama isso de ser pai?"

Em vez de receber uma resposta houve um barulho ensurdecedor. Corri de volta para a sala de jantar onde, em um ato altamente atípico, Oli tinha jogado o vaso de cristal Baccarat do aparador, que tinha sido um presente de sua mãe, no chão.

Ele ficou ali parado com a cabeça nas mãos, com ombros subindo e descendo a cada respiração. Há uma eternidade, eu o teria abraçado, aninhado meu rosto no espaço quente debaixo de seu queixo. Em vez disso, disse a ele "Limpe isso antes de ir embora", e saí da sala.

♦♦♦

Três dias depois de Winnie propor e, então, ordenar que eu fosse nessa viagem, pousei no aeroporto de Shenzhen no meio de um dilúvio. Estava lamentando não ter levado um guarda-chuva quando vi meu nome em uma placa, segurada por um jovem em um terno barato, com corte estiloso na altura do pescoço, daqueles desgrenhados.

Apesar de meus protestos, ele arrancou minha Rollaboard de mim e correu para o aguaceiro debaixo de um espaçoso guarda-chuva preto de golfe, prometendo voltar com o carro.

Um tempo depois, saí e fui, instantaneamente, embrulhada pela umidade no breve instante antes de entrar na brilhante Mercedes prateada, resfriada à temperatura de uma geladeira. O assento de couro era rígido e inflexível, a água da garrafa no apoio de copo estava tão gelada que fez meus dentes doerem. Quando digitei a senha do Wi-Fi escrita acima da maçaneta da porta em meu celular, uma imagem de Henri dormindo chegou de Maria, o cabelo suado emplastrado em sua testa, um claro sinal de que estivera chorando. A culpa que jorrou por mim era um lodo tóxico e viscoso. Verifiquei meu e-mail para ver se Oli tinha escrito, mas não.

O trânsito ficou parado, e o motorista explicou que a enchente havia fechado uma das pistas da rodovia. Do lado de fora da minha caixa hermeticamente fechada, um casal em uma motocicleta, vestidos com capas de chuva improvisadas feitas com sacos de lixo, apertava os olhos arrasados na tempestade. Um homem com o rosto vermelho buzinou e, então, baixou o vidro da janela e escarrou.

Coloquei meus fones de ouvido e escolhi um podcast chinês no celular a fim de inserir a língua na minha mente, o que teria feito Winnie zombar de mim. “Pare de se preocupar”, ela tinha repreendido. “Você não estará lá para ter conversas profundas, estará lá para demonstrar que nos importamos tanto com essa sociedade a ponto de conversar pessoalmente. Por uma única vez, você não precisa ser a melhor aluna. Só entre naquele avião e vá.”

Se eu estava surpresa por ela voltar a fazer piadas como se fôssemos velhas amigas de novo? Na verdade, não, detetive. Você sabe melhor do que eu: não é essa a característica de um gângster de sucesso? Extremamente encantador e extremamente cruel de um instante para o outro?

Voltando ao caso, naquele carro, ouvi um ex-presidiário surpreendentemente carismático explicar como ele havia convencido donas de casa chinesas a contratá-lo para assassinar seus maridos traidores para que ele pudesse fugir com as economias da vida delas.

Ao abrir os olhos de novo, a chuva havia passado e raios brancos de luz ultrapassavam as nuvens. O carro parou diante de um portão que se abriu para nos deixar entrar. O motorista dirigiu até a entrada principal da fábrica, estacionou e se apressou para abrir minha porta.

Um homem alto com uma calvície prematura desceu um lance curto de escadas para me receber. Ele estava vestido mais casualmente do que o motorista, em uma polo Prada slim. Em um inglês acelerado com sotaque chinês, ele disse

"Olá! Sou Kaiser Shih, vice-gerente da Mak International. Como foi seu voo? Voou de São Francisco, certo? Acabei de chegar de L.A. na semana passada. É minha cidade preferida da América. Bem, depois de Las Vegas, é claro".

Ele me levou pelas portas de vidro até um elevador que nos deixou diante de uma sala de reunião lindamente mobiliada. Havia uma jovem com um coque de bailarina sentada na ponta da mesa, mexendo rapidamente em um celular com uma capa com monograma da Goyard. Ela era ninguém menos que Mandy Mak. Vestida em um de seus ternos de marca, com um decote assimétrico e uma saia longa e plissada, combinada com scarpins brilhantes com sola vermelha que harmonizavam perfeitamente com seu batom, ela parecia uma estrela de cinema brincando de CEO em uma comédia romântica de Hollywood. Ao seu lado, havia um homem gordo com uma camisa surrada, o que contrastava duramente com o cordão grosso de ouro pendurado em seu pescoço. Esse, Kaiser Shih me contou, era o gerente Chiang, líder da nova fábrica de falsificações.

As apresentações foram feitas. Perguntei sobre Boss Mak e Mandy me surpreendeu ao jogar os braços em volta de mim e me agradecer por marcar a consulta com Oli e a equipe de transplante.

Em contraste, o gerente Chiang apertou minha mão formalmente.

Disse a ele que tinha ouvido ótimas coisas sobre o trabalho dele.

"Imagine, imagine", ele respondeu.

"Ele está sendo modesto", Mandy disse. "Você sabe por que as réplicas dele são tão boas? Ele conseguiu contratar um líder de produção da principal fábrica da Dior daqui."

O homem afirmou humildemente "Isso é verdade".

Nos sentamos à mesa e prosseguimos com a finalização dos termos de nosso novo acordo, depois do que se seguiu outra rodada de apertos de mão.

O gerente Chiang se retirou para outra reunião.

"Veio do nada", Kaiser Shih me contou. "Largou a escola na quinta série e trabalhou para crescer: o sonho chinês."

Mandy precisou partir logo depois disso a fim de pegar um voo para uma feira em Milão, mas não antes de instruir Kaiser Shih a me mostrar as redondezas.

"Desculpe por perder o jantar esta noite", ela lamentou, "mas Kaiser Shih e os outros vão cuidar de você. Aproveite! Beba uma taça de champagne por mim!". Ela saiu da sala em seus saltos.

Kaiser Shih me levou por um par de portas de vidro onde algumas das bolsas mais chiques do mundo eram feitas. As salas eram imaculadas e bem ventiladas, dando às fileiras de operárias uniformizadas — mulheres jovens, todas elas, com o cabelo amarrado para trás debaixo de toucas e bocas e narizes protegidas por máscaras cirúrgicas — o clima eficiente e preciso de enfermeiras hospitalares.

Na sala de amostras, ele ergueu diante de mim uma bolsa estilo anos 1950 em couro verde-garrafa. "Marc Jacobs, Primavera de 2020, será lançada no ano que vem."

Conforme a visita progrediu, analisei o que pareciam painéis de couro estendidos por mesas como se fossem mapas antigos.

Observei operárias costurarem emblemas de Tory Burch em bolsas estampadas, aquelas azul-marinho com T's iguais, que, agora, eu conhecia muito bem. Virando em uma sala, quase trombei em uma prateleira de bolsas de couro Prada

Saffiano, penduradas ali tão casualmente quanto patos inteiros assados em uma vitrine em Chinatown.

Kaiser Shih brincou. "Não conte a ninguém que você viu estas, ou a Prada vai cortar minha cabeça." Ele tinha uma risada contagiante, que fluía como um aumento repentino da água de uma torneira.

Talvez fosse a desidratação do voo longo, um leve envenenamento da fumaça mortal chinesa da qual a mídia ocidental lamentava constantemente ou talvez fosse psicológico — minha culpa lentamente brotando atravessando as camadas da racionalização. Qualquer que fosse o caso, minha cabeça começou a latejar. Comecei a ficar tonta e exausta. Seguindo Kaiser Shih em mais um lance de escadas, a ponta do meu sapato prendeu em uma minúscula saliência e caí.

"Sinto muito! Você está bem?"

Falei que me sentia mal e talvez a poluição fosse a culpada.

"Pode ser", ele disse. "Estrangeiros sempre reclamam dela." Ele olhou para mim com tanta pena e gentileza que me perguntei se poderíamos ser de espécies diferentes: ele, tão saudável e resiliente, eu, tão vulnerável e fraca.

Ele sugeriu me levar de volta ao hotel para descansar, no entanto, insisti em ver a fábrica de falsificações. Afinal, eu tinha ido até lá.

Do lado de fora, as nuvens haviam dispersado, e o sol do meio-dia me atingiu no rosto. Atravessamos o pátio, contornando poças de água, e seguimos por um caminho estreito através de uma cobertura de árvores para uma estrutura pequena de concreto bem no limite do complexo, escondida dos olhos de inspetores locais e internacionais. Em contraste com o restante dos edifícios, esse precisava de uma pintura, e suas janelas eram marcadas por barras de ferro e cortinas grossas.

Assim que entrei, vi as telas gigantes penduradas pelas escadas, como se fosse um trapézio de circo.

"O que é tudo isso?", perguntei, então a resposta veio.

"Segurança para os operários", Kaiser Shih respondeu.

Meu estômago se revirou.

Subimos para o último andar e ele tirou um chaveiro cheio de chaves e destrancou uma porta pesada. "Aqui estamos."

A sala que se abriu diante de mim estava extremamente quente, apesar de as mulheres nas máquinas de costura, muitas inexplicavelmente vestidas com mangas longas, parecerem alheias à temperatura.

Uma ou duas das mulheres, passando da meia-idade, com mais branco em seus cabelos do que preto, olharam na minha direção, então voltaram a empurrar abas de couro verde-garrafa por suas máquinas.

"Viu?" Kaiser Shih disse, apontando. "As nossas estarão prontas ao mesmo tempo que as da Marc Jacobs."

Um canto da sala estava reservado para um escritório, e alguém acenou para mim de uma das mesas. Era Ah Seng, o homem que tinha me levado àquele prédio de apartamentos assustador em janeiro. Enquanto respondia ao aceno dele, uma garota no canto oposto da sala chamou minha atenção. Ela não poderia ter mais do que catorze anos e, quando ela ergueu um lenço para secar o suor da testa, vi que seus dois primeiros dedos estavam faltando. Senti o nó subir pela minha garganta. Meu esforço para respirar no ar espesso e pantanoso era exacerbado pelos cobertores de lã pendurados em cada janela. Ingenuamente, eu os tinha confundido com cortinas lá de baixo.

Kaiser Shih tocou meu cotovelo e perguntou "Está tudo bem?".

Engoli em seco. Ele acenou para o encarregado, o ex funcionário da Dior, um homem magro com bochechas marcadas de espinha.

"Esta é a sra. Wong, da América", Kaiser Shih apresentou.

O encarregado estendeu sua mão de cinco dedos e, quando fui apertá-la, meu corpo se rebelou e se inclinou para um lado.

De alguma forma, Kaiser Shih me pegou e me segurou ereta. Ah Seng se apressou com um copo minúsculo de água, o que Kaiser Shih recusou, gritando "Pegue uma garrafa de água. Ela é estrangeira".

Ele me ajudou a ir para o corredor, onde estava significativamente mais frio. Com minhas costas pressionadas à parede, deixei a gravidade me fazer sentar no chão. Dentro daquela sala infernal, o zumbido das máquinas não parou um minuto sequer.

Ah Seng voltou com uma garrafa de água, que bebi inteira.

"Vou te levar para o hotel", Kaiser Shih disse.

"Há um motorista", consegui falar.

"Então vou acompanhá-la até lá."

No carro, ele disse ao motorista para aumentar o ar-condicionado e, então, virou a ventilação para mim.

"Como elas conseguem trabalhar assim?", perguntei.

"Como assim?", Kaiser Shih indagou.

"É quente demais."

"Elas estão acostumadas."

"É desumano."

Ele bufou. "É muito, muito melhor do que muitas que já vi." O olhar dele me analisou. "Winnie não te contou?"

Eu sabia que deveria parar, mas não consegui me conter. "Quantos anos tinha a menina do canto?"

"Que menina?"

"A que não tinha dois dedos. Doze? Treze?"

Ele fez um som entre suspiro e gemido. "Ava", ele chamou, "se aquelas meninas tivessem conseguido trabalho legítimo, por que estariam aqui?"

Não tive resposta para isso.

O carro parou no Sheraton, uma monstruosidade circular da era de 1970 da cor de um filé de salmão bem passado.

"Descanse um pouco", ele disse. "Seu motorista vai te buscar para jantar."

No hall, a recepcionista do hotel me garantiu que meu chinês era bom para uma americana e me acompanhou pessoalmente até minha suíte no último andar. Ela tagarelou sobre as vistas envolventes daquela cidade industrial e cheia de fumaça, o sistema complicado de interruptores de luz na parede, a bandeja de cortesia com peras, maçãs e mangas esculpidas para lembrar flora e fauna locais. Enfim, ela saiu, e eu joguei cada último pedacinho de maçã no lixo (uma precaução que sempre tomava na China, junto com água fervente em chaleira elétrica para escovar os dentes). Diminuí o termostato, baixei as cortinas blecaute e me deitei na cama. Milhares de pequenos punhos martelavam em minhas têmporas e, quando encostei as costas da mão na minha testa, ela queimava. Meu corpo gritava para eu relaxar, enquanto meu cérebro retrucava que era tarde demais. Eu tinha assinado meu nome naquele contrato; havia apertado a mão de cada um. Pessoas assim, com dinheiro, contatos e seus acordos ilícitos, não aceitavam gentilmente serem confrontadas. Winnie não havia se virado contra mim no instante em que ousei me rebelar?

♦♦♦

À hora designada, saí para o dia ainda quente para encontrar meu motorista, que me transportou para outro hotel grande e luxuoso de Dongguan. Minha estratégia era extremamente afável e desinteressante: eu passaria pela noite sem fazer perguntas inconvenientes, sem irritar ninguém. O elevador me deixou em um restaurante palaciano na cobertura com paredes escovadas em dourado e um teto espelhado com dragões de bronze embutidos. Fui levada a uma sala privada enorme que poderia, facilmente, acomodar cinquenta mesas, porém, no momento, continha somente uma única mesa bem no centro, com três homens de aparência comum sentados, vestindo blazers escuros, e uma jovem.

Ao reconhecer o coque de bailarina da mulher, gritei "Mandy, pensei que estivesse em Milão".

A mulher se virou. Não era Mandy, mas outra jovem com um vestido preto de bandagem, decorado com um colar dourado pesado. Dois dos homens riram desconfortavelmente, e o terceiro disse "Esta é Linlin, minha namorada".

Apesar das descrições de Winnie e de Oli, eu não conseguia conciliar o cabelo grisalho grosso e o bigode bem aparado de Boss Mak com o tom amarelado doentio de sua pele dentro de seu terno.

Inclinei a cabeça, envergonhada, e me desculpei para a namorada, que não pareceu ofendida, então apertei a mão de Boss Mak. Eu não esperara que ele estivesse bem o suficiente para ir.

Seu aperto permanecia firme. Ele disse "Como eu poderia perder a chance de encontrar você? Por favor, agradeça de novo seu marido pelo tempo dele".

Os outros homens se apresentaram. Aquele que tinha olhos astutos e a gravata laranja em um tom neon era o recém-nomeado vice-prefeito de Guangzhou. Claramente, Boss Mak o tinha convidado estrategicamente para investir em nosso negócio. O homem mais velho, queixudo e com o penteado bem preto, era o chefe de polícia aposentado, que recebia uma fatia mensal em troca de manter todas as partes necessárias a par das invasões programadas.

O vice-prefeito me alertou alegremente que nenhum deles falava inglês, enquanto o chefe de polícia se inclinou e me serviu uma taça de vinho branco — um Burgundy grand cru.

Todos brindaram com as taças e entoaram um *gan bei*, inclusive Boss Mak, que bebeu com um gosto quase exagerado, talvez prevendo que, se Oli concordasse em aceitá-lo como paciente, seria exigido que ele não ingerisse álcool por, no mínimo, seis meses.

Apesar do comprimido que eu tinha tomado mais cedo, minhas têmporas latejavam como alto-falantes. Tomei pequenos goles do meu vinho quando pressionada e esperava que eles ficassem satisfeitos.

Após sua apresentação inicial, Boss Mak falou com moderação, talvez para preservar sua energia. Ele praticamente ignorava Linlin, que encheu sua taça e perguntou se ele estava com frio e queria que elevasse a temperatura do ar-condicionado e, então, quando ele disse que não, enrolou um cachecol de caxemira caramelo no pescoço dele. Na verdade, ela parecia mais ser enfermeira do que amante, e eu não conseguia decidir o que era pior.

Bem rapidamente, passamos por assuntos relacionados à minha habilidade com a língua, então fiquei aliviada quando a porta da sala se abriu e Kaiser Shih entrou, ainda vestido com a mesma polo Prada ao invés de um terno.

"Olá, oi, desculpem o atraso", Kaiser Shih disse em inglês.

O chefe de polícia, cuja pele ficou vermelha devido à bebida, falou "Enfim, nosso expert em inglês chegou".

Boss Mak abanou um dedo para Kaiser Shih, embora falasse comigo. "Como provavelmente já sabe, meu vice-gerente aqui fala demais, mas, já que não sei inglês, só preciso ouvir cinquenta por cento do que ele diz."

Kaiser Shih aceitou a provocação com bom humor. Perguntou se eu estava me sentindo melhor, e menti que estava.

O vice-prefeito falou para os garçons servirem a comida e abrirem outra garrafa de Burgundy branco. Quando uma garçonete se aproximou com o vinho, o vice-prefeito o tirou dela, encheu a taça de Kaiser Shih até em cima e disse, em inglês "Vire".

"Vire", o chefe de polícia gritou. "Você é o mais jovem e o mais alto então deve beber mais."

Obedientemente, Kaiser Shih levou a taça aos lábios e bebeu o vinho caro em um gole longo, enquanto os dois homens o incentivavam. Eles me lembraram do primeiro ano dos associados na minha antiga firma: tipo A em tudo, inclusive em festas.

"Agora vocês dois", Kaiser indicou, enchendo a taça dos outros homens. "Você também, Ava", disse, apontando para mim.

Sem muita firmeza, ergui minha taça. Um tom de ameaça pairava sobre as festividades, como se, a qualquer momento, o clima pudesse mudar de jubiloso para beligerante.

Enquanto isso, Boss Mak observava os procedimentos com uma expressão divertida, porém distante. Toda vez que a taça de seu vinho encostava em seus lábios, eu imaginava seu fígado cicatrizado, murcho e enrijecido, incapaz de limpar as toxinas produzidas dentro de seu corpo. Uma vez, Oli tinha me mostrado uma foto de um par de fígados, um saudável e um danificado. O órgão bom era liso, flexível e de um vermelho-escuro brilhante; o ruim era pálido, rígido e brutalmente estragado. Boss Mak parecia, no mínimo, uma década mais velho do que minha mãe, apesar dos mesmo setenta anos que teriam. Ainda assim, lá estava ele, sendo bajulado por essa jovem linda, enquanto o que restou de minha mãe estava em uma urna na sala de estar da minha casa de infância.

O primeiro prato chegou, um prato frio de aperitivo com água-viva crocante, presunto marmorizado fatiado finamente e nuggets gordos de ganso defumado. Depois, sopa de barbatana de tubarão cozida lentamente. Então, abalone com garoupa frita e empanada e acelga chinesa baby, fatias de pato laqueado à Pequim, tudo acompanhado por mais vinho, desta vez um Bordeaux tinto.

Kaiser Shih garantia que meu prato estivesse cheio, perguntando repetidamente se eu estava gostando da comida. Na verdade, todas as porções estavam gordurosas e temperadas demais, ultrapassando o limite de decadente para debochado.

O chefe da polícia e o vice-prefeito contavam histórias, falando alto em cantonês — que eu tentei, em vão, seguir —, que acabavam em tapinhas nas costas e gargalhadas selvagens. Eles debateram as dicas para as próximas corridas no Macau Jokey Club, de onde parecia que todos eram membros. Linlin abafou um bocejo e se retirou para ir ao banheiro, e eu desejava poder me levantar e segui-la. Mas o que falaria para ela? O que poderíamos ter em comum além de ambas desejarem estar em outro lugar?

A garçonete trouxe tigelas de sagu de melado gelado e uma bandeja de frutas cortadas (que, estranhamente, recusei). Linlin voltou à mesa com batom retocado, e desconfiei que ela deve ter ficado sentada no vaso mexendo no celular para passar o tempo. Quando os homens terminaram sua sobremesa, o vice-prefeito pediu uma rodada de conhaque, do qual me obrigaram a beber uma taça.

"Um brinde", ele disse. "A novas parcerias e novos lucros!"

Todo mundo gritou "Gan bei!".

Minha cabeça girou em círculos lentos. Cada piscada era uma batalha a fim de erguer minhas pálpebras. A garçonete entrou segurando a caderneta de couro da conta, e me endireitei, momentaneamente empolgada por ter tido a previsão de entregar meu cartão de crédito ao maître quando cheguei.

Mas, ao invés de me trazer a conta, a garçonete foi até Boss Mak.

"Eles me conhecem aqui", ele explicou, rabiscando seu nome no recibo. "Eles nunca a deixariam pagar."

Falei para eles que Winnie havia insistido.

"Boss Lady pode pagar da próxima vez que ela vier", o chefe da polícia disse, cujo tom de pele, neste momento, tinha se escurecido para castanho.

Então, me lembrei dos envelopes vermelhos que havia levado na minha bolsa. Eu os passei com ambas as mãos, dizendo "Uma pequena lembrança minha e de Fang Wenyi".

Boss Mak ergueu uma enorme sacola de compras naquele tom inconfundível de laranja. "E um presente nosso para você."

Isso eu não tinha previsto. Não havia levado outros presentes e não sabia o que fazer.

"Abra", disse o vice-prefeito.

"Sim", incentivaram Kaiser Shih e o chefe da polícia.

Até Linlin se animou.

O vice-prefeito pediu à garçonete para retirar as taças sujas, e ela foi um pouco além, e colocando guardanapos brancos limpos na toalha de mesa suja. Coloquei na mesa a caixa laranja enrugada, desfiz o laço marrom granulado e desembrulhei camadas de tecido branco.

Uma arfada escapou de mim. Aninhada na caixa, estava uma rara Birkin 25 de crocodilo, da cor merlot, dos rubis, do sangue. Os homens sorriram para mim, gratos por meu espanto. O dedo com unha vermelha de Linlin se aproximou da bolsa. Boss Mak a empurrou para longe.

Ergui a Birkin como um castiçal. Parecia pulsar como uma coisa viva, que respirava. De todo ângulo, parecia autêntica, valendo, no mínimo, quarenta mil dólares.

Minha visão embaçou. Pisquei algumas vezes. "Como conseguiu isto?"

Boss Mak disse "Tenho um contado na boutique de Zurique". Ele deu uma piscadinha. "Mesmo que 90% das pessoas não saibam a diferença entre uma verdadeira e uma superfalsa, nós sabemos."

A bolsa valia dez vezes mais do que o dinheiro contido em todos os envelopes vermelhos combinados. Foi então que entendi exatamente o quanto Boss Mak estava determinado a entrar na lista de transplante. Ele sorriu serenamente para mim, a imagem de um homem que sempre conseguia o que queria.

"Outro brinde", o vice-prefeito gritou, que tinha enchido novamente nossas taças em algum momento. "A amizades, antigas e novas!"

"Gan bei, gan bei, gan bei!"

Depois da garrafa de conhaque ter sido esvaziada, nos levantamos, pegamos nossas coisas e fomos de elevador até o térreo. Linlin ajudou Boss Mak a entrar no banco de trás da Range Rover dele. Eu estava analisando o estacionamento para encontrar meu motorista quando o chefe da polícia disse "Ainda não são nem onze horas, vamos para o karaokê".

Meus olhos lacrimejaram. Eu poderia ter caído no sono bem ali. Precisava me levantar cedo para dirigir até Hong Kong para o aniversário de minha avó. "Bebi demais, estou com jet-lag, por favor, mal consigo ficar em pé."

Mas eles não se importaram. A mão grande de Kaiser Shih agarrou meu punho e me puxou para perto, dizendo que ele já havia enviado mensagem para o meu motorista e o mandado para casa. Alguém me empurrou para dentro de uma SUV espaçosa, e me deitei, grata por um lugar para descansar minha cabeça.

Minutos mais tarde, Kaiser Shih me cutucou para me acordar e me guiou para fora do carro. Um elevador em alta velocidade nos levou para cima para um salão chique, com sofás de veludo suntuosos e mesas baixas em mogno espalhadas sob luzes roxas fluorescentes. A recepcionista nos levou a uma sala privada com um par de poltronas generosas diante de uma tela que preenchia a parede inteira. Acima de nossas cabeças, um miniglobo de discoteca brilhava.

Enquanto o chefe da polícia distribuía charutos, fui procurar o banheiro e, depois, fui para o bar pedir um *espresso* duplo, que o bartender, confuso, deslizou na minha direção. Quando voltei ao grupo, o garçom estava colocando na mesa garrafas de Dom Pérignon e Blue Label, de Johnnie Walker e mais uma bandeja complementar de frutas. Uma faixa de introdução melosa preencheu o ar, e o vice-prefeito cantou suavemente sobre a amante que havia ido embora sem nem olhar para trás. Ele tinha uma voz agradável, um barítono caloroso e ressonante, impossível de se adequar ao seu jeito grosseiro e roupas escandalosas.

No meio da música, um bando de garotas em vestidos pretos tomara que caia idênticos com inúmeras etiquetas coladas em suas cinturas surgiram pela porta. Apesar da maquiagem pesada, dava para ver que eram jovens, algumas talvez até adolescentes.

"Para fora, todas para fora", o chefe da polícia ordenou, acenando forte com os braços como se estivesse pastoreando o gado.

"Só karaokê esta noite", informou Kaiser Shih.

As garotas voltaram timidamente pela porta. O vice-prefeito continuou cantando sem falhar.

O chefe de polícia expirou um anel de fumaça do charuto e revirou os olhos. "Eu já havia falado para eles quando chegamos, sem garotas."

Kaiser Shih me passou uma taça de champagne, que decidi não beber, e disse "Desculpe por isso".

Perguntei para que eram as etiquetas.

Ele fingiu não entender a pergunta.

"Os números. Nas garotas."

"Ah, isso. Para que você possa pedir a garota que gostar. Mas não sei muito disso, só venho cantar."

"Foi assim que Boss Mak e Linlin se conheceram?"

Foi uma pergunta sincera, mas Kaiser Shih deu uma risadinha. "Linlin tem ensino superior. Ela morreria se ouvisse você."

Minha dor de cabeça voltou com força. Vasculhei minha bolsa para encontrar o frasco de comprimidos, depois percebi que o tinha deixado no quarto do hotel. Pensei nas garotas menores de idade da fábrica que desejavam ser garçonetes, que desejavam ser recepcionistas, que desejavam ser amantes de velhos ricos.

"Não estou me sentindo muito bem mesmo", eu falei para Kaiser Shih.

Devo ter parecido uma morta-viva, porque, em vez de ignorar, ele soltou sua bebida e falou que chamaria um carro.

Os dois outros homens estavam cantando um dueto com uma batida dançante de salsa. Acenaram e me disseram alegremente "Cuide-se, vá devagar", talvez ansiosos para chamar as garotas de volta à sala.

Do lado de fora na calçada, me apoiei em uma coluna, segurando a sacola de compras laranja contra meu peito. Quando um sedã azul diminuiu a velocidade, Kaiser Shih abriu a porta do passageiro.

Eu o agradeci e apertei sua mão.

"Até a próxima vez", ele se despediu.

Meu peito se apertou. Entrei no carro e me curvei, atingida pelo reconhecimento de que eu era, irrevogavelmente, um deles agora.

Que outros negócios sombrios esses homens tinham nas mãos? Turfe, cassinos, talvez outras formas de falsificação? Eletrônicos, farmacêuticos, coisa pior? Winnie nunca tinha mostrado nenhum interesse em sair do ramo de bolsas, mas eu tinha visto como era impossível se afastar de um lucro, de como mesmo os limites morais mais firmes poderiam se esgarçar e se romper.

♦♦♦

Como você, detetive, me pergunto, com frequência, o que Winnie está aprontando atualmente, se tem conjurado algum esquema ainda mais arriscado e lucrativo. E, enquanto isso certamente seria a rota mais previsível, gosto de imaginar que, de novo, ela tem frustrado nossas expectativas, renunciado aos seus velhos modos e se aposentado em uma cidade praiana tranquila para viver de suas economias. Em minha fantasia, ela passa os dias cozinhando, meditando, lendo sob o sol; arrumou um amante, fez novos amigos. Sim, eu sei que acabei de mencionar o quanto é difícil desistir de uma vida de crime, mas, se alguém pudesse ultrapassar as probabilidades, não concorda que seria ela?

Pela última vez, detetive, só estou especulando aqui. Não soube de nada dela desde o dia em que fugiu. Não sei onde ela está. Não faço ideia. Sério, o que vai ser necessário para você parar de me perguntar isso?

PARTE II

12

Quando Winnie acorda, ela está reclinada em uma poltrona macia de couro com uma bolsa de gelo sobre metade de seu rosto. Seus olhos latejam um pouco, como se ela os tivesse esfregado sem querer depois de mexer com pimenta. Seus ouvidos se enchem com o barulho calmante de ondas indo e vindo, os alto-falantes ao redor emitem sons tão nítidos e claros que ela poderia estar deitada na orla de uma tranquila praia de areia branca com um coquetel gelado e um livro nas mãos, longe, muito longe do consultório daquele médico no 36º andar de um arranha-céu em uma das cidades mais densas do mundo.

Tinha sido uma dor de cabeça gigantesca conseguir uma consulta com o cirurgião plástico mais requisitado de Pequim, um homem que só trabalha dois dias por semana e cuja parede do consultório está coberta de fotos autografadas dele ao lado de várias estrelas de cinema chinesas, seus rostos brancos lisos tão indistinguíveis quanto uma dúzia de ovos.

Há uma batida suave na porta e o cirurgião entra, sua voz baixa melosa dizendo a Winnie para ficar parada, relaxar, não tirar a bolsa de gelo. Ele informa que o procedimento ocorreu exatamente como planejado. Em alguns minutos, a enfermeira dele entrará para explicar como cuidar dos pontos, então Winnie poderá ir embora. Ele a verá em cinco dias para um check-up de rotina.

Ela abre a boca para agradecê-lo, e sua voz é um chiado irreconhecível. Se ao menos ela pudesse mantê-la, junto com as outras alterações.

— Não precisa agradecer — ele diz e se vai.

Dizem que ele é tão habilidoso que faz oito cirurgias de pálpebra dupla por dia.

A anestesia ainda precisa sumir totalmente e, quando Winnie se deita, ela sente uma sensação agradável de balançar, como se estivesse a bordo de uma aeronave no meio de uma turbulência.

Durante a consulta inicial, o cirurgião perguntou por que Winnie estava infeliz com seu procedimento original de pálpebra dupla. Ela inventou uma história de que tinha realizado a cirurgia muito jovem, quando só se importava em fazer seus olhos parecerem os maiores possíveis. Mas agora, quando ela olhava para suas fotos, eles pareciam muito artificiais, muito falsos.

Ele fez marcações nas pálpebras dela com caneta roxa para lhe mostrar diferentes opções.

— Você tem razão, a tendência é um olhar mais sutil. As jovens não querem parecer animes.

A enfermeira segurou um espelho e disse:

— Como você está linda.

Winnie precisou conter uma risada. Com seus olhos manchados de tinta, ela parecia um palhaço triste. Agora, a mesma enfermeira se materializa ao seu lado, ajudando-a a se sentar, estendendo um copinho de papelão com água, dizendo que ela pode dar uma olhada, mas para não ficar assustada pelo inchaço e os hematomas, que tudo isso é totalmente normal.

Winnie ignora os alertas e espia seu reflexo. Mesmo com a vermelhidão, o inchaço e as manchas residuais de tinta, fica claro que o formato dos seus olhos se transformou de redondo para oval. Ela vira a cabeça para lá e para cá, admirando o trabalho do cirurgião. Em algumas semanas, quando as cicatrizes estiverem saradas, haverá consultas para remover as partes moles, injeções no lábio e nas bochechas, microblading da sobrancelha e pintura de cabelo. As possibilidades para procedimentos estéticos minimamente invasivos e maximamente transformadores são infinitas. Que época para estar viva! Quando o quadro de experts da beleza finalizar o trabalho, ela vai desafiar qualquer um a segurar seu anúncio de procurada bem ao lado de seu rosto e declarar que é a mesma pessoa.

Porém, por enquanto, ela deve ser discreta. Coloca um par de óculos de sol com lentes do tamanho de pires, amarra um lenço de seda sobre o cabelo e pega sua Birkin laranja. Enquanto anda pelo corredor comprido, a enfermeira perambula à sua volta, insistindo que ela peça para alguém buscá-la, em vez de ir sozinha para casa.

Quando Winnie sai para a sala de espera, a recepcionista se une, dizendo:

— Pelo menos nos deixe chamar um táxi, Srta. Zhou.

Winnie implora para que elas parem de se preocupar.

— Vai demorar menos tempo acenar para algum. Moro a cinco minutos daqui. — Ela tinha alugado um apartamento perto da clínica, longe de turistas e dos hotéis maiores.

Do lado de fora, na rua, a cidade se fecha em volta dela. O vento de outono a maltrata através de seu casaco de pele de carneiro e a fumaça faz suas narinas queimarem. As pessoas passam andando rápido, esbarrando nela com suas maletas de beiradas afiadas. Um motorista impaciente buzina, incentivando outros a buzinarem, como uma orquestra desordenada. Após alguns passos trêmulos, Winnie para a fim de descansar e precisa admitir que a preocupação das funcionárias da clínica não era inapropriada. Felizmente, um táxi encosta para deixar um passageiro e ela entra logo depois.

Em seu pequeno flat alugado em Dongzhimen, Winnie verifica duas vezes a fechadura, depois se joga no sofá baixo e duro. Toda a mobília que veio com o apartamento é baixa e dura, como se fosse desenhada para gnomos ascetas. Na mesinha de centro, seu celular descartável ganha vida. Momentaneamente se esquecendo de sua situação, ela se estica para o aparelho de flip, e sua cabeça gira, quase derrubando-a. Ela tira os óculos escuros e pisca uma vez, duas vezes para acomodar sua visão. Só uma pessoa no mundo inteiro sabe como contatá-la, mas ela não deixa de ser bastante cuidadosa. Verifica o número, vê que é Ava, então rejeita a ligação.

♦♦♦

Quando foi a primeira vez que ela enxergou além do exterior perfeito e imaculado de Ava para a escuridão latente dentro dela? Deve ter sido na época de Stanford, no dia em que Winnie percebeu que precisava ir embora do campus e abandonar a escola antes de a administração perceber o que ela tinha feito.

Naquela última tarde, ela tinha ajoelhado sobre sua mala, apressadamente guardando suas coisas, conforme uma Ava sem noção do que acontecia pairava acima dela, preocupando-se com o fato de Winnie perder as últimas provas.

— Quer que eu fale com seu orientador? Tenho certeza de que vão deixar você fazê-las. Os alunos devem ter demandas assim o tempo todo.

Winnie queria jogar algo nela para que calasse a boca. Ela precisava pensar. Sua carreira em Stanford não poderia estar acabada; precisava haver um jeito de se safar dessa confusão.

Ava mordeu o lábio.

— Sabe aquela dissertação sobre *Hamlet* que estava estressando você?

Winnie pegou uma bola de meias e a guardou em sua mala. Ela poderia parar de falar, por favor?

Ava insistiu.

— Eu estava pensando que você poderia usar a minha. — (Todos os cursos de humanas do primeiro ano liam *Hamlet* em um ou outro momento.) — Tirei A-.

Embora a dissertação tivesse desabado para o último lugar na sua escala preocupações, Winnie parou de dobrar blusas. Ela se virou para encarar sua colega de quarto.

— Por que você faria isso? — Se fossem descobertas... improvável, mas não impossível... Ava também poderia enfrentar a expulsão.

Ava se sentou na cama e mexeu na beirada de seu colchão.

— Teria tirado A se tivesse tido tempo de terminar a sua.

— Mas por que você se arriscaria a ser pega?

Ava abriu um sorriso.

— Eu não seria pega. Se perguntassem, obviamente, diria a eles que você roubou.

Então, uma década depois, quando Winnie precisava de cartas de referência para apoiar seu casamento com Bert pelo green card, a primeira pessoa em que pensou foi Ava, não importava que não se falavam há dez anos.

— Veja, a ótica não é boa — Winnie disse. — Ele tem o dobro da minha idade. Era casado com minha falecida tia. Preciso de toda ajuda que conseguir.

— Mas você o ama, certo? — Ava perguntou.

Winnie ficou em silêncio, sem saber como fazer, e Ava caiu na risada.

— Está bem. Vou fazer o que estiver ao meu alcance.

A carta resultante era tudo que as autoridades queriam ouvir. Ava se concentrou no tempo delas juntas na faculdade (omitindo que tinha durado apenas pouco mais de dois meses). Ela elogiou a tenacidade de Winnie, seu equilíbrio emocional, sua vontade completamente americana de contrariar padrões e seguir seus sonhos (e seu coração!). Em menos de duas páginas, Ava estruturou o casamento de Winnie com Bert como nada menos do que um ato de valor entre duas almas gêmeas.

No início da entrevista, a agente olhou para a carta de Ava e seu rosto se iluminou.

— Minha filha está em Stanford, bolsa integral, turma de 2012.

Isso, Winnie pensou, era o paradoxo maravilhoso da América: todos eles se enxergavam como forasteiros desconectados, quando, na realidade, eles formavam um clube gigante.

A agente esticou o braço e apertou a mão de Winnie.

— Bem-vinda aos Estados Unidos da América.

Outra década se passaria até Winnie entrar em contato com Ava de novo. Desta vez, ela precisava chegar ao marido dela, mas, no fundo de sua mente, perguntou-se se poderia aproveitar a oportunidade para apresentar a Ava uma nova linha de trabalho. (As contas das redes sociais de Ava indicavam que ela havia deixado o antigo emprego.) Com certeza, seria bom Winnie ter essa ajuda, assim como a experiência em leis e impostos de sua velha amiga.

Ela só precisava encontrar Ava algumas vezes para enxergar uma abertura. Claro que o marido médico formado em Harvard era ausente e negligente; claro que ela não conseguia admitir que detestava ser advogada e que se corroía por menosprezar as questões de desenvolvimento do filho. Até onde Winnie sabia, a vida inteira de Ava poderia ser resumida a isto: ótima na teoria, podre em todo o resto. E Winnie lamentava muito por ver isso. Sua velha amiga merecia mais. Na verdade, quando Winnie resolveu levar Ava para seu negócio, ela estava lhe fazendo um favor. Por mais que precisasse da ajuda de Ava, Ava precisava da ajuda dela.

O primeiro passo era revelar o esquema de falsificações para testar o interesse de Ava. Winnie convenceu Ava a ir com ela à Neiman Marcus e observá-la em ação. Depois, elas foram até uma cafeteria deserta para o interrogatório.

— Mas isso é roubo — Ava concluiu, atrapalhada, assim que Winnie confirmou o que a amiga tinha visto.

Winnie estava preparada. Ela expôs seu argumento já gasto: as empresas são as reais vilãs. Abusam de seus trabalhadores, pagando centavos e, então, colhem os frutos do trabalho deles por milhares. Palavras que ela havia falado tantas vezes que tinham perdido todo o significado e poderiam muito bem ter ficado sem sentido.

O lábio superior de Ava se curvou com sarcasmo.

— Poupe-me das desculpas. Você não é Robin Hood. Só diga que enxergou uma oportunidade de fazer dinheiro e aproveitou.

Winnie baixou os olhos para a mesa oleosa, incerta de como proceder.

— Certo — ela disse devagar. — Tem razão. O esquema é infalível e tenho orgulho disso. Ganho bastante dinheiro. Um monte de dinheiro, na verdade, e você poderia me ajudar.

Quando ela ergueu a cabeça, os olhos de Ava estavam fixos nos dela.

— Você é nojenta — ela cuspiu antes de sair pela porta, deixando Winnie para trás.

O único outro cliente da cafeteria, um idoso de chapéu, deu um assobio baixo por detrás de seu jornal. Winnie ficou ali sentada, com os braços cruzados e as mãos segurando os cotovelos, perguntando-se como ela tinha entendido tudo tão errado. Esperava choque, desagrado, claro, talvez condenação. Não esperava ira.

Então, ela compreendeu: Ava entendeu o roubo de Winnie como uma afronta pessoal. Enxergava como se Winnie tomasse algo que era dela por direito: uma vida de riqueza, prazer e aventura, uma vida a que ela foi prometida somente se trabalhasse duro o suficiente e seguisse as regras e nunca, nunca cometesse algum deslize. Só que Ava tinha feito todas aquelas coisas. Havia frequentado as escolas certas, escolhido a carreira certa, se casado com o parceiro certo, formado a família certa — e feito enormes sacrifícios no processo. Ainda assim, lá estava ela, totalmente miserável, horrorizada pela ideia de toda a sua existência ter sido construída por mentiras.

Naquele instante, Winnie se arrependeu de ter invadido de novo a vida da amiga. Enviou um pedido de desculpa por mensagem e decidiu não incomodá-la mais. Até informou a Boss Mak que havia perdido sua conexão; eles precisariam encontrar outro jeito de conseguir o fígado dele.

Quem teria previsto que, dentro de uma semana, Ava acabaria em Hong Kong visitando sua família, e que Oli, aquele babaca, bloquearia os cartões de crédito dela? Que todos esses fatores discrepantes fossem convergir para incentivar Ava a dar uma espiada no mundo de Winnie e considerá-lo de novo?

Assim que ela pousou de volta em São Francisco, Ava ligou para relatar sobre sua escapada para Guangzhou.

— Não consigo acreditar que você me enviou para o apartamento de um homem desconhecido. — Sua voz estava brilhante. Ela parecia empolgada, viva. — Sinceramente, me preparei para enfiar as chaves do meu carro nos olhos dele.

— Quem, Ah Seng? Provavelmente, ele ficaria tremendo de medo no segundo em que você o ameaçasse. — Winnie se perguntou se ela deveria cutucar Ava para outra tarefa ou a aguardaria abordar o assunto.

Por acaso demais, Ava disse:

— Sabe, Oli sugeriu desistir de seu apartamento em Palo Alto.

— Mas o trajeto — Winnie comentou inexpressiva, então usou o sarcasmo. — Mas é ótimo. Era exatamente o que você queria.

Do outro lado da linha, Ava fez uma pausa.

— Falei para ele manter o apartamento.

— Por que faria isso?

A voz de Ava baixou para um murmúrio.

— Como você falou, não é tão ruim um pouco de independência em um casamento.

O coração de Winnie parecia um beija-flor preso dentro de seu peito. Ela não esperara que Ava se comprometesse tão rapidamente com esse trabalho.

Baixinho, quase como se para si mesma, Ava comentou:

— Que tipo de marido bloqueia os cartões de crédito da esposa?

Quando Winnie não respondeu logo de imediato, Ava completou:

— Sei que você sabe. Ele me contou que encontrou você.

Winnie expirou.

— Acho que o tipo que não consegue suportar não estar no controle.

— Ele não costumava ser assim.

Desta vez, Winnie não respondeu porque, na verdade, o que poderia dizer?

♦♦♦

Agora, com Ava totalmente inserida no esquema, o próximo passo era deixá-la confortável com as devoluções. Juntas, elas dirigiram para o Stanford Shopping Center para fazer uma visita à boutique da Chanel. Winnie se posicionou em uma mesa do lado de fora com uma linha clara de visão até a loja. Por trás de seus óculos escuros enormes, ela observou Ava entrar pelas portas de vidro com a Gabrielle superfalsa. Ela assentiu para o segurança, a própria imagem de uma mulher acostumada a estar rodeada de pessoas que queriam lhe oferecer ajuda. Casual, mas espertamente vestida em uma camisa de seda larguinha e calças cigarrete, seu cabelo puxado para trás em um rabo baixo, com a bolsa Evelyne de Winnie pendurada em um ombro, Ava exalava dinheiro, refinamento e classe, mas características que tinham sido conquistadas com trabalho duro, não meramente herdadas pelo nascimento. Era isso que a tornava tão querida, envolvente. Isso a tornava o golpe de mestre.

Dentro da loja, Ava enfrentou sua primeira decisão. Ela se desviou da vendedora chinesa e foi para a branca, já uma profissional. Winnie observou sua conversa fácil, a forma como colocou a superfalsa no balcão de vidro para verificação e, então, assim que a vendedora abriu o saco de tecido, ergueu sua própria Evelyne como distração, destacando um detalhe ou outro. Do que elas estavam rindo? O que será que a vendedora revelou timidamente, motivando Ava a tocar no antebraço da mulher como se fossem amigas íntimas?

Teria sido uma primeira performance forte mesmo sem o final floreado de Ava — deixar seu celular no balcão para que a vendedora fosse obrigada a correr atrás dela em vez de continuar analisando a bolsa devolvida.

De fato, conforme a mulher perseguiu Ava para fora da loja, Winnie percebeu a maneira como a vendedora chinesa assumiu a tarefa da colega, olhando superficialmente dentro do saco de tecido para a superfalsa sem se incomodar em retirá-la totalmente e, então, carregá-la para a sala dos fundos.

— Bela jogada com o celular. Como teve essa ideia? — Winnie perguntou quando estavam no carro, dirigindo de volta para a cidade.

— A arte da desorientação, certo?

O celular deixado para trás se tornaria a jogada característica de Ava.

Dentro de meses, Ava assumiu a contratação e o treinamento de suas compradoras. Alugou uma unidade em um complexo de escritórios comum no sul de São Francisco para os carregamentos que não iriam para a casa delas. Ela levou o negócio para as Ilhas Cayman e abriu para ambas uma conta bancária na Suíça a fim de maximizar privacidade e minimizar taxas.

Com cinco meses de trabalho juntas, com lucros crescendo regularmente, Mandy Mak ligou com seu plano absurdo de construir a própria fábrica ilegal. Foi Ava que insistiu que Winnie concordasse com isso.

Depois da longa reunião on-line, elas se trancaram no escritório de Ava para analisar os detalhes da proposta.

— Mandy está brincando com fogo — Winnie sussurrou, para não arriscar ser ouvida por Maria, a babá atenta. (Ava insistia que Maria era segura — a mulher era esperta o suficiente para saber que era melhor não saber — e, por mais que Winnie concordasse, ela sempre tomava cuidado extra.)

— É uma jogada audaciosa — Ava concordou.

— Se alguma das marcas sequer desconfiar do que ela está fazendo, Mak International estaria acabada.

— Felizmente — Ava disse —, esse não é um problema nosso.

Winnie concordou. Mesmo depois de observar o modo como Ava se dirigia às suas compradoras, seu pragmatismo implacável ainda a pegava de surpresa de vez em quando.

Ava continuou:

— Eu enxergo da seguinte forma: se nos recusarmos a assinar o contrato, eles ficarão livres para nos substituir. Vão encontrar algum lacaio para implementar seu esquema genial exatamente do jeito que fazemos, então estará tudo acabado para nós.

— Mas, se aceitarmos — Winnie rebateu —, o equilíbrio de poder vira totalmente. Eles controlam o estoque. Nós estamos à mercê deles. Trabalhamos para eles.

Ava enfiou os dedos nos cabelos e massageou o couro cabeludo, como se pudesse, de alguma forma, desbloquear seu cérebro.

— A menos que fiquem em débito com a gente. A menos que devam para nós, tipo, que realmente devam para nós.

Winnie não acompanhou o raciocínio. Os Mak eram muito conectados, muito influentes. O que eles não tinham que não poderiam conseguir com facilidade?

— Por exemplo, e se fizermos a eles o tipo de favor que é impossível devolver? O tipo de favor que gera lealdade e gratidão eternas?

— Como, digamos, dando a Boss Mak o transplante de fígado que salva a vida dele?

— Ou, melhor que isso, fazendo-o ter esperança de que vamos, em certo momento, fazer acontecer.

A nuca de Winnie se enrijeceu. Ela visualizou as maçãs do rosto de Boss Mak se destacando com seu rosto amarelado e magro, seu pomo de Adão protuberante como algo que deveria ficar mantido sob sigilo.

O tom de Ava se suavizou.

— Escute, vou fazer tudo o que puder para convencer Oli a fazer o transplante. Mas só no caso de precisar.

Assim foi decidido: elas assinariam o contrato tornando os Mak os únicos fornecedores de suas bolsas falsificadas, e colheriam os lucros que viessem desse contrato — lucros que seriam, então, direcionados para um esquema novo e ainda mais inovador e lucrativo. Tudo o que Winnie precisava fazer era criá-lo. Afinal, a criatividade não era a essência de seu trabalho? Não era esse o motivo pelo qual Winnie adorava o trabalho? Nesse negócio, imitações eram um risco ocupacional, e apenas os mais inovadores e ágeis mereciam ficar por cima.

De Dongguan, Ava relatou que as conversas tinham sido tranquilas. A nova fábrica era ainda melhor do que elas esperavam. Ela anotou os avanços do gerente Chiang: em vez de uma linha de montagem tradicional, as estações de trabalho foram organizadas na forma de U, com as máquinas de costura de um lado e a montagem do outro, para economizar o tempo que demorava para passar o trabalho de uma estação para outra. Sim, Ava disse, cada segundo valia, como provado pelas placas de plástico exibindo o número exato de que precisava para completar cada tarefa.

— Você deveria ter visto aquelas operárias. Tão focadas, tão eficientes. — Ajudava o fato de elas serem pagas quase tão bem quanto suas colegas legítimas, inédito em fábricas ilegais.

Ava contou a Winnie sobre encontrar uma jovem operária, de não mais do que catorze anos, que timidamente revelou que seu salário era suficiente para colocar sua irmãzinha na escola.

— Ocidentais adoram falar sobre trabalho ético sem perguntar o que os trabalhadores querem.

— Nem me fale, mana — Winnie disse. O uso desses americanismos sempre divertia sua amiga.

Para o jantar de comemoração, os homens haviam levado Ava para o restaurante do terraço do Great World Hotel, a cacofonia de brilhos espalhafatosos que era o local preferido de Boss Mak.

— Nunca vi tantas garrafas de vinho para tão poucas pessoas — Ava comentou. — E tudo ultracaro, ultrafrancês.

Acompanhando os homens de drinque em drinque, ela sentia que estava de volta à sua velha firma, com ilimitada energia juvenil para gastar.

A refeição a havia deixado maravilhada. Quanto tempo Ava passou descrevendo o pato à Pequim, cozido em um forno especial transportado de Pequim, alimentado com madeira recém-cortada de macieiras e tamareiras que infundia a carne com aromas intensos?

Os homens a trataram como a convidada de honra, mantendo sua taça cheia, oferecendo a ela os melhores pedaços, incluindo as bochechas macias e adocicadas da garoupa frita.

Winnie tinha ficado preocupada que eles fossem considerar Ava uma forasteira e mantê-la à distância, mas sua amiga garantiu que eles se esforçaram para fazê-la se sentir bem-vinda.

— Eles tentaram mesmo conversar comigo, me conhecer. Ainda bem que Kaiser Shih estava lá para traduzir.

Isso, Winnie sempre soube, era o superpoder de Ava: sua capacidade de fazer as pessoas quererem cuidar dela. Ela projetava tanta inocuidade, tanta inocência, que isso a tornava letal.

Após o jantar, veio o karaokê em uma luxuosa sala particular decorada com uma TV imensa, que tinha uma acústica de última geração, luzes de discoteca psicodélicas, infinitos uísques e champagnes.

— Você deveria ter visto a expressão dos homens quando aquelas garotas entraram — Ava disse. — Ficaram muito envergonhados. Foi meio que fofo.

Os homens escolheram músicas que pensaram que ela saberia: ABBA, Bryan Adams, Madonna, Bon Jovi. Em pouco tempo, eles estavam aos pés dela, gritando em uníssono, balançando e rebolando, brindando seus copos repetidamente.

Em algum momento da noite, Ava saiu da sala para, furtivamente, pagar a conta. Na volta, para zombar dos homens, ela deu algumas notas para a gerente e disse a ela para enviar as garotas. Elas surgiram na porta com seus vestidos pretos idênticos logo quando as notas de abertura de *Dancing Queen* preenchiam a sala. Os homens gritaram em protesto até verem Ava na porta lutando para suprimir a risada. Todo mundo se uniu para cantar. As garotas jogaram seus braços finos por cima dos homens, balançando seus quadris de um lado a outro. O chefe da polícia pegou Ava pela cintura e a girou pela sala, surpreendentemente ágil para alguém da idade e do perímetro dele, enquanto Kaiser Shih tocava um pandeiro.

— "*You can dance, you can jive*" — eles berravam na cara um do outro —, "*having the time of your life.*"

Horas depois, com ouvidos apitando, gargantas roucas, eles cambalearam para fora. Aquilo era o amanhecer sangrando no céu ou meramente as luzes do centro de Dongguan? Os homens se revezaram nos tapinhas nas costas de Ava, elogiando sua tolerância ao álcool, e agradecendo a ela por pagar a conta. Antes de entrar em sua carona compartilhada de volta para o hotel, eles abraçaram um ao outro e se cumprimentaram como colegas de time que haviam vencido um grande jogo.

Ao ouvir Ava contar tudo isso, Winnie sentia quase um orgulho de mãe.

♦♦♦

Três semanas depois, a primeira leva de superfalsas chegou na unidade alugada delas, prontas para serem enviadas pelo país para suas compradoras. Bolsas Bottega Veneta Pouches, Dior Book Totes e Valentino Rockstud, em todas as cores e modelos mais recentes, eram copiadas tão precisamente que uma comparação não lhes faria justiça; elas tinham um nível próprio. As compradoras devolviam as bolsas para boutiques sem desconfiança, enquanto suas homólogas verdadeiras voavam da loja de Winnie e Ava pelo eBay. Os lucros dobravam, estimulados por fanáticos por bolsas nos fóruns on-line, que deliravam com os produtos de Winnie e Ava assim como com seu atendimento.

Onde elas encontram essas bolsas?

Como as conseguem com tanta rapidez?

Como elas se mantêm no mercado?

Mais de um usuário perguntava.

Comprei minha Gabrielle preta e bege delas no varejo quando havia uma lista de espera na Chanel, e outros sites estavam vendendo versões seminovas a um preço altíssimo!

Para se adequar à demanda, Ava contratou mais compradoras e as espalhou para comprar, comprar e comprar. (E devolver, devolver, devolver.) E, ao longo de todo o processo, Winnie e Ava lembravam uma à outra de nunca ficar complacente ou baixar a guarda. Elas se comunicavam com suas compradoras por uma conta anônima no Telegram; ignoravam pedidos de entrevistas de blogueiras de moda e jornalistas xeretas; pagavam um serviço para limpar a internet de qualquer detalhe que pudesse conectar suas identidades ao seu negócio.

Mas, no fim, apesar de sua meticulosidade e rigor, só precisou de um único ato inócuo para derrubar a empresa inteira.

O gatilho foi uma tal de Mary-Sue Clarke de Canton, Ohio, uma mulher bem comum que fez cinquenta anos em outubro, três meses depois de Ava assinar o novo contrato com os Mak. Para comemorar a data, o marido de Mary-Sue,

Phil Clarke, deu a ela uma carteira Clapton da Louis Vuitton na estampa icônica Damier. Phil tinha comprado a carteira em uma Neiman Marcus em Orange County quando estava em uma viagem de negócios.

Como o detetive particular de Winnie relataria depois, Mary-Sue estava animada com o presente — isto é, até poucos dias depois, quando um dos parafusos minúsculos dourados que seguravam o fecho se soltou e sumiu de repente, inutilizando a carteira.

Para ser justa, esse era um defeito de design da parte da Louis Vuitton e não um indicativo do trabalho da fábrica de Mak, não que a diferença fosse importar para Mary-Sue. Indignada pela qualidade desse item que se dizia tão luxuoso, ela consultou um sapateiro de seu bairro, que disse a ela que seria impossível encontrar um parafuso que correspondesse à combinação perfeita. Então ela não teve escolha a não ser entrar no carro e dirigir até a boutique Louis Vuitton mais próxima, a uma hora em Cleveland.

Lá, uma vendedora com um corte de cabelo assimétrico colocou um par de luvas brancas para analisar a carteira — um cuidado que Mary-Sue deve ter achado teatral, pretensioso. A mulher garantiu a Mary-Sue que a carteira seria enviada para o ateliê deles a fim de consertar, o que seria, claro, uma cortesia porque Louis Vuitton assumia a garantia de seus produtos.

Mary-Sue foi embora satisfeita. Do carro, ela ligou para o marido para contar a boa notícia, porém foi interrompida por uma ligação. Era a gerente da loja. De uma forma elegante, ela informou Mary-Sue que uma análise mais profunda revelara que a carteira não era deles. Usou exatamente essas palavras.

— Como assim? — ela perguntou.

— Esta não é uma carteira Louis Vuitton, senhora.

— Do que está falando? Está escrito LV em toda ela.

— Sinto muito, mas não é uma Louis Vuitton autêntica.

— Como pode? É da Neiman Marcus.

— Sugiro que a leve para eles.

Depois de mais rodeios, a gerente disse a Mary-Sue que a política da loja, tecnicamente, exigia que confiscassem todos os produtos não autênticos, no entanto, se ela voltasse até o fim do dia, ela poderia reaver a carteira.

Então ela saiu da rodovia — na hora caótica do trânsito — e voltou para a boutique. A jovem que havia sido tão útil mais cedo entregou a carteira pendurada entre o polegar e o indicador, como se fosse um peixe morto.

Assim que voltou para a estrada, Mary-Sue ligou para o marido e brigou com ele. Como ele poderia tê-la humilhado tanto? Por que não tinha simplesmente lhe contado a verdade? Sobre o que mais ele mentira? Será que o solitário de diamante no dedo dela era uma zircônia cúbica?

Phil Clarke, calmo e taciturno por natureza, sabia que deveria deixar sua esposa finalizar a bronca. Quando, enfim, ela parou para respirar, ele disse:

— Custou mil e oitenta dólares, mais taxas. Guardei o recibo no caso de você querer trocá-la.

Naquela noite, ele e Mary-Sue ligaram para a Neiman de Newport Beach. Eles falaram com um supervisor que se desculpou profundamente e ofereceu um reembolso total e imediato, mais 30% de desconto em sua próxima compra. O supervisor também pediu que eles enviassem de volta a carteira para maior investigação.

Dali, as coisas se desvendariam rapidamente.

Da noite para o dia, a Neiman Marcus enrijeceu suas políticas, sujeitando todas as devoluções de produtos de couro de luxo a uma vistoria extra. Uma das compradoras mais confiáveis de Winnie e Ava, uma estudante universitária coreana-americana que usava o apelido de "Viciada em Bolsa" relatou uma situação quando entrou na Neiman de Copley Square, em Boston, logo antes do horário de fechar, para devolver uma Balenciaga City superfalsa na cor pink. Ela ficou desconfiada quando a vendedora abriu o zíper dos bolsos internos e enfiou a mão como se procurasse um calombo. Então a mulher semicerrou os olhos para o cartão de crédito da Viciada em Bolsa (embora fosse jovem demais para precisar de óculos de leitura). Virando as costas para ela, a vendedora ligou para alguém e chamou um "expert em autenticidade" para ir ao piso dela.

Imediatamente, a compradora pegou a réplica e saiu de fininho.

Uns dois dias depois, outra compradora se deparou com o mesmo problema na Neiman de Dallas. Desta vez, a vendedora segurou o cartão de crédito dela e nunca lhe deu a chance de sair. Felizmente, a Bottega Veneta em questão, uma réplica particularmente excelente feita de granulado entrelaçado chique, passou no teste, e a devolução foi aceita. No entanto, a compradora ficou tão assustada que se demitiu minutos depois.

Logo ficou claro que suas trabalhadoras asiáticas e ásio-americanas estavam com o perfil racial traçado. O que uma vez tinha sido a força delas — sua docilidade e obediência notáveis, sua relativa invisibilidade — tinha se tornado sua fraqueza. A narrativa mudou. Agora seus traços asiáticos eram tidos como dissimulados, pérfidos, astutos. A notícia se espalhou da Neiman para Saks e Nordstrom e para o restante. Todas as lojas de departamento lançaram políticas de devolução mais rígidas. Os lucros caíram. Os Mak exigiam ser pagos pela armazenagem do estoque, mesmo que as superfalsas estivessem simplesmente se empilhando na unidade do escritório no sul de São Francisco, no porta-malas de seus carros, em suas casas.

Quando a polícia foi envolvida, Winnie e Ava analisaram seu dilema por todos os ângulos antes de concluírem que não tinham escolha: o esquema das bolsas havia se tornado uma deficiência e, como um pé necrosado, elas precisavam amputá-lo para sobreviver.

Mas, mesmo que elas cancelassem tudo antes de a informação mais incriminadora ser descoberta, era tarde demais para limpar seus nomes.

Sentada diante de seu notebook em sua cobertura de Los Angeles, Winnie comprou uma passagem para o último voo saindo do LAX e, então, ligou para Ava.

— Há um voo noturno de São Francisco para Taipei com um lugar na classe executiva.

— Você não pode estar falando sério — Ava devolveu. — Não posso, simplesmente, fazer as malas e ir embora.

Winnie olhou pelas janelas panorâmicas de seu quarto. Como ela sentiria falta daquele céu, tão claro e azul, com nuvens tão fofas que pareciam pintadas. Ela disse:

— Vou desenhar para você. Estamos a um passo de sermos presas e jogadas na cadeia por meses, talvez anos. Eu vou sumir daqui, e sugiro fortemente que se junte a mim.

— E o que aconselha que eu faça com meu filho?

— Maria está aí?

— Winnie, não seja absurda.

Winnie se levantou e andou para lá e para cá pela sala.

— É temporário. Podemos pensar nos detalhes depois.

— Por acaso você quer que eu deixe meu filho para trás indefinidamente?

Winnie se virou e chutou a parede, machucando seu dedão do pé.

— O que acha que vai acontecer quando for presa?

As palavras dela encontraram silêncio do outro lado da linha.

— Ava? Ava, está aí?

— Estou aqui — ela respondeu, sua voz estranhamente composta.

— Não tem outro jeito, você me ouviu? — Winnie tamborilou os dedos em sua cômoda, tentando pensar em como fazer sua amiga entender. — Não tem outro jeito.

— Espere — Ava disse. — Acho que pode ter.

Winnie pressionou a testa na palma da mão. Elas não tinham tempo para isso.

— E se, em vez de esperar que me prendam, eu me entregar?

Winnie mordeu seu polegar para conter um grito.

— Aí você, com certeza, vai presa.

De novo, lá estava o mesmo tom autocontrolado.

— Não se executarmos isso exatamente do jeito certo.

♦♦♦

Em Pequim, o sol começou a se pôr, irradiando pelas persianas, listrando o chão como as barras de uma cela. As almofadas rígidas do sofá fazem os músculos da lombar de Winnie doerem. Ela se vira de lado, tentando, sem sucesso, ficar confortável, perguntando-se por que a dor parece ter se alastrado até sua cabeça. Ela verifica a hora na cornija da lareira. É lógico. Está na hora de seus remédios. Ela coloca dois comprimidos para dor na língua e vai ao banheiro para beber água.

Aproximando bastante o rosto para embaçar o espelho, ela aplica uma camada de pomada translúcida densa em suas pálpebras inchadas e roxas, macias como uma pele de bebê. Ao seu reflexo, a única alma com a qual ela conversava, realmente conversava, cara a cara esse mês todo, ela diz:

— A novos começos.

Ela carrega o notebook para o quarto, tira a colcha e senta na cama sem trocar de roupa. Ligando o computador, ela abre o vídeo que tem assistido, no mínimo, uma vez por dia na última semana. O vídeo foi produzido por um grande jornal britânico. Fala de um laboratório de diamantes em Cardiff, no País de Gales — sim, um laboratório que produz diamantes que, aparentemente, são indistinguíveis das pedras naturais, mas bem mais baratas, o que é, evidentemente, onde está a oportunidade. Afinal, por que não pegar o modelo de falsificação de bolsa que funcionou tão bem e mudar uns quinze, trinta, 45 graus? No entanto, desta vez, elas vão supervisionar todo o fornecimento do início ao fim. Desta vez, elas não cederiam o controle.

De novo, ela assiste ao cientista colocar a semente minúscula de diamante na complicada câmera de cultivo; de novo, ela assiste à semente crescer em pequenos incrementos dentro de uma nuvem de luz roxa. "Em algumas semanas", a cientista diz, "esta semente será um diamante totalmente florescido, pronto para ser cortado, polido e colocado em um anel". Winnie se imagina pesando a pedra rígida na palma da mão, e seu coração retumba como um tambor. Ela ainda não contou para Ava, antes queria ter uma visão mais clara do que o plano vai envolver. Além disso, Ava não precisa de mais distrações no momento.

Na mesinha de cabeceira, o celular descartável de Winnie vibra na superfície de madeira. Ela verifica o número e, desta vez, atende.

— Então? Como foi com a detetive hoje?

— Até agora, tudo bem — Ava responde de forma estável.

— E o que devo fazer com isso?

— O que você disse quanto a ficar confiante demais? — Ava a lembra. — Está indo como planejado, mas há um longo caminho a percorrer.

— Pelo menos me conte o que você disse.

Ava mergulha nos acontecimentos do dia anterior, na forma como ela entreteve a detetive com histórias de frustração e tristeza: seu casamento acabando, sua repulsa em relação a Winnie e aqueles homens ameaçadores.

— Escute isto — Ava diz, sua voz se erguendo um tom.

Winnie consegue vê-la agora, olhos ardentes, bochechas coradas, incapaz de conter sua empolgação.

— Disse a ela que a garota da fábrica estava sem dois dedos e, Winnie, você deveria ter visto a cara dela.

Winnie grita e, então, cobre a boca, alterada pelo som que seu próprio corpo produziu. Como Ava pensou nisso? Sua amiga poderia ter sido uma escritora de best-sellers, contando, com facilidade, muitas histórias impagáveis. O que ela inventaria em seguida? Um gângster com uma cicatriz abrangendo da têmpora à mandíbula? Uma trabalhadora sexual que sonha em voltar para a escola? Winnie mal pode esperar para descobrir.

13

Detetive, sabe aquele momento de uma história em que a personagem principal percebe que não pode voltar atrás no compromisso que assumiu e continuar em frente parece ser a única opção disponível? Como se chama… fim da linha. Bem, foi assim que me senti ao final da minha viagem a Dongguan. Sem saída. Tudo que eu poderia fazer era colocar um pé à frente do outro e cumprir o mínimo exigido para satisfazer Winnie e os Mak. Pensei que eu pudesse me desligar do trabalho e manter uma distância, como uma quarentena em outra dimensão, para não contaminar minha vida real e a das pessoas que eu amava.

Contudo, eu não conseguia controlar meus sonhos. De volta ao hotel, depois daquela noite surreal e luxuriosa, me aconcheguei na cama, mas fui invadida por pesadelos de crianças sem dedos segurando copos de estanho cheios de água envenenada. Acordei com o sol me iluminando, cobrindo minha pele com um brilho sufocante de suor. Meu estômago revirou, minhas panturrilhas e pés doíam e, ainda assim, eu estava determinada a não passar mais nem um segundo naquela cidade sórdida. Precisava atravessar a fronteira para Hong Kong a fim de ver minha avó e o restante da minha família, para me lembrar de quem eu realmente era.

Entendo, detetive, que o momento do aniversário da minha avó parece ser coincidência, e não sei o que mais posso dizer para convencê-la do contrário. Ela nasceu em 17 de julho de 1930. Não tem nada inventado nisso. Sim, seus noventa anos. Ah, entendi a confusão. Noventa é a idade chinesa dela, não a idade ocidental. Chineses acreditam que bebês nascem com um ano de idade porque eles contam os meses que ficam dentro da barriga.

Não, posso garantir a você que eu não tinha nenhum outro motivo para ir para Hong Kong. Do meu hotel em Dongguan — dá para ver bem aqui, saí às 10h02 da manhã —, fui direto para o restaurante, almocei com minha família, voltei para o carro e fui para o aeroporto pegar meu voo noturno. Sem desvios, sem paradas.

E sou muito grata por ter ido. Não só porque estava lá para comemorar com minha avó, mas também porque ela é parte do motivo de eu estar sentada aqui diante de você agora, contando tudo que sei sobre Winnie, seus sócios e este caso totalmente desprezível.

O que minha avó tem a ver com isso? Bem, detetive, imagine eu aparecendo no famoso restaurante especializado em dim sum, em Causeway Bay. É meio-dia de sábado e o cômodo está cheio de famílias enormes com muitas gerações, exatamente como a minha. À minha volta, crianças gritam de alegria, e pais dão bronca, e avós fazem "tsc" indulgentemente. Não dá para imaginar um cenário mais saudável.

Ali na mesa principal, perto da janela, está minha família. Minha avó com uma blusa nova florida com cabelo recém-lavado. Meus tios, que se encarregaram dos pedidos. Minha prima Kayla; seu marido, Winston; e suas duas filhinhas, todos vestidos de vermelho para marcar a ocasião. Minha outra prima Karina até voou de Singapura com seu namorado, Hugh, um australiano alto e desleixado, trajando roupas de treino dos pés à cabeça.

Naquele instante, toquei o lenço de seda vermelho amarrado em meu pescoço e me restaurei. Eles eram meu povo, aquelas almas claras, alegres e de olhos brilhantes, não aqueles desprezíveis *da kuan* da noite anterior, nadando em dinheiro sujo.

Ao ver as filhas bochechudas da minha prima, com seis e quatro anos, um buraco se abriu em meu peito e desejei esmagar meu menininho fofo. As meninas se chamavam Dana e Ella e eram surpreendentemente bem comportadas, conversavam com facilidade com os adultos e comiam bolinhos com gosto.

Quando a menor, Ella, terminou de comer a sua parte, subiu no meu colo para me contar — primeiro em cantonês e, então, quando ficou claro que eu estava tendo dificuldade para acompanhar, em inglês — sobre o novo gatinho que o pai dela tinha levado para casa.

Perguntei o nome dele.

"Ele se chama Bear."

Minha prima Kayla olhou para mim e sorriu.

Eu elogiei: "Que nome interessante".

A menininha jogou a cabeça para trás em direção ao meu esterno e gargalhou de mim, o som tão puro e nítido que, naquele instante, tive certeza de que ela era um anjo, um espírito de outro mundo. As 24 horas anteriores se desprendiam de mim como restos de pele morta. Isso, me lembrei, era real. Essa era minha eu verdadeira. Eu era uma mãe, uma tia, uma esposa. Uma mulher que era amada. Era o oposto de Winnie, com sua vida cruel e solitária.

Contei a Ella que o primo Henri adoraria brincar com o gatinho dela na próxima vez que ele estivesse em Hong Kong, e ela me olhou sem acreditar. "Um primo?", ela gritou. "Que eu nem conheço? Que nunca conheci em toda minha vida?"

O namorado de Karina se esticou e apertou o narizinho da garota e disse "Sua bobinha", e então perguntou o que eu estivera fazendo em Dongguan.

Pareceu que a mesa inteira ficou em silêncio para ouvir minha resposta. "Ah, coisas chatas. Uma coisa e outra", respondi.

"Que tipo de coisas chatas?", Karina perguntou.

Me estiquei para pegar minha caneca e dei um gole grande de chá. "Estou trabalhando para uma consultoria de uma amiga: ela conecta marcas americanas com fabricantes chineses." Fiquei aliviada quando os olhos de minha prima se entediaram. "Mas e você? Gosta de morar em Singapura?"

Karina me contou sobre seu primeiro dia na cidade, como ela viu uma mulher jogar uma bituca de cigarro no chão do lado de fora de um shopping e, instantaneamente, um policial à paisana se materializar — onde ele estivera escondido? — para multá-la por jogar lixo na rua.

Hugh comentou "É um lugar lindo e impecável, mas a que custo?"

Me recostei e ouvi, grata por ter saído do foco, por ter esse tempo com meus parentes, escutando suas leves histórias de trabalho.

"Não, sério mesmo", Karina disse, "por mais que eu ame Hong Kong, ficou difícil demais de praticar medicina aqui".

Ela explicou que, em seu antigo cargo, era para ela trabalhar do outro lado da fronteira, na clínica de Shenzhen, metade da semana, onde, cada vez mais, os chineses continentais ricos pareciam acreditar que dinheiro conseguia comprar o resultado médico perfeito. O estresse tinha piorado as úlceras gástricas dela. Seu cabelo tinha começado a cair em tufos.

Tia Lydia disse "Sentimos falta dela, mas ficamos felizes por ela ter se mudado".

Tio Mark acrescentou "No ano passado, um médico foi esfaqueado até a morte por um paciente que reclamou que se sentia pior depois da cirurgia — no hospital mais prestigioso de Pequim! Esse é só um dos muitos ataques aos trabalhadores de saúde".

Assenti solenemente, transformei minha expressão em profunda preocupação, mas, na minha cabeça, estava visualizando os homens da noite anterior, oprimindo funcionários e parceiros calmamente. Mais do que um presente ou um suborno extravagante, aquela Birkin de crocodilo era um alerta, uma ameaça. Estava ao lado da minha mala no porta-malas daquela Mercedes em um estacionamento caríssimo ali perto. Se ao menos alguém invadisse o carro e a roubasse, para que eu nunca mais precisasse vê-la. Se ao menos alguém invadisse minha vida e abduzisse essa minha versão que Winnie tinha criado, para que eu nunca mais tivesse que ser ela.

Minha avó interrompeu meus pensamentos. "Ava, você parece tão cansada, tão magra. Está trabalhando demais."

"É jet-lag", inventei.

"Tem alguém para cuidar de você em casa?"

Não conseguia me lembrar de um dia terem me perguntado isso com tanta franqueza e, de repente, tive vontade de chorar. "Claro", respondi. "Tenho Oli. Tenho amigos." A resposta soou fraca até para mim.

"Amigos", minha avó disse, "não são a mesma coisa".

Dei um sorriso mecânico. Aonde ela queria chegar com isso?

"Tenho noventa anos, meus amigos estão mortos!"

"Eu sou seu amigo", Hugh falou debilmente.

Minha avó deu tapinhas na manga de Hugh e se concentrou novamente em mim. Ela disse "Eu costumava me preocupar muito com sua mãe na América. Me preocupava com o fato de ela não ter ninguém em volta quando estivesse velha. Você e seu irmão moravam muito longe". Com uma mão trêmula, ela deu batidinhas com seu guardanapo nos cantos dos olhos.

Meus ouvidos se preencheram de um ruído fantasma. "Por favor, não se preocupe comigo, vovó", eu pedi. "Estou bem, totalmente bem. Pronto, vou comer outra torta de ovo para ganhar um pouco de peso."

O que eu não teria dado para ganhar mais um mês para minha mãe, mais uma semana, para tê-la ao meu lado naquela mesa com a mãe dela, a irmã e o resto de nossa família? Eu queria saber mais sobre meus primos, dar a Henri a chance de conhecer Dana e Ella. Pensar em perder mais um dia à mercê de Winnie e seus sócios me enojava.

A caminho do aeroporto de Shenzhen, imaginei a vida que minha mãe poderia ter levado se meu pai tivesse se recusado a se formar em Massachusetts e eles tivessem permanecido em Hong Kong: as refeições semanais em família, os entes queridos dela a uma estação de metrô de distância. Pensei em meu pai, totalmente sozinho naquela casa desproporcional da qual ele se recusava a sair. Pensei em meu irmão, que tinha sugerido, recentemente, que nós dois voássemos para Boston para o aniversário de morte da minha mãe. Eu respondi que estava trabalhando demais e não conseguiria encaixar outra viagem. Pensei em Henri, meu menino precioso e impossível, e como ele tinha ainda menos família do que eu, a nossa linhagem se encolhendo em um triângulo de cabeça para baixo equilibrado precariamente em sua ponta.

Quando ele crescesse, quando tivéssemos morrido, em quem ele confiaria? Quem lhe daria conselhos? Quem o pouparia de tomar as mesmas decisões sem sentido que sua mãe tomara?

Por um tempo, analisei a nuca do meu motorista. "Diga", falei, "você nasceu em Shenzhen?".

"Ah, não", ele respondeu, "ninguém realmente é daqui".

Passando habilmente pelo trânsito, ele me contou que demorava doze horas de trem para chegar ao interior para ver sua família. Ia todo ano durante o Festival da Primavera, quando os trens ficavam tão cheios que, se ele soltasse sua mala, ela seria esmagada por todos os passageiros ao redor.

"Seus pais ficam tristes por você estar tão longe?"

Ele parou em um semáforo vermelho. "Provavelmente um pouco."

Um monte de pedestres inundou a faixa, segurando bolsas e sacolas de compras e as mãos de crianças pequenas.

"Você deve sentir saudade de vez em quando."

"Nunca", ele retorquiu, batendo no peito. "Sou um garoto da cidade agora."

"E gosta desse trabalho?"

Ele olhou para trás para mim e sorriu. "Não serei motorista para sempre. Quero ter meu próprio negócio, uma tropa inteira de carros e motoristas, levando executivos pela cidade."

No aeroporto, ele encostou na área reservada aos embarques, colocou o carro no ponto-morto e deu a volta correndo para tirar minha mala do porta-malas. Eu o agradeci e lhe desejei sorte com seus planos de carreira.

"Até mais, tchau", ele disse em inglês.

Lutei contra o impulso de jogar os braços em volta daquele jovem e dizer a ele para se cuidar, para trabalhar pesado e não ser seduzido por todo o dinheiro sujo flutuando por aquela cidade, porque não existia vergonha em trabalho bom e honesto.

Mas quem era eu para ficar distribuindo conselhos? Em vez disso, simplesmente disse "Até mais, tchau".

♦♦♦

De sua perspectiva, detetive, consigo entender o que isso tudo parece. Por que demorei três meses para me entregar e contar tudo? Acredite em mim: se eu só tivesse eu mesma com quem me preocupar, teria corrido para sua sala no instante em que meu avião tocou o chão de São Francisco. Mas sou egoísta; sou fraca. Temia por meu marido, meu filho, minha amada avó de noventa anos, que estava a apenas uma fronteira daqueles homens hediondos. Sinto muito por isso. Sinto muito por ter pensado que conseguiria, de alguma forma, me libertar das garras de Winnie. E, principalmente, sinto muito por não ter entendido logo que a única coisa que nos salvaria era a verdade, nada além da verdade.

14

Cheguei à porta da minha casa pronta para fazer as pazes com meu marido, para fazer tudo em meu poder a fim de protegê-lo dos meus erros. Até onde eu sabia, havia apenas uma forma de lhe garantir segurança: eu precisaria convencê-lo a aceitar Boss Mak como paciente, enquanto me certificava de que ele não soubesse de nada sobre o histórico do criminoso.

Tinha visto um vaso de cristal no *Free Shop* que era uma substituição razoável para o nosso Baccarat estilhaçado. Segurando meu presente para Oli, disse "Desculpe".

Estendido no sofá, ele ergueu a cabeça em um centímetro e, então, caiu de volta como se estivesse exausto desse esforço mínimo. "O que é isso?"

"Um vaso", respondi.

Os olhos dele estavam com aquele olhar vidrado que ele tinha às vezes, depois de um daqueles plantões de 48 horas que agora são considerados sádicos demais para residentes.

"O que aconteceu?", perguntei. "O que houve?"

Henri apareceu correndo usando apenas uma fralda, embora o ar frio entrasse pela janela aberta. Estendi os braços para um abraço, porém ele se desviou e foi até o controle remoto na mesa de centro, que ele bateu em uma almofada do sofá em uma tentativa frustrada de ligar a televisão.

Oli permaneceu imóvel, seu rosto contorcido de agonia.

"O que aconteceu?", perguntei de novo. Me curvei e beijei o topo da cabeça de meu filho, que cheirava a cachorro molhado, um odor azedo bem diferente de xampu. Ele se esticou para trás, abrindo o sorriso mais santo, e voltou a atacar o controle.

Oli esticou os braços acima da cabeça e soltou um gemido monstruoso que assustou Henri, que imitou seu papai e riu da própria brincadeira. Segurei as bochechas de meu filho e beijei ambas, e ele se libertou de meu abraço.

"Tentei desfraldá-lo", enfim, Oli explicou.

"Ah, não."

"Queria fazer uma surpresa."

"Ah, não."

"Não pensei que fosse ser tão difícil. Disseram que demorava de um a três dias."

Um raio de irritação me percorreu, obliterando minhas boas intenções. Era tão típico de Oliver assumir desafios que nenhuma pessoa em sã consciência tentaria. Quanto mais impossível o desafio, mais motivado a cumpri-lo meu marido ficava. Foi assim que ele completou um mestrado duplo em Física e Biologia em Harvard, enquanto integrava a equipe iniciante de remo e era acompanhante substituto no departamento de dança. Foi assim que ele sobreviveu à residência e à especialização em cirurgia. Foi assim que foi nomeado Revelação da UCSF em seu primeiro ano como médico formado. Então chegou minha vez. Também seria assim que eu o faria operar Boss Mak: pintando seu novo paciente como o ponto alto de sua carreira, que ele poderia alcançar sozinho.

Eu me curvei e cheirei a fralda de Henri. Estava limpa.

"Obviamente, desisti", Oli disse, colocando as costas da mão acima de seus olhos, como se quisesse esconder sua vergonha.

"O que aconteceu?"

"Ele fez cocô no tapete."

"Ah, não." Analisei o tapete bege até avistar a mancha esbranquiçada ao lado da mesa de centro que denunciava o uso de produto de limpeza. O penico azul de plástico que tínhamos encomendado semanas antes estava empurrado para a parede, perto do livro *O que tem dentro da sua fralda?* e um boneco do Elmo.

"Aí ele fez cocô no chão do banheiro, bem ao lado do vaso sanitário, para chamar atenção."

"Henri!"

Meu filho me olhou, com seus cílios longos e bochechas rosadas, então continuou sua tentativa de ligar a televisão.

"E nem estou mencionando todas as vezes em que fez xixi fora do lugar."

Fui para o sofá e me encolhi ao lado do meu marido. Ele se reacomodou para me dar espaço.

"Sinto muito."

Ele colocou o braço atravessado por meu peito. "Não consigo me lembrar de fracassar tão miseravelmente em alguma coisa."

Frustrado com sua incapacidade de decifrar o controle remoto, Henri pressionou o rosto na tela da TV e soltou um choro estridente.

Oli gemeu "Ligue, por favor, pelo amor de Deus".

Coloquei *Thomas e seus amigos*. Henri se acalmou imediatamente, balançando seu corpinho com a batida da música tema e ignorando meu comando de não ficar tão perto da tela.

Quando me virei para falar sobre o assunto Boss Mak, Oli já estava roncando. Outra característica importante do meu marido é sua capacidade de dormir quase que instantaneamente, independentemente de estar em uma sala de reuniões cheia ou em um hotel cinco estrelas.

Enquanto Henri babava diante da televisão, chegaram mensagens de Winnie em meu celular.

> Como é a configuração da fábrica? Quantas bolsas são produzidas todos os dias? Que novos modelos estamos aguardando? Quantas compradoras precisamos contratar?

A única forma de acalmá-la era responder suas perguntas logo e uma por uma. Se eu demorasse, ela insistiria de maneiras mais incisivas. E a última coisa que eu queria era ela ligando no telefone de minha casa ou, pior, aparecendo em minha porta, caso estivesse na cidade. E não, detetive, não me incomodei em contar a ela sobre as cenas perturbadoras que eu tinha testemunhado na fábrica. Mas, naquele momento, eu sabia que ela não daria a devida importância aos fatos. Tudo que ela faria era zombar da minha ingenuidade; a mesma coisa que Kaiser Shih fez.

Eu estava estudando os destaques da temporada, conversando com Winnie sobre qual seriam os maiores sucessos via mensagem de texto, quando, com a minha visão periférica, avistei Henri tropeçar em seu próprio pé e cair no móvel da TV.

Soltando meu celular, corri até ele e verifiquei se tinha sangue enquanto ele urrava de ira.

"Sei que dói, mas está tudo bem. Está tudo bem, Docinho."

Ainda deitado no sofá, Oli disse sonolento "Você o deixou assistir desenhos por duas horas? O que ficou fazendo esse tempo todo?".

De repente, entendi como eu estava louca ao pensar, sequer por um instante, que poderia manter esse trabalho da porta de casa para fora; eu já tinha fracassado nessa intenção. Então, me virei e descontei minha raiva em Oli.

"Quem pediu para você desfraldá-lo? Por que pensou que daria certo?"

Confuso e sonolento, Oli me observou. "Queria fazer algo legal para você."

Henri urrou mais alto para chamar nossa atenção.

"Você não estava ajudando", eu disse. "Estava se exibindo."

Oli se ergueu, apoiando o corpo nos cotovelos. "Do que está falando?"

"Da próxima vez que quiser ajudar, chegue em casa do trabalho em um horário decente e coloque seu filho para dormir."

Ele se encolheu como se tivesse levado um tapa. Esperei que ele retrucasse — afinal de contas, ele tinha passado o fim de semana inteiro com Henri sozinho. Em vez disso, ele se curvou e pegou seu filho no colo.

"Viens, mon petit", ele murmurou no cabelo de Henri, "t'inquiète".

Juntos, eles saíram da sala, me deixando para confrontar minha própria crueldade e meu desespero.

♦♦♦

Mais tarde, Oli e eu nos movimentávamos como um casal de colegas de quarto que tinha se conhecido recentemente.

"Com licença", ele disse, esticando-se na minha frente para pegar sua escova de dentes.

"Posso pegar?", perguntei quando puxei mais o cobertor para o meu lado.

Nos deitamos o mais longe possível um do outro na cama *king size*. Ele apagou o abajur da mesinha de cabeceira, e eu sabia que, apesar do ressentimento atual, havia uma boa chance de ele dormir instantaneamente. Eu não conseguia mais adiar isso. Precisava perguntar a ele sobre o transplante.

"Ok, desculpe por ter surtado", comecei, consciente de quantas vezes ele já tinha me desculpado ultimamente.

Ele respondeu com um grunhido.

"Obrigada por cuidar dele enquanto viajei. Você é um bom pai." E, embora quisesse dizer cada palavra, me sentia manipuladora, mentirosa.

Ele se virou para poder me encarar. No escuro, pude identificar suas sobrancelhas fortes e assimétricas, assim como seu nariz reto.

"Tudo bem", ele disse. "Desculpas aceitas."

Me aproximei mais dele, apoiando minha cabeça em seu peito amplo. "Já tomou uma decisão quanto a Boss Mak?"

"Na verdade, sim. Depois de revisar os resultados de exame de sangue e de imagem dele, não posso recomendá-lo ao comitê."

Me ergui de repente, usando o peito de Oli para me impulsionar. Ele gritou de dor. Eu não esperara uma resposta tão definitiva.

"Acho que você deveria reconsiderar", comentei.

Ele também se sentou. "O homem tem toda comorbidade que existe: pressão alta, pré-diabetes, doença cardíaca. É um candidato terrível. Um alcoólatra convicto. E ele é velho."

"Não é tão velho", rebati. "Tem a mesma idade da minha mãe."

"Setenta anos é velho."

Minha cabeça era um emaranhado de sentimentos. Você precisa entender, detetive, antes de tudo, que eu tinha que acalmar Boss Mak. Mas, ao mesmo tempo, uma parte de mim simpatizava genuinamente com ele. Ele não era um pai, um marido e um chefe amado? Não tinha pessoas que dependiam dele, exatamente como eu, ou minha mãe, que eu não tive a chance de salvar?

"Ele vai parar de beber", eu afirmei, embora soubesse que isso parecia longe de alcançar. "E ele fez uma doação enorme."

Oli disse "Já te falei isso. Não temos fígados suficientes. A maioria dos pacientes morrem aguardando na fila. Não posso, em sã consciência, dar um fígado a um estrangeiro rico."

Comentei que um fígado não alteraria o fornecimento de forma significativa, além disso, a doação de Boss Mak seria essencial para fornecer serviços para pacientes que não conseguiam pagar por eles.

Ele acendeu o abajur e semicerrou os olhos para mim. "Por que se importa tanto? Mal conhece esse homem."

Me obriguei a manter o olhar em Oli. "Ele quer ser tratado pelo melhor, que é você. Vai exigir que seja o único a administrar a doação de quinhentos mil. Você pode, enfim, expandir o programa de alojamento gratuito como sempre quis."

Oli olhou para o teto e pareceu refletir sobre meus argumentos. Eu o lembrei que, sim, Boss Mak poderia encontrar, facilmente, outro hospital para doar seu dinheiro, mas em que eles investiriam? Em pesquisa de ponta que beneficiaria somente a minúscula porcentagem que recebia transplantes? Outra cadeira cara demais? Quadros chiques e luminárias?

Ele balançou a cabeça, desesperado. "As coisas que mais fazem o bem — apoio habitacional, assistência nutricional — têm sempre menos apelo, por isso são menos patrocinadas."

"Exatamente!"

"Certo. Vou pensar nisso. Vou ver o que consigo fazer."

Ele apagou a luz e me puxou para seus braços. No escuro, me grudei a ele, sentindo sua respiração. Dentro de segundos, ele estava dormindo profundamente.

♦♦♦

Se fiquei surpresa com a disposição de Oli em contornar os limites da medicina? Primeiro de tudo, detetive, não sei se seria assim que eu caracterizaria as atitudes dele. As avaliações de pacientes elegíveis a determinados tratamentos são complicadas e delicadas. Não sou expert, então não posso lhe dar detalhes de como Oli e o comitê decidiram, no fim das contas, aceitar Boss Mak como paciente. Você conversou com Oli; não perguntou isso a ele? Ah, certo, claro, confidencialidade médica. Então, acho que nunca saberemos.

Além do mais, por que isso importa se o transplante nunca vai acontecer? Ah, entendi, você ainda desconfia que Oli saiba mais do que ele diz. Mas posso garantir a você que ele contou a verdade. Como ele poderia ter ficado sabendo sobre as atividades criminosas de Boss Mak se não sabia de nada sobre a própria esposa? Sim, quer dizer absolutamente nada. Como já observou, meu casamento nessa época estava... tenso. Quando Oli e eu não estávamos discutindo por causa de Henri, levávamos vidas praticamente separadas. Com bastante franqueza, é um milagre ainda estarmos juntos, e todos os dias agradeço ao universo por isso.

Olha, meu marido é extremamente ético, a pessoa com mais moral que conheço depois da minha mãe. Mas ele não é seguidor irracional das regras. Seria um erro confundir essas duas coisas. É preciso coragem e criatividade para viver uma vida de princípios.

Conhece aquele dilema de ética sobre o carrinho desgovernado nos trilhos de trem? Não? Certo, então, imagine um carrinho desgovernado indo na direção de cinco pessoas, que estão amarradas e incapazes de se mexer e você está parado a certa distância no pátio da estação, perto de uma alavanca que pode direcionar o carrinho para outros trilhos. Então, você vê que há uma única pessoa naqueles outros trilhos. O que você faz?

Provavelmente, você não ficará surpresa em saber que a maioria das pessoas não faria nada, deixariam o carrinho matar aquelas cinco pessoas. E depois diriam a si mesmas que a situação estava fora do controle. Somente os verdadeiramente corajosos e proativos agiriam para mudar a direção do carrinho. Matariam um para salvar cinco. Esse é Oli. Ele nunca escolhe a saída mais fácil. Ele escolhe agir. Ele se posiciona.

Uma última coisa: não sei se foi informada de que Oli acabou de ser promovido a chefe de cirurgia. Ficamos sabendo na semana passada. Por que Stanford promoveria alguém em quem não confiasse ou acreditasse 100%? Obviamente, eles concordam que Oli não sabia de nada sobre o histórico de Boss Mak. Felizmente, nesse novo cargo, ele poderá direcionar mais patrocínio para o programa de alojamento gratuito, mesmo sem a doação de Boss Mak. O que mais posso dizer? Ele é um bom homem. Todos temos um orgulho incondicional dele.

15

É verdade, detetive, que, mais ou menos um mês após a minha viagem para Dongguan, voei para Boston com Henri para visitar meu pai. Já sei qual será sua próxima pergunta, e a resposta é não. Absolutamente não. Não mencionei uma palavra sobre no que eu tinha me envolvido com Winnie — nem para o meu pai, nem para o meu irmão, nem para a minha cunhada.

Sei que é difícil de você acreditar, mas famílias asiáticas são diferentes de famílias brancas. Não conversamos do jeito que vocês conversam. Digo, conversamos, claro que conversamos, mas não sobre nossos medos, nossa dor, nossos segredos mais sombrios e profundos.

Quando eu era mais nova, invejava meus colegas cujos pais nos serviam vinho com frutas em festas e ofereciam para nos levar para casa. Sabe, o tipo se-vão-beber-prefiro--que-bebam-conosco. Meus pais eram o contrário: se vão beber, não bebam. E, se insistirem, não ousem nos deixar descobrir. Lembro de Carla me contando que, durante as férias de inverno do último ano do ensino médio, sua mãe a tinha levado ao ginecologista para que ela começasse a tomar anticoncepcional. Fiquei maravilhada com essa história.

Se eu desejava que meus pais fossem mais parecidos com os dela? Mais *americanos*, por assim dizer? Claro que sim. Quem não desejaria o mesmo? Era uma coisa em que eu pensava o tempo todo quando estava em casa, analisando e contratando seis novas compradoras para dar conta do nosso estoque que só crescia e me preocupava. Quanto mais expandíamos, maiores se tornavam as chances de sermos pegas. Enquanto isso, eu insistia para minha família que estava tudo bem, simplesmente bem, melhor do que bem.

Fui visitar meu pai quando, finalmente, ele concordou em colocar a casa para vender e se mudar para um apartamento em Chicago, perto de onde meu irmão e minha cunhada moravam. Ele precisava de ajuda para fazer a mudança e, já que fazia mais de um ano que eu não o via, não pude negar. Em minha primeira noite na minha antiga casa, depois de meu pai e eu lutarmos com Henri para colocá-lo para dormir, fomos para a varanda dos fundos com garrafas de cerveja gelada. Era fim de agosto e estava um calor escaldante. Acima de nossa cabeça, o ventilador de teto girava, e ergui o rosto para a brisa.

Papai começou a conversa: "Você o levou a um especialista?".

Minhas faces queimaram. Pressionei a garrafa em minha pele. "Por favor, papai, agora não."

"Ok, não precisa ficar irritada", ele disse.

Meu celular vibrou no bolso, eu o peguei e silenciei. Tinha pedido para Winnie enviar mensagem apenas se fosse urgente, mas, em cinco horas na companhia de papai, ele já tinha comentado sobre meu uso copioso do celular.

Ele deu um gole na cerveja e passou o polegar pelo rótulo. “Enfim, como falei para a sua mãe, Henri não precisa ser gênio. É mais importante que seja uma boa pessoa. Honesto, gentil.”

“Sério? Você disse isso? Posso colocar por escrito?”, perguntei. Não precisei lembrar meu pai de que minhas notas eram a única coisa que ele controlava nos meus anos de estudo.

Foi a vez dele de se irritar. “Isso é porque você era boa na escola. Estávamos encorajando seus dons naturais.”

“E olhe para onde todos aqueles A e A+ me levaram”, eu resmunguei.

“O que isso significa?”

Destaquei que ser uma advogada corporativa era o tipo de emprego que uma pessoa tolerava, suportava.

Ele fez careta. “Nunca quis que se preocupasse com dinheiro. Pelo menos seu diploma te deu isso.”

Olhei para as profundezas cor de âmbar de minha garrafa de cerveja. “Não é preciso detestar seu trabalho para ganhar dinheiro.”

“Claro, e também não precisa amar. Chama-se trabalho.”

De uma vez só, detetive, as inúmeras mentiras que eu tinha espalhado por todo lugar nos últimos sete meses recaíram sobre os meus ombros, ameaçando me esmagar. Em meu desespero, me esqueci de quem era e de como fui criada. “Não consigo mais fazer isto”, soltei, finalmente.

Ergui meu olhar, ao mesmo tempo aterrorizado e cheio de esperança.

Os olhos de meu pai se arregalaram. Ele jogou a cabeça para trás e inspirou fundo antes de conseguir se controlar e neutralizar sua expressão de novo. “Como assim?”, ele perguntou com gentileza.

Ele já tinha recuado novamente de uma barreira invisível.

E o que eu esperava? Nosso jeito sempre foi esse.

"Ah, nada. Henri está em uma idade muito difícil, só isso."

Papai relaxou da cabeça aos pés. "Ele não terá dois anos para sempre."

"Ainda bem."

Terminamos nossas garrafas. O momento passou.

E fico muito grata por ter me contido na hora porque agora, de onde estou hoje, confessando tudo a você, enxergo o que não conseguia enxergar quando era criança: compartilhar seus segredos é obrigar outros a carregarem seu fardo; ficar em silêncio é poupá-los.

♦♦♦

Percebi que não falei muito sobre meu irmão, Gabe, mas talvez seja útil para você saber um pouco sobre ele, para entender minha educação e como me tornei a pessoa emocionalmente frustrada que passou quase um ano sob o feitiço de Winnie.

De muitas formas, Gabe e eu somos opostos e, por causa disso, eu carregava as esperanças de meus pais enquanto ele flutuava acima da linha das expectativas. Meu irmão era popular na escola, simpático, uma estrela no esporte: tenista júnior. Não era muito estudioso, tirava principalmente B, entrou em uma pequena e liberal faculdade de artes em Connecticut. Após a formatura, um de seus irmãos de fraternidade o ajudou a conseguir um emprego vendendo aparelhos médicos. Ele acabou se mostrando muito, muito bom nisso. Agora é diretor administrativo. E um golfista espetacular.

E, até hoje, meu pai nunca reconheceu o sucesso de Gabe. Ele vê o filho como esse cara relaxado, livre, que vive a vida despretensiosamente e acaba se dando bem. Minha mãe costumava dizer que Gabe era mais sortudo do que dotado — sim, na cara dele, esse é o jeito asiático. Mas não se consegue uma promoção atrás da outra sem trabalhar por isso, mesmo que seja (como papai diria) apenas na área de vendas.

Uma vez, quando eu estava no ensino fundamental, meu pai me repreendeu por tirar B+ em matemática. Gritei, irritada, "Por que você nunca briga com Gabe?".

Foi a primeira vez que o confrontei e ele lançou um olhar sombrio para minha mãe antes de gritar de volta "Porque ele não é tão inteligente quanto você". E seu tom deixou claro que aquilo não era um elogio.

Gabe deveria estar na aula de tênis, mas vasculhei o quarto, só para ter certeza.

Papai suavizou o discurso. "Todo mundo tem talentos diferentes. O seu é a escola. Não desperdice isso."

A onda de adrenalina por confrontá-lo me deixou combativa. "Você não grita com Gabe se ele perde uma partida."

"De tênis?", papai perguntou, pingando desprezo de sua voz. "Tênis é um jogo, um hobby. Seu irmão não é Michael Chang, está certo? Ele vai ter sorte se jogar na terceira divisão."

Essa avaliação contundente e clara me fez ficar quieta. Pelo resto do semestre, dei meu máximo para compensar aquele B+ e, no fim, tirei o A do meu pai.

O que foi, detetive? Sim, essa frase também me chamou atenção. *Tirei o A do meu pai.* Mas sempre foi assim que me senti: como se estivesse vivendo minha vida para outra pessoa. Primeiro, para os meus pais, depois, para Oli, e agora para Winnie. Na verdade, eu estava tão acostumada a me mexer no piloto automático em direção a alguma meta definida por outra pessoa que nunca parei para pensar aonde eu queria ir, antes de mais nada.

Olhe, tenho 37 anos e, tenho certeza de que podemos concordar: passou bastante do tempo de culpar meus pais por quem sou hoje. Mas acho que essa é a questão. Eu nunca tinha realmente crescido. Ainda era aquela adolescente nerd que não ousava sonhar os próprios sonhos, que desejava aprovação de quem quer que a oferecesse.

♦♦♦

Depois de conhecer a verdadeira opinião de papai sobre Gabe, você pode estar se perguntando como ele acabou se mudando para Chicago para morar perto desse filho. Também fiquei espantada com a decisão. Eu não tinha conhecimento que a venda da casa estava em discussão — nem tinha percebido o quanto perdi no tempo em que estive trabalhando para Winnie.

Resumindo, a decisão de meu pai foi resultado de uma campanha de um mês feita por Gabe e sua esposa, Priya. Quando eles descobriram que as dores crônicas no joelho e no quadril de papai — resultado de décadas dirigindo na estrada — tinham piorado, obrigando-o a desistir de suas caminhadas diárias, resolveram tomar uma atitude. Priya encontrou um prédio novo com bons apartamentos que estava sendo construído a duas quadras da casa deles, perto de uma academia com uma piscina que papai poderia usar em vez de caminhar. Ela plantou a semente da mudança nas conversas deles, apenas com descrições ligeiramente embelezadas das comodidades, certificando-se de incluir o quanto ela e meu irmão queriam meu pai por perto para falar mandarim com Ajay, filho deles que nasceria em breve, e seus futuros irmãos, enquanto também prometeram que nunca o fariam de babá. Quando Gabe e Priya voaram para visitar papai no aniversário de morte da minha mãe, eles deram a cartada final, apresentando argumentos do amigo corretor de Gabe que demonstravam que a unidade era uma boa compra e iria, definitivamente, valorizar.

Ouvir tudo isso me encheu de culpa, sim, mas também de inveja. Minha cunhada, corajosa e carinhosa, tinha começado a chamar meus pais de mãe e pai no dia em que Gabe a pediu em casamento. Oli, por outro lado, resmungou quando eu o informei, logo depois do funeral, que tinha contratado uma empregada doméstica para meu pai e que também planejava pagá-la.

"E o papai aceitou?", perguntei a Gabe pelo celular. "Simples assim?"

Meu irmão fez uma pausa. "Bom, demorou meses para convencê-lo, mas, sim, em certo momento, ele aceitou."

"Sinto muito por ter estado tão ocupada", eu disse.

"Sim, sim", ele respondeu. "Ava está trabalhando, nenhuma novidade."

"Você tem feito tanto pelo papai desde que a mamãe morreu. Desculpe por não ter ajudado."

Olhando para trás, consigo ouvir o apelo em minha voz. *Me pergunte*, é o que estou dizendo, *me pergunte por que estou trabalhando tanto. Me pergunte o que estou fazendo. Me pergunte o que há de errado.*

Graças a Deus, ele não perguntou.

"Não se preocupe", Gabe falou. "Há bastante tempo para você recompensar."

Como já mostrei, detetive, desviar de conflitos é a religião da família Wong.

♦♦♦

No dia seguinte, apareceu um e-mail de uma jornalista de moda em minha conta pessoal. Ela tinha se deparado com a nossa conta no eBay e ficou tão impressionada com os produtos que queria me entrevistar. Não sabia como ela tinha me rastreado, já que eu pagava um serviço para apagar todas as minhas informações pessoais da internet. Apaguei a mensagem sem responder e verifiquei os fóruns on-line.

Ao que tudo indicava, da noite para o dia, nossa loja no eBay tinha subido para os destaques, e essa movimentação tinha sido estimulada por fanáticos por bolsas que deliravam com nossas Bottega Veneta, Dior Book Tote e Valentino Rockstud. Os fóruns fervilhavam de perguntas sobre como conseguíamos fornecer os modelos mais recentes com tanta rapidez. Usuários especulavam sobre nossa loja trocar sobras na fábrica ou até sobre os produtos anunciados serem resultado de roubo. (Aliás, detetive, é um mito que existam sobras. Como já mencionei, as marcas exigem que cada milímetro de matéria-prima seja contabilizado — nenhuma fábrica produz dez bolsas extras sem Saint Laurent descobrir imediatamente.)

Chegou uma mensagem de Winnie, vangloriando-se sobre outro modelo que havia esgotado. Eu queria jogar meu celular no chão. Por que ela não conseguia enxergar o problema crescendo debaixo do nosso nariz? Ela havia construído o negócio no anonimato; aquilo era publicidade demais, burburinho demais.

No meio de tudo isso, meu irmão e minha cunhada chegaram de Chicago: Priya, grávida de 36 semanas e reluzente; Gabe, bronzeado e sorrindo sob um boné de beisebol de Roger Federer.

Meu irmão e eu passamos a tarde empacotando coisas e tentando convencer papai a se sentar diante da televisão e descansar as articulações que rangiam. Enquanto isso, Priya e Henri cavavam buracos no quintal com espátulas velhas, já que os novos proprietários iriam arrancar o gramado de qualquer forma.

"Como está Oli?", Gabe perguntou. "Ainda trabalhando como um louco?"

"Sempre e para sempre."

A pergunta teria irritado Oli. *Por que essa é a única coisa que seu irmão sempre pergunta?*, ele diria. E eu explicaria que Gabe não sabia realmente o que o trabalho dele envolvia (e não se importava muito). Oli achava Gabe e Priya convencionais e pouco ambiciosos, *básicos*. Mas eu não enxergava dessa forma. Para mim, a qualidade mais surpreendente deles era a extrema satisfação com o que tinham. Não eram esforçados, e parecia maravilhoso ser assim.

Depois de encaixotarmos o restante do escritório, Gabe e eu paramos na janela, observando Priya e Henri cavando o quintal em busca de tesouro.

"Quanto tempo de licença-maternidade terá?", perguntei.

"Três meses, e ela vai tirar inteira e se demitir logo em seguida."

"Não!", eu exclamei.

"Sim!"

Lá embaixo, Priya e Henri pegaram um par de ferramentas de jardinagem e encheram um balde amarelo com terra.

"Que bom para ela. Receber essa licença." Não consegui evitar o comentário adicional "Mas talvez ela não devesse queimar todas essas cartas. No caso de, um dia, precisar de uma referência".

Brincando, Gabe deu um peteleco na minha testa, o que me enfureceu tanto quanto me enfurecia quando era criança.

Dei um peteleco na bochecha dele, e ele torceu meu braço para trás de minhas costas.

"Ai."

Ele deu risada e me soltou. "Obrigado pelo conselho, nerd, mas ela nunca mais vai voltar. A meta de vida dela é ser uma mãe que fica em casa."

Priya chamou a atenção de Henri para uma borboleta voando em volta dos arbustos, e ele gritou e correu, abanando sua espátula acima da cabeça.

"Eles são melhores amigos mesmo", Gabe disse.

Não respondi, distraída pela vibração do meu celular. Outro e-mail daquela mesma jornalista, me informando que, se eu não concordasse em conversar com ela, ela iria escrever o artigo me expondo de qualquer forma. Desta vez, encaminhei o e-mail para Winnie com o título: PROBLEMA!!!

"No que está trabalhando que é tão urgente?", Gabe perguntou. "Você não parou de mexer no celular."

Do outro cômodo, meu pai chamou "Crianças, venham aqui. Vocês precisam ver isto".

Olhamos um para o outro e fomos para lá. Papai apontou para a TV, onde um avião caído queimava em uma pista.

Você deve se lembrar dessa queda, detetive, no aeroporto de São Francisco. O avião estava carregando setenta alunos xangaineses que tinham se inscrito em um acampamento de verão em São Francisco para aprender inglês, assim como cinco de seus professores. Na época, eu ainda precisava descobrir o papel que partes falsificadas do avião tiveram na queda, mas me lembrei daqueles *da kuan* sentados ao redor da mesa, orgulhando-se de enviar seus filhos para acampamentos caros como esse, entre referências oblíquas aos seus outros acordos ilegais.

Juntos, meu pai, meu irmão e eu assistimos àquele avião pousar um pouco antes da pista, bater em um paredão e ter sua cauda cortada tão facilmente quanto manteiga é cortada por uma faca quente.

De acordo com o repórter da CNN, duas meninas do ensino médio, melhores amigas, tinham sido ejetadas de seus assentos — seus cintos de segurança não haviam sido fechados. Elas morreram quase que instantaneamente. Apareceu na tela uma foto da escola que abrigaria o evento. Era a que ficava entre a Noe e a Twenty-Fifth, a algumas quadras da minha casa. Quantas vezes eu tinha passado pela faixa colorida de boas-vindas estendida no portão?

Quanto mais tempo durava a reportagem, mais eu me convencia de que essa história era pessoal; que, de alguma forma, pertencia a mim. Talvez porque esse fosse o pior pesadelo de toda mãe. Ou talvez fosse mais abstrato do que isso: agora eu tinha uma janela que me permitia enxergar a nova China e a forma como todo o país avançava a um ritmo alucinante, ignorando os problemas. E, algo nesse contexto, me dizia que esse avião não havia caído por acaso.

Quando meu irmão sugeriu mudar de canal, fui contra, incapaz de desviar o olhar dos pais reunidos em uma sala de reunião desconhecida de Xangai, esperando para saber o que tinha acontecido com os filhos. Por todo o ambiente, casais caíam nos braços um do outro, era impossível dizer se era de dor ou de alívio.

Mas, me desculpe, detetive, estou mudando de assunto. Acho que falamos o essencial sobre minha visita ao meu pai.

Como? Você tem uma gravação de meu irmão dizendo que contei a ele sobre meu trabalho de vender falsificações? No carro quando fomos buscar o jantar?

Não, isso é um completo mal-entendido. Ele não quis dizer isso. É verdade que tentei contar a ele uma última vez, mas ele não acreditou em mim. A coisa toda soou tão estranha que ele pensou que fosse piada.

Me deixe explicar. No mesmo dia em que soubemos da queda do avião, Gabe e eu fomos pegar algumas pizzas para jantar. Estávamos no carro de papai quando outra mensagem de Winnie fez meu celular vibrar.

Não se preocupe. Vou cuidar disso.

Eu sabia que ela já tinha enviado seu detetive particular para descobrir os podres da jornalista — qualquer coisa que a convencesse a esquecer o artigo. Imaginei uma jovem persistente, formada lá um ano ou dois em Jornalismo, sedenta, ansiosa, ganhando menos de um salário-mínimo.

Quando Gabe perguntou quem era no telefone, eu estava cansada demais para mentir.

"Winnie", respondi. "Lembra dela?"

"Que Winnie?"

"Winnie, minha colega de quarto do primeiro ano."

"A que fraudou o SAT?"

"Essa mesma."

"Vocês ainda mantêm contato?"

Disse a ele que trabalhava para ela agora.

"Ah, é? Fazendo o quê?"

Observei meu irmão verificar seu ponto cego antes de mudar de faixa. Ele ainda dirigia com apenas uma mão, o tronco totalmente inclinado para trás no banco, a própria imagem de um homem que estava confortavelmente surpreso com a própria boa vida que tinha. E, naquele instante, detetive, desejei, no mínimo, um milímetro de sua segurança, de sua tranquilidade.

Com o coração martelando no peito, respondi "Importando bolsas de grife falsificadas".

A cabeça dele se virou na minha direção.

Minhas cordas vocais falharam, mas continuei. "É todo um esquema em que devolvemos réplicas para lojas de departamento e vendemos as verdadeiras no eBay."

Senti meus músculos da face se contorcerem em um sorriso, um esforço de interpretar os sinais conflituosos de alívio e medo iluminando meu cérebro.

Os olhos de meu irmão se arregalaram, sua testa se franziu e, então, ele caiu na gargalhada. "Boa, boa! Vocês são tipo Bonnie e Clyde!"

"Isso mesmo."

Quando ele se acalmou, perguntou "No que você realmente trabalha?"

"Contratos para o negócio de produção de bolsas dela. Coisas chatas."

Ele virou em um centro comercial e estacionou em frente à loja de bebidas que frequentava quando era menor de idade. Mexi na fivela do cinto. Meus dedos ficaram rígidos e doloridos, como se atingidos por artrite.

"Ah, Deus, você se lembra desse lugar?", ele perguntou, já seguindo em frente. "Lembra quando mamãe descobriu o pack de cerveja debaixo da minha cama?"

Viu, detetive? Apesar de, sim, tecnicamente ter confessado meu crime para Gabe, não tem como ele ter absorvido o que eu tinha dito. Na verdade, tenho certeza de que ele não se lembraria dessa parte da nossa conversa nem se você insistisse.

Agora, se fosse minha mãe, e não Gabe, que estivesse no banco do motorista naquele dia, talvez as coisas tivessem se desenrolado de forma diferente.

O que você acabou de dizer?, ela perguntaria, bem lentamente, depois de eu ter cuspido minha confissão.

Incapaz de voltar atrás, eu teria acelerado toda a história repugnante enquanto ela ouvia, primeiro sem compreender, e, depois, enfurecendo-se gradativamente.

Essa sua dita amiga sua segurou uma faca em seu pescoço e ameaçou te matar se não obedecesse?, ela perguntaria. *Não? Então você não foi obrigada. Você escolheu fazer isso. Sua tola miserável. Sempre tive uma sensação ruim quanto a essa Winnie.*

Eu deixaria as palavras da minha mãe me esmurrarem; iria me submeter a cada um de seus golpes. E, naquele instante, apesar da raiva e da decepção dela, eu não estaria mais sozinha.

Eu mesma vou levar você à polícia, ela diria, e meu corpo inteiro iria relaxar. *Entregue-se e encare as consequências.*

Sei que demorou um pouco mais do que deveria, detetive, mas, finalmente, dei ouvidos a ela e estou aqui agora. O que mais posso te contar? Do que mais precisa saber?

16

Quatro dias depois do procedimento nas pálpebras, Winnie destrava a porta da frente e escuta seu celular descartável tocando no quarto. Ela tranca a porta e se apressa na direção do aparelho, tirando os óculos de sol. O número que aparece na tela é local, um que ela não identifica. Ela rejeita a ligação antes de se lembrar da outra única pessoa, além de Ava, que tem aquele número — o marketeiro que ela havia contratado para fazer um trabalho preliminar para a nova aventura com diamantes. Ele terminou o plano um dia antes; ela não ficou surpresa.

Ali na China, nenhuma tarefa é considerada impossível, nenhuma exigência é extrema nenhum prazo é apertado demais. Há sempre alguém mais jovem, mais determinado, mais sedento, mais disposto a trabalhar mais, mais rápido e por mais tempo. Precisa de uma estação ferroviária de alta velocidade em nove horas? Ou uma ponte de 1.300 toneladas em um dia e meio? Sem problemas. Serão entregues.

É um dos motivos pelos quais ela está escondida em Pequim, apesar da incredulidade inicial de Ava.

— Você só pode estar brincando comigo — Ava disse durante essa última conversa antes de Winnie embarcar em seu voo e sair do LAX.

— Qualquer lugar, menos aqui.

Winnie argumentou que sua terra natal cumpria todos os requisitos: não tinha tratado de extradição com os EUA, não tinha chance de a polícia chinesa cooperar com seus homônimos americanos. Em Pequim, Winnie está longe o suficiente de Dongguan para se esconder dos Mak, e, ainda assim, perto o suficiente para vigiá-los. Porque é imperativo que os Mak acreditem que seu negócio é um sucesso, que está tudo bem. O plano inteiro depende de Boss Mak embarcar em um avião em três horas e chegar em São Francisco para sua consulta médica — a única pessoa importante o bastante para desistir em favor de Winnie, a chave para assegurar uma sentença mais branda para Ava.

De fato, durante todo o tempo em que Ava está se submetendo ao interrogatório da detetive Georgia Murphy, ela vêm se comunicando com a equipe em Dongguan, pagando o inventário do estoque com fundos do Departamento de Segurança Interna dos EUA — estoque esse que vai direto para o departamento para ser usado como prova no caso contra Boss Mak.

Para explicar a ausência de Winnie, Ava conta a Mandy que ela foi para um retiro de silêncio e meditação no deserto do Arizona. Assim, ganham outro dia, que, presumindo que o voo de Boss Mak decole conforme a programação, é tudo de que precisam.

Winnie aplica outra camada de pomada em suas pálpebras antes de verificar a hora. Boss Mak deveria estar pronto para ir ao aeroporto. Ela o imagina parado na entrada circular da mansão dele, instruindo o motorista a levar o conjunto de malas Rimowa para a Range Rover.

Talvez Mandy tenha saído cedo do trabalho para ver seu pai partindo. (A mãe de Mandy, que permanece esposa de Boss Mak apenas no nome, com certeza, não vai se incomodar em sair da sua parte da casa.)

"Da próxima vez em que nos virmos, você será um novo homem", Mandy poderia dizer.

Boss Mak iria zombar. "Sou o mesmo velho, independentemente da idade de meu fígado."

"Então isso significa que você não vai vir trabalhar para me gerenciar, não importa o quanto se sinta bem?"

"Não prometo nada", devolveria Boss Mak. "Contanto que eu esteja vivo, Mak International sempre será minha empresa, e você sempre será minha garotinha." Abraço de pai e filha.

Os olhos de Winnie ardem. Ela se joga na cama e coloca as mãos debaixo de sua bunda, esperando a vontade de pegar o celular e ligar para ele passar. Não vai acontecer nada, ela lembra a si mesma, nas próximas catorze horas até o voo pousar em São Francisco. Para ajudar o tempo a passar, ela segue sua rotina de verificar as páginas das redes sociais de Mandy Mak. Além de ser executiva, Mandy é socialite e um ícone da moda com dezenas de milhares de seguidores. Várias vezes ao dia, ela publica suas roupas de grife, suas refeições em restaurantes chiques, seu adorável terrier escocês, Butterscotch.

Naquela tarde, suas fotos de um cappuccino decorado com uma rosa de espuma de leite e um par de saltos de cetim safira Manolo Blahnik deixam Winnie estranhamente melancólica, um pouco saudosa, apesar de, claro, isso ser ridículo.

Não há como Mandy ter noção do que virá.

Além das fotos, há um novo vídeo, filmado na semana anterior em um baile de gala de uma daquelas queridinhas da alta-sociedade que deu destaque a Mandy e sua casa luxuosa inúmeras vezes. Mandy usa um vestido rosa-chiclete que cobre o pescoço, mas tem um decote profundo.

— É Armani — ela diz, piscando para a câmera. — Me inspirei na Gwyneth Paltrow, no Oscar. Lembra? Quando ela ganhou o prêmio por *Shakespeare apaixonado*?

Winnie está prestes a fechar o vídeo quando um rosto no canto da tela chama sua atenção. A pessoa entrevistando Mandy por trás das câmeras também percebe.

— Esse é seu pai? — a entrevistadora pergunta. — Ele veio com você?

— Pai — Mandy chama, esticando-se e puxando a manga do terno dele, conforme a entrevistadora tagarela sobre a dupla de pai e filha mais estilosa da cidade.

Boss Mak entra no foco, e Winnie sente sua garganta se fechar. Sombras roxas envolviam os olhos dele, dando ao seu rosto um aspecto macabro. Ainda mais magro do que antes, ele se parece com uma criança provando o smoking do pai. Quando se aproxima, ele fica de lado e Winnie avista a bengala. O vídeo termina antes que ele possa falar.

Winnie fecha seu notebook e o afasta, como se isso pudesse, de alguma forma, apagar a imagem que já corroía profundamente sua mente.

♦♦♦

Winnie passa a noite tensa demais para comer qualquer coisa, para fazer muito mais do que observar o relógio correr. Agora Boss Mak está se sentando em sua poltrona da primeira classe;

ele está secando o rosto com uma toalha quente entre goles de champagne; está folheando a revista do *Free Shop*; enfim, seu avião decola.

Após uma noite de sono inquieto, Winnie salta da cama ao amanhecer e liga a televisão na CCTV, a emissora oficial chinesa.

Primeiro, é o de sempre: previsão de chuvas à tarde, tráfego na via expressa Jinja. O que vem depois é uma entrada ao vivo na primeira feira da China comandada por inteligência artificial. Apesar de tudo, Winnie analisa os braços robóticos mergulharem, habilmente, wontons no óleo fervente. Ela vê um cliente colocar uma tigela de macarrão com frutos do mar em um caixa inteligente que, instantaneamente, calcula o preço da refeição. O orgulho que cresce dentro dela rapidamente cede lugar ao ceticismo quando ela vê um funcionário cansado no canto com um pano na mão, pronto para limpar a bagunça dos robôs. Qual é o objetivo de tudo isto? Outro caso de tecnologia para o bem da tecnologia.

A CCTV discorda.

— Que conquista! — exclama Dee Liu, uma das âncoras do jornal da manhã.

Seu colega de bancada brinca:

— Como consigo instalar um desses na minha cozinha? Minha esposa ia gostar da ajuda.

De repente, o clima no estúdio muda. Dee Liu encosta em seu ponto na orelha, escuta atentamente e se desculpa por interromper seu colega. Falando direto para a câmera, ela diz:

— Notícia de última hora: recebemos relatos de que o executivo Mak Yiu Fai, líder da gigante fábrica de bolsas Mak International, foi preso no Aeroporto Internacional de São Francisco.

Um vídeo de baixa qualidade, evidentemente feito em um celular por uma mão trêmula, preenche a tela. Winnie aumenta o volume.

No vídeo, um velho é levado para o terminal em uma cadeira de rodas. Apesar da forma enrugada de Boss Mak, seu casaco esporte azul-marinho parece novinho. Acompanhando-o há uma jovem atraente em um moletom de cashmere, que Dee Liu identifica como sua assistente pessoal, mas que Winnie sabe que é sua amante, Bo Linlin.

O que quer que Boss Mak diz para Linlin desvia sua atenção do celular. Em um segundo, eles estão rodeados por um time de agentes policiais.

— Você está preso — um deles diz, algemando os punhos tamanho infantil de Boss Mak.

Ele protesta em mandarim.

— O que está fazendo? Isso é um absurdo. Linlin, diga a eles que temos uma consulta médica em Stanford. Diga a eles que o dr. Desjardins está nos esperando.

Um agente também algema Linlin, e ela começa a chorar.

— Pare com isso — Boss Mak pede. — Diga a eles, diga a eles!

A jovem abre a boca, mas sua voz só lamenta.

O estômago de Winnie se contorce. Ela fecha os olhos. Na tela, Boss Mak continua a latir ordens para Linlin, cheio de vigor até o fim.

— Quem é esse velho? — o cinegrafista amador pergunta quando o casal é levado. — Um traficante de drogas? Chefe da máfia? — Ele baixa o celular e xinga. O vídeo acaba.

A CCTV repassa o vídeo a manhã inteira, intercalado com comentários enfurecidos dos âncoras. Como os americanos ousam prender um avô desamparado que estava somente buscando cuidados médicos. Como eles ousam permitir que esse executivo honesto prometesse doar quinhentos mil dólares para um de seus hospitais de elite e, então, o entregam à polícia. Como ousam desrespeitar uma nação inteira.

Depois de um tempo, Winnie coloca os locutores no mudo, embora permaneça grudada na tela.

"Não vão mandá-lo para a prisão", Ava tinha dito a ela, "não na condição dele. Ele vai receber toda a ajuda médica necessária, mesmo que seus sonhos de um novo fígado tenham se evaporado". Winnie sabe que eram palavras de conforto, mas a última coisa que ela quer é amenizar sua culpa. Ela fez a escolha de trocar a vida dele pela dela; no mínimo, ela devia a ele todo o remorso que pudesse sentir.

Agora ela se faz a mesma pergunta que fizera tantas vezes: poderia ter sido de outro jeito? Um jeito que não envolvesse trair o homem que ajudou a mudar a vida dela. Será que ela deveria ter insistido mais para Ava fugir? Teria sido tão intolerável ficar presa na China pelo resto de seus dias? Nunca mais poder andar livremente na América?

Como sempre, a última pergunta é a que a angustia.

— Sinto muito — ela diz em voz alta, como se suas palavras pudessem, de alguma forma, chegar a Boss Mak. E ela sente muito de verdade, do fundo de seu coração, no entanto, a resposta àquela pergunta é não. O que ele costumava dizer a ela? "Todo mundo tem um preço. O truque é descobrir qual é sem pagar caro demais." Bem, ela havia desenterrado o preço americano por sua liberdade, e esse preço, nem um centavo a mais, nem menos, é ele.

Seu notebook apita, informando-a que chegou um novo e-mail. É de seu marketeiro que deve ter ficado impaciente esperando que ela retornasse sua ligação. Atordoada e enjoada, ela pega o controle e desliga a TV, grata por ter outra coisa para fazer. Clica no link para o novo site de seu fictício negócio de joias, Hopkinton Jewels. O negócio é localizado em Hopkinton, Nova Hampshire, EUA (população de 5.589 pessoas), lugar que ela escolheu depois de se debruçar em fotografias das famosas cores de outono de Nova Inglaterra. Assim que suas páginas nas redes sociais estiverem funcionando, ela vai visitar os primeiros laboratórios de diamante de Pequim, em busca do sócio perfeito para sua próxima aventura.

Ela ainda não contou a Ava sobre essa evolução das coisas. Ainda não, não quando estão quase lá. Elas terão bastante tempo para conversar quando tudo isso acabar.

17

Como é a sensação, detetive, de finalmente prender o homem que esteve rastreando todos esses meses? Provavelmente, você tem um melhor entendimento da abrangência das atividades criminais dele do que eu, agora que está claro que essas falsificações de bolsas são apenas uma pequena parte de seu império.

Você o prendeu antes de ele ter oportunidade de pressionar Winnie e eu para participar de suas outras aventuras, mas, acredite em mim quando digo que teria acontecido em algum momento. Nossos concorrentes, por exemplo, tinham começado a otimizar suas operações, colocando caixas de fentanil em suas réplicas para economizar nos custos de frete. E, se Boss Mak quisesse implementar essa prática, Winnie e eu teríamos tido poucos argumentos contra. Como já falei — e como Winnie alertou há meses —, eles controlavam o estoque; não tivemos escolha a não ser nos submeter às suas ordens.

Então, posso dizer, sem medo, que os Mak, Winnie e eu não somos uma equipe. Ele era o chefe, e nós éramos suas funcionárias ou, talvez mais precisamente, ele era o chefão e nós éramos os peões.

Outro ponto: quando as lojas de departamento enrijeceram suas políticas de devolução no mês passado e nossas compradoras entraram em pânico e as réplicas se empilhavam nas prateleiras, você acha que os Mak nos disseram para fazer uma pausa, analisar a situação e dar uma solução? Não. Exigiram ser pagos na data certa, independentemente se estivéssemos conseguindo ou não colocar aquelas bolsas à venda. Essa parece ser a atitude de um sócio na sua opinião?

Ao mesmo tempo, detetive, não quero que pense que entreguei Boss Mak como um ato de vingança. Isso se trata, primeiro e principalmente, de assumir responsabilidade por meus atos. Acredite em mim quando digo que teria vindo te encontrar, mesmo que você não tivesse nos descoberto.

Então, por que esperei até primeiro de novembro para me entregar? Essa é uma pergunta muito boa. Porque eu sabia que você poderia me prender quando viesse, e precisei garantir que meu filho tivesse alguém para cuidar dele. Ele só tem três anos. Desculpe, me desculpe, nunca choro. Estou envergonhada, isso é muito atípico para mim.

♦♦♦

Que gentil da sua parte oferecer, mas não preciso de uma pausa. Quero continuar. Sabe, voltando a setembro, Maria tinha ido trabalhar para uma família britânica de expatriados em Laurel Heights assim que Henri começou a pré-escola, nos deixando sem babá. Duas semanas e meia depois, ele conseguiu ser expulso. (Sim, quase exatamente quando as lojas de departamento nos descobriram.)

Está perguntando por que ele foi expulso? Bem, chorando sem parar por dezessete dias seguidos. E, para que não pense que estou exagerando, posso lhe garantir que eu estava lá para testemunhar tudo. Aderindo à política da escola, em cada um desses dias, acompanhei meu filho até a sala de aula, o coloquei sentado e disse a ele que voltaria em quinze minutos. Então, esperei na sala dos professores o tempo determinado, voltei para ver como ele estava e lhe disse que voltaria em trinta minutos. Depois, 45 minutos; indo e vindo. Então posso dizer, com certeza, que Henri nunca parou de chorar. A estamina dele era impressionante. Ele se sentava na cadeira no canto do fundo da sala, berrando com o rosto vermelho, enquanto as outras crianças cantavam, dançavam, brincavam e ouviam histórias.

No 17º dia, quando a diretora Florence Lin me chamou em sua sala, apoiou o queixo na almofadinha de suas mãos e disse "Ele ainda é pequeno, fique com ele em casa por mais um ano", tudo que consegui fazer foi me afundar na cadeira, exausta e sem capacidade de pensar.

Que opção eu tinha? Eu o levei para casa e tentei convencer Maria a voltar. Mas não importa quanto dinheiro eu oferecesse, ela recusava com gentileza e firmeza. Então, lá estava eu na casa, sozinha com meu filho, tentando cumprir a exigência de Winnie e descobrir um jeito de contornar as novas políticas das lojas, enquanto, ao mesmo tempo, acalmava nossas compradoras assustadas, tudo isso nas duas horas durante a tarde em que a nova babá colocou Henri em frente ao iPad e passou a conversar com a irmã no telefone, como se eu não fosse perceber.

Você, como mãe, deve enxergar aonde quero chegar. Não poderia arriscar ser presa e deixar meu filho com aquela universitária indiferente por quem sabe quanto tempo enquanto o pai dele trabalhava pesado em Palo Alto. Eu precisava de um plano melhor. Não era tola o suficiente para pensar que encontraria outra Maria, mas talvez alguém que não estivesse em minha casa simplesmente para receber o pagamento, alguém que realmente se importasse com Henri.

♦♦♦

Enquanto isso, Winnie estava planejando seu contra-ataque em relação às lojas de departamento.

"Já sei. Vamos contratar uma compradora branca."

Eu estava arrumando a louça enquanto ouvia a outra potencial babá ler para Henri no outro quarto. "Do que você está falando?"

"Se a Viciada em Bolsa e as outras estão certas sobre o perfil ser traçado racialmente, então temos que nos adaptar. Contratemos pessoas brancas."

Focada em me desvencilhar desse trabalho, respondi um "Está bem. Como quiser".

E foi isso, detetive Georgia Murphy, que levou Winnie a contratar você.

Agora, talvez possa preencher alguns espaços em branco para mim. Estou certa em deduzir que você estava monitorando nossa loja do eBay há um tempo? Que chamamos atenção ao colocar edições limitadas cada vez mais cedo, tanto que as marcas haviam começado a perceber? Era isso que eu temia desde o começo.

Pelo que me lembro, você comprou uma de nossas bolsas no eBay, o modelo balde da Mansur Gavriel em caramelo (excelente escolha, aliás), levou a um autenticador profissional e determinou que era legítima. Isso levantou questões de como poderíamos lucrar, já que todas nossas bolsas eram anunciadas pelo preço de varejo ou até um pouco menos.

Uma pesquisa por *reviews* de nossa loja levou você a um fórum on-line de fanáticos por bolsas que adoravam nossa mercadoria. Vasculhando em assuntos diferentes no fórum, você se deparou com uma discussão entre compradoras da Neiman decepcionadas que diziam ter adquirido réplicas, o que a levou a uma comunidade do Reddit de fanáticas compradoras de réplicas, o que levou você ao post de Winnie anunciando a vaga. Acertei até agora?

Como você mesma viu, Winnie se esforçou para fazer o post parecer um anúncio genérico para compradoras secretas, do tipo que empresas legítimas contratam para se passar por compradoras com o objetivo de avaliar as experiências de compra. Só depois de uma candidata ser aprovada e contratada que Winnie fornecia mais informação sobre nosso negócio — e sempre por meio de uma conta anônima do Telegram.

Sua jogada foi fingir ser uma mãe comum de subúrbio que adorava réplicas de bolsas de grife e estava querendo ganhar um dinheiro extra. Como falei, Winnie estava desesperada. Ela contratou você instantaneamente. Iniciou você com uma tarefa básica. Ir até a Bloomingdale's, comprar uma Longchamp Le Pliage na cor mostarda e enviar para nossa caixa-postal. Você completou rapidamente a tarefa, motivando-a a enviar a superfalsa correspondente para o seu endereço.

Meu palpite é que você precisava da réplica em mãos a fim de obter o mandado que lhe permitiu, em certo momento, descobrir a identidade de Winnie. Claro, voltando a outubro, nem Winnie nem eu tínhamos ideia de que você estava nos vigiando. Estávamos ocupadas demais administrando o estoque que se acumulava em nossas prateleiras. Bolsas que entreguei para sua equipe, cada uma que estava em nossa posse.

Naturalmente, como você, percebi a discrepância nos números. Meus registros mostram que deveria haver duzentas unidades a mais. Só posso presumir que Winnie conseguiu liquidar essas bolsas em algum momento no fim de outubro antes de fugir do país. Com certeza, ela precisava do dinheiro.

Está dizendo que Boss Mak confirmou? Contou a você que um contato o informou que aquelas duzentas superfalsas mudaram de mãos em 26 de outubro? Claro que estou surpresa. Como ele saberia disso? Quem teria contado? Mas, se você verificou a informação e acredita ser verdade, então você deve estar certa. Winnie não estava na região, mas acho que ela poderia ter, facilmente, enviado alguém ao nosso escritório no sul de São Francisco para pegar as bolsas e fazer a venda. Nesse momento, ela duvidava fortemente do meu compromisso e tinha me acusado inúmeras vezes de ser frouxa, então faz sentido ela ter executado a liquidação por conta própria.

Espero que não esteja sugerindo que vendi essas bolsas e escondi o dinheiro. Isso teria sido impossível. Sabe, detetive, 26 de outubro foi o dia da reunião de quinze anos da minha turma de faculdade. Você tem a data e a localização do meu celular; pode ver por si mesma que eu estava na Península naquele dia, apesar da minha relutância.

Por que eu não queria ir? Imagine a situação, detetive: lá estava eu, no que deveria ser o ponto mais baixo da minha vida, obrigada a confrontar as pessoas mais bem-sucedidas do planeta. Eu me senti a piada do século, a chacota do Vale do Silício, o saco de pancadas da elite global.

Carla e Joanne devem ter percebido minha angústia, porque, naquela manhã, acordei com uma enxurrada de mensagens de texto, me alertando para nem pensar em dar para trás.

Carla chegou a digitar:

> Vou até te buscar. Serviço de porta a porta. Não vou aceitar não como resposta.

No fim, minhas amigas concordaram em me deixar pular os eventos oficiais do campus em troca do brunch no jardim da nossa colega de classe Aimee Cho.

Conforme Carla já te contou, ela me buscou por volta das 10h30 da manhã e me levou direto para a mansão de Aimee Woodside, onde permaneci até, aproximadamente, 14h30, quando peguei uma carona de volta para a cidade com outro colega de classe, Troy Howard. Em nenhum momento do dia fui para o sul de São Francisco — nem para desovar nosso estoque nem por qualquer outro motivo.

O que posso te contar da festa? Era um daqueles dias perfeitos de outono no norte da Califórnia: o clima era ameno, fazia 21°C, o céu estava azul e sem nuvens, tudo isso transbordando com luz dourada... o tipo de dia que só parecia enfatizar meu humor miserável. Segurando meu cotovelo, Carla me puxou para o grupo que fazia um tour na casa recém-redecorada de Aimee. Enquanto meus amigos se maravilhavam com o piso de madeira produzido de forma sustentável no Brasil e as cadeiras da sala de jantar estofadas com seda tailandesa na cor hortelã, eu tentava pensar em como convencer Winnie a parar de contratar compradoras, brancas ou de qualquer raça, para interromper todas as operações até termos respostas. Seu principal objetivo, obviamente, era a perda da revenda, mas isso era insignificante se comparado a ser pega.

Um depois do outro, respondi meus colegas de classe brilhantemente com um "estou focada em meu filho neste momento". "Vou começar a procurar seriamente assim que ele for para a pré-escola." "Ah, resolvemos esperar um ano porque ele acabou de fazer três."

"É tão corajoso da sua parte fazer uma pausa", Aimee disse gentilmente. Ela era advogada corporativa e estava insatisfeita.

Seu marido, Brent, que fazia algo em finanças que lhe rendia dez vezes mais do que o salário já alto dela, completou, "Aimee estava enviando e-mails quinze minutos depois do parto".

Ela fingiu dar um tapa nele; ele fingiu estrangulá-la. Deram risada e beijaram a bochecha um do outro. Todos deram risada juntos, e eu acompanhei, uma fração de segundo atrasada, como um alienígena desesperado para parecer humano.

Deixe-me ser clara, detetive. Não é exagero dizer que, neste momento da vida, eu estava fracassando em todas as frentes: como funcionária, esposa, mãe, amiga... inferno, como formada em Stanford. O que eu queria, mais do que qualquer coisa, era entrar em uma caverna e esconder meus defeitos, totalmente o oposto do que eu tinha encontrado.

Voltando ao bar, pedi um mojito a um bartender uniformizado. Quando Joanne me viu e acenou para eu me aproximar, bebi o quanto consegui de meu drinque antes de me juntar a ela. Ela estava com Javier Delgado, que fazia algo importante no Google, e o parceiro de Javier, Andrew.

"Doamos cem mil para o fundo de ex-alunos todo ano", Joanne disse, apontando para seu filho, que passou gritando perseguindo um monte de crianças (todas elas, sem dúvida, desfraldadas e matriculadas na escola). "É um pequeno investimento no futuro."

"Precisamos fazer isso", Javier comentou, dando tapinha no cotovelo de seu parceiro.

Andrew revirou os olhos e sussurrou para todo mundo ouvir "Nem temos certeza se vamos ter filhos". Ele se virou educadamente para mim. "Você tem filhos?"

"O quê?", perguntei, me esforçando para entender.

Ele repetiu a pergunta.

"Ah, sim, um."

"O marido dela trabalha na Stanford, então eles não precisam doar", Joanne informou.

"Diga", Javier começou, "tem contato com Winnie Fang? Fiquei sabendo que ela está de volta à cidade".

Joanne olhou para mim.

"Um pouquinho", respondi. "Ela vem para São Francisco para trabalhar de vez em quando." Não expliquei mais.

Como previsto, a conversa se tornou o escândalo do SAT de nosso passado, e como era comparado ao mais recente escândalo de Hollywood, e então para outro colega de classe que havia sido preso por negociar informações privilegiadas, mas tinha sido bem-sucedido ao lutar contra as acusações com a ajuda de um advogado caro, e estava de volta ao fundo de cobertura e mais rico do que nunca.

Terminei com meu drinque e fui pegar mais, ignorando as sobrancelhas erguidas de Joanne.

Presumo, detetive, que Joanne te contou que me perdeu de vista por, digamos, meia hora no meio da festa? Isso foi porque Winnie ligou enquanto eu estava esperando minha bebida, e precisei entrar no banheiro para conversar com ela.

"Precisamos interromper todas as atividades", eu disse. "Só até entendermos o que está havendo. Não podemos correr o risco de que uma compradora seja pega."

"Resposta errada", Winnie disse. "Pedi soluções, não isso."

"Como posso resolver um problema se não o conhecemos totalmente?"

"Com esse tipo de atitude, você nunca vai pensar em algo bom."

Demos voltas e voltas, falando uma em cima da outra, incapazes de chegar a um acordo. Enfim, ela desligou e eu abri a torneira para amenizar as suspeitas de alguém esperando do lado de fora. (Isso era o quanto Winnie tinha me deixado paranoica.) Lavando as mãos, observei meu reflexo no espelho, o sulco profundo entre minhas sobrancelhas, os olhos sem brilho e a boca comprimida. Quem era essa pessoa covarde olhando de volta para mim, esperando falarem o que era para fazer?

Do lado de fora, parei ao lado das portas do pátio, observando o lugar cheio de profissionais poderosos, todos bronzeados e relaxados, regozijando-se em seu sucesso e fortuna, em suas vidas de abundância e tranquilidade. Era isso que eu tinha perdido. Não, era isso que Winnie tinha roubado de mim.

Logo meus colegas começaram a se dirigir ao campus para o jogo de futebol, os vários painéis e palestras que aconteceriam, mais comilança e bebidas. Foi então que voltei para a cidade com Troy Howard e sua esposa, Kathy. Ele tinha sido o 16º funcionário do Twitter e agora estava praticamente aposentado. Até São Francisco, eles me agradaram com histórias de viagens de família para Tanzânia, Jaipur e Açores.

"Agora, claro, estamos um pouco de castigo porque as meninas estão na escola", Troy disse.

Kathy perguntou "Onde seu pequenininho estuda?".

"Resolvemos esperar um ano", eu falei. "Henri acabou de fazer três."

"Isso é bom, sem pressa", Troy concordou, como se ele não tivesse mencionado que suas meninas estavam aprendendo mandarim desde que nasceram com sua babá chinesa para garantir sotaques verdadeiramente nativos.

"É pior quando os pais forçam as coisas", completou Kathy. Uma amiga dela que tinha começado a mandar a filha para a Ming Liang Academy — "Sabe, a escola bilíngue chinesa?" —, havia lhe contado uma história horrorosa sobre um menininho que chorou sem parar por semanas e se molhava inteiro diariamente antes de, finalmente, ser expulso.

Meu estômago cheio de mojito se revirou, enviando ácido para o meu esôfago junto com o protesto de que Henri tinha se molhado só algumas vezes. "Que terrível", disse, sufocada.

Troy lamentou "Pobrezinho. Quem sabe por quanto tempo ele carregará esse trauma?".

"Os pais deveriam ter previsto", Kathy completou.

"Verdade", concordei.

Quando o carro parou em um semáforo vermelho, me entretive brevemente com o pensamento de abrir a porta e pular do carro, sair correndo de tudo e, se eu quebrasse um membro ou tivesse uma concussão, talvez Winnie, finalmente, me deixasse em paz.

Eles me deixaram em frente à minha casa. Em vez de entrar direto, procurei me certificar de que nem Oli nem Henri tivessem me visto pela janela e corri para o início da rua, para longe deles.

Quando a parte de trás de minhas sapatilhas incomodaram meus calcanhares, me sentei em um banco perto do ponto de ônibus e verifiquei meu celular, me torturando com imagens de alegres colegas brincando em nosso alegre campus, aproveitando a alegre companhia um do outro. Navegando pelo meu feed, vi um vídeo do programa *60 minutos* sobre a queda do avião em São Francisco. A manchete declarava que partes falsificadas do avião podiam ter sido responsáveis pelo acidente. Apertei *play* e aumentei o volume.

Aparentemente, a Boeing terceirizava frequentemente sua produção para subcontratados na China, que, por sua vez, terceirizavam o trabalho para sub-subcontratados, que, comumente, usavam matéria-prima inferior e fabricavam registros de produção para burlar as inspeções.

"E tem mais", Lesley Stahl disse com seus olhos azuis penetrantes se fixando nos meus, "muitos daqueles componentes são o que chamamos de peças-chave, o que significa que, se falharem, todo o sistema falha. Será que esse poderia ter sido o motivo da queda trágica em São Francisco? Detetives estão trabalhando sem parar para descobrir a resposta.

Minha mente se concentrou nos outros negócios ilegais dos Mak. Me diga, detetive, você deve ter uma ideia. O que mais eles produzem? Remédios falsificados? Eletrônicos? Tem certeza de que os Mak não lidam com partes de avião falsificadas também? Eu desconfiei bastante.

De fato, enquanto estava sentada naquele banco, pensando naquelas meninas que tinham sido ejetadas de seus assentos, as mentiras que Winnie tinha me contado e que tinha aceitado — que o nosso crime não tinha vítimas, que ajudávamos mais pessoas do que prejudicávamos —, tudo isso produziu um gosto amargo na minha boca.

Esse, detetive, foi o momento em que decidi confessar tudo que sabia sobre os Mak, Winnie e, principalmente, eu mesma.

Por que o ceticismo? Tenho sido totalmente franca com você; me despi inteira.

O quê? Você olhou o arquivo da inscrição para o green card de Winnie? Não faço ideia de como ela poderia ter enviado uma carta de referência escrita por mim. Não estávamos em contato nessa época, então, com certeza, não fui eu que escrevi. Como já falei, nem sabia que ela tinha se casado e divorciado daquele tio dela até Carla e Joanne me falarem sobre isso. A própria Winnie deve ter escrito a carta e falsificado minha assinatura. Neste momento, você sabe tão bem quanto eu, ela assinaria o nome de qualquer um com destreza se isso fosse ajudá-la a conseguir o que queria.

Vamos, detetive. Não pode ser que ainda esteja fazendo essa pergunta, não depois de tudo que falamos. Como posso deixar mais claro? Não sei onde ela está. Por que você se daria ao trabalho de adquirir os registros de chamadas de meu outro celular? Por que não me perguntou simplesmente? Não estou aqui, de espontânea vontade, contando para você cada detalhe que sei? Não entreguei toda troca de e-mails com Mandy Mak e Kaiser Shih para embasar o que contei?

Claro que fiz umas ligações para Pequim — e, como, sem dúvida, você observou, para Guangzhou, Dongguan, Shenzhen, Xangai. Até ontem, os Mak acreditavam que Winnie e eu estávamos administrando um negócio promissor de bolsas falsificadas e não precisavam se preocupar com absolutamente nada. De que outra forma você acha que prendeu seu cara?

Desculpe, desculpe, não quis ser grosseira. Me deixe dizer, detetive, que é um alívio contar tudo a você. O que mais quero é extirpar esse pequeno período de tempo como um tumor, voltar para casa, para meu marido e filho, e recomeçar. Como fui tola em menosprezar minha linda vida.

Sim, sim, eu sei que ainda não terminou comigo. Há mais para falar. Onde eu estava? O declínio, a queda, o final.

♦♦♦

Neste ponto, detetive, a história muda para você, para como se infiltrou em nosso negócio para construir um caso contra nós. Sinceramente, você trabalhou com tanta rapidez e eficiência que, provavelmente, poderia ter flagrado Winnie em casa em L.A. se não tivesse decidido que precisava de mais prova e pedido para completar uma tarefa de maior valor.

Foi quando Winnie ficou desconfiada. Ela despachou seu detetive particular para investigar seu histórico e, assim que descobriu quem você era, ela ligou para dizer que, finalmente, concordava comigo: era hora de encerrar as ações.

Ela disse "Tem um voo da madrugada de São Francisco para Taipei com um assento na classe executiva".

"Não vou", eu afirmei.

"Você deve ir."

"Não vou."

Era o tipo de conversa que tivemos inúmeras vezes nos últimos meses. E, ainda assim, ela deve ter ouvido uma nova firmeza, uma dureza de diamante, em minha voz.

"Enlouqueceu? Não tem como não irem atrás de você."

"Eu sei."

O tom dela ficou ácido. "Não pense que pode me fazer cair com você." E, com isso, ela desligou e desapareceu.

O celular caiu da minha mão trêmula. Meus membros cederam e caí no chão, tremendo, suando, dissipando um fedor ardente de animal. Fui esvaziada, exorcizada, renascida. O chão se ergueu para me embalar. Permaneci ali no tapete por sabe-se lá quanto tempo, até Henri chegar perambulando, se jogar em cima de mim e rugir como um leão, pensando que fosse uma brincadeira.

♦♦♦

Horas depois, quando Oli chegou em casa, eu o estava aguardando na sala de estar. Pedi a ele para se sentar no sofá ao meu lado.

"O que aconteceu? Onde está Henri?"

"Ele está na poltrona com o iPad. Está bem."

Oli tirou os sapatos e se juntou a mim com sua bolsa ainda atravessada em seu tronco.

"Tenho que te contar uma coisa. E preciso que não diga uma palavra até eu terminar."

Ele passou os dedos pelo cabelo e disse "Tudo bem".

Então, ali, contei a ele tudo do início ao fim. Sem mais segredos, sem mais mentiras.

Ele ouviu e não interrompeu, sua expressão ficando cada vez mais retorcida com o esforço de permanecer em silêncio.

Quando, enfim, parei, ele indagou "Agora posso falar?".

Assenti. Minha boca estava seca e minha garganta, sensível e dolorida.

"Quando você vai à polícia?"

"Será a primeira coisa amanhã."

Ele esfregou a barba por fazer no queixo.

Com a voz baixa, eu disse "Tem mais alguma coisa que queira me perguntar?".

"Não", ele respondeu grosseiramente. "Sim."

Umedeci meus lábios rachados com a língua.

"Eu ainda... Eu só... Eu..." Ele não conseguiu completar o pensamento.

Olhei para fora, para a rua escurecendo, e ele também, aguardando aquele momento mágico quando as luzes da cidade são acesas.

♦♦♦

Pronto. Isso é tudo. Acho que a única outra coisa que quero que saiba é que tenho pensado bastante no futuro e em como vou amenizar meus erros. Comecei a pesquisar programas de MBA — eu sei, dá para imaginar? Na minha idade? Se eu tiver bastante sorte de voltar a estudar, meu sonho é construir uma empresa do varejo de roupas que venda luxos básicos, produzidos nas fábricas mais éticas, que vão oferecer bons trabalhos para mulheres no mundo em desenvolvimento.

Espero ter a oportunidade de ser uma mãe melhor para o meu filho. Essa revolução tem sido muito desafiadora para ele, nem preciso dizer, mas estou pronta, finalmente, para ser o suporte dele, para focar nas suas necessidades e não nas coisas que desejo para ele. Quanto a Oli, ele ainda está processando o que contei; claro que vai levar tempo. Mas o fato de ele ter ouvido, realmente ouvido, e ainda estar aqui... bem, isso me dá esperança. Comecei a procurar uma casa em Palo Alto. Henri e eu vamos nos mudar assim que pudermos. Tudo que quero é que nós três sejamos uma família. É a única coisa que sempre quis. Fui boba em deixar Winnie me convencer do contrário.

Ok, agora acabou mesmo. Acho que você vai concordar que cumpri minha parte do trato. E, por favor, detetive, estou implorando para que você cumpra a sua.

18

Três dias depois da prisão do pai, Mandy Mak quebra o silêncio e dá uma coletiva de imprensa televisionada. Winnie percebe que ela trocou o figurino altamente fashion por uma blusa escura neutra e um colar fino de pérolas. Quando lê sua declaração, as mãos trêmulas contradizem sua voz estável.

— Meu pai não fez nada. Os americanos não só prenderam um inocente, como também o impediram de receber os cuidados médicos que salvariam sua vida. Estou ansiosa pelos próximos dias, quando provarei que ele foi incriminado por suas antigas sócias, Ava Wong e — aqui ela abaixa a folha de papel e parece olhar para a tela dentro da sala de Winnie — Fang Wenyi, que ainda está solta. Povo da China, meu apelo a vocês é por sua ajuda. Se tiverem alguma informação sobre Fang Wenyi e seu paradeiro, por favor, imploro a vocês que se apresentem e ajudem esta filha a limpar o nome do pai. Que a justiça seja feita. — Mandy dá batidinhas em seus olhos com um lenço e desce do púlpito acompanhada.

Winnie precisa admitir que não é uma estratégia ruim: manter o foco nos americanos. Mandy sabe que a imprensa vai atrás da mudança de cidadania de Winnie para retratá-la como impostora, vira-casaca, traidora da China. Mandy já fechou a fábrica ilegal, devido a alguns funcionários desonestos que estavam se juntando ostensivamente aos americanos.

Agora Winnie se vê cara a cara com sua própria imagem, exibida na tela da TV. A foto 3x4 é de seu antigo crachá de funcionária em uma empresa multinacional alemã, seu primeiro emprego depois que saiu da faculdade. Algum estagiário deve tê-la rastreado. A foto foi tirada antes mesmo de seu primeiro procedimento de pálpebras; ela se lembra de que hoje não se parece em nada com aquela garota.

Desligando a TV, ela vai para as plataformas de blogues, onde os internautas estão engajados em um debate aquecido.

> Toda vez que vejo uma foto de Boss Mak naquela cadeira de rodas, fico triste. Ele tem seus 70 anos. Ele merece paz!
>
> Por que as marcas internacionais estão tão bravas? Se quisessem o modelo ocidental de proteção de propriedade intelectual, então deveriam pagar pelo trabalho ocidental!
>
> Essas Ava Wong e Fang Wenyi são muito cruéis, trocar um vovô por sua própria liberdade. Eu estou com Mandy Mak!

Ver os nomes dela e de Ava bem ali, lado a lado, a deixa tonta. Ela havia subestimado a destreza e o alcance das mídias sociais de Mandy Mak. Winnie deseja baixar as persianas e fazer uma barricada na porta, para ficar escondida naquele apartamento até a sentença de Ava na semana seguinte. A partir daí, ela, pelo menos, vai saber se tem um futuro na América, longe daquele lugar hostil e implacável.

Mas ela não está em Pequim em férias prolongadas. Há trabalho a ser feito: laboratórios de diamante para visitar, cientistas para consultar, equipes de vendas para convencer. Nas poucas vezes que precisa sair da casa, ela toma todos os cuidados, usando o pseudônimo Zhou Feifei, enrolando um lenço de seda na cabeça e colocando seus enormes óculos escuros, mesmo ao entardecer. (Ela parou de sair à noite.)

Voltando para casa de outra reunião malsucedida, durante a qual o vendedor da produtora de diamante a informou que simplesmente não poderia trabalhar com um negócio tão pequeno quanto o dela, ela vê um Nissan velho estacionado do outro lado da rua de seu prédio. Um homem careca e enorme está sentado no banco do motorista. Trinta minutos depois, quando ela sai para ir ao mercado, carro e motorista permanecem no mesmo lugar. Ele está fumando um cigarro com a janela aberta e, quando ela passa andando, a bituca de cigarro cai no seu pé, quase queimando seus dedos.

Ela pula para trás.

— Cuidado.

— Desculpe — ele diz. — Não vi você aí.

Mais tarde, ela tenta explicar para Ava por que as palavras dele pareceram tão ameaçadoras.

— Ninguém além de mim faz ideia de onde você está — Ava diz. — E você precisa sair do Weibo. As pessoas aí só sabem o que a propaganda do estado diz a elas, o que não significa nada.

É a noite anterior à sentença de Ava. Ela e Winnie estão no celular há horas, repassando a confissão inteira do início ao fim, tentando discernir como estavam. Até onde sabiam, Ava arrasou na parte mais complicada da confissão: convencer Georgia Murphy de que ela não poderia ter desovado aquelas duzentas bolsas, não enquanto estava na festa de Aimee Cho, o tempo todo rodeada por colegas de faculdade, mesmo quando saiu da cidade e voltou.

Winnie reforça:

— Então ninguém percebeu que você desapareceu por quase uma hora?

— Falei para ela que estava trancada no banheiro discutindo com você! — explica Ava. — Havia muitas pessoas em volta, Joanne e Carla não estavam me vigiando. Além do mais, o detalhe mais convincente é a data e o local do celular, que mostra que nunca saí de Woodside.

— Ou, melhor, que seu celular nunca saiu de Woodside — conclui Winnie. — Quantos problemas acha que solucionou por, simplesmente, deixar seu celular para trás? — Ela pode ver Ava rir com seu corpo inteiro.

Foi uma atitude inteligente da parte da amiga plantar o celular no armário de remédio do banheiro de hóspede enquanto pegava um Lyft para o sul de São Francisco, fechava o negócio e, então, voltava imediatamente. Seu álibi era impenetrável; a detetive engoliu tudo.

Outro ponto a favor delas: Boss Mak confirmou as acusações. Para limpar o nome da filha, ele assumiu administrar uma fábrica ilegal no quintal de sua própria fábrica legítima, copiando descaradamente os modelos confiados a ele pelas marcas mais exclusivas do mundo. Como prometido, a detetive fechou um bom acordo para Ava com o promotor.

E mesmo assim, ainda assim, não há garantias nesse negócio. A ameaça de um juiz superzeloso ter algum viés ou rancor desconhecido paira sobre todos.

Logo Ava começa a bocejar e Winnie diz:

— É melhor você descansar um pouco.

E sua amiga responde:

— Se vencermos, a adrenalina vai me manter acordada por mais uma semana. Se perdermos, vou ter bastante tempo para dormir na cadeia.

O crânio de Winnie parece se contrair como se tivesse sido pega no flagra.

— Nem brinque com isso.

— Relaxe — Ava diz. — É tudo que temos agora.

♦♦♦

Durante a manhã, Winnie anda para lá e para cá em sua sala de estar, agitada demais para consumir alguma coisa, nem seu duplo *espresso* de costume. Ela verifica a hora a cada poucos minutos. Ava deve estar no tribunal, talvez se levantando neste exato instante para receber sua sentença.

À procura de distrações, Winnie liga a televisão, parando em um reality show envolvendo um bonito jovem solteiro que é incentivado a escolher uma namorada entre um grupo de mulheres atraentes (escondidas atrás de uma cortina) apenas entrevistando a mãe delas. As mães são comoventemente violentas ao falar mal das outras filhas para destacar a própria, mas a voz esganiçada do apresentador incomoda Winnie, e ela desliga a TV.

Ela anda pela sala até suas pernas começarem a doer. Por que Ava está demorando tanto para ligar? Supostamente, a audiência é rápida, entrar e sair.

Seu celular emite um som agudo. Ela voa até ele.

— E aí?

A voz de Ava alcança seu ouvido. Ela fala tão rápido e alto que Winnie fala para ela se acalmar e repetir o que havia dito.

— Volte — Winnie diz. — Quero todos os detalhes.

Ava começa de novo. Imagine-a em um vestido novo comprado para a ocasião: sombrio, preto, mangas que vão até o cotovelo, uma saia que termina no meio da panturrilha. Ela até mudou o cabelo pela primeira vez em vinte anos.

— Está tão curto que mal chega aos lóbulos da minha orelha. Não há símbolo melhor de remorso do que uma mulher com cabelo curto, certo?

Quando o juiz Lincoln Kramer começou a declaração de sua sentença, Ava estava tão nervosa que pensou que pudesse desmaiar bem ali no chão do tribunal. Não ajudou o fato de o juiz possuir uma voz particularmente grave e estrondosa, como se fosse o próprio Deus Judaico-Cristão ali sentado, pronto para fazer o julgamento.

A esperança de Ava desabou quando o juiz descreveu como ela e a desprezível Winnie Fang — suas palavras exatas — enganaram inúmeros inocentes por centenas de milhares de dólares. Sua esperança voltou quando o juiz citou sua disposição a entregar o chefão das falsificações, Mak Yiu Fai. Eles ainda estavam em pé quando ele destacou seu passado imaculado: a ausência de registros criminais anteriores, seu currículo profissional e educação espetaculares, sua situação familiar estável. E, quando ele concluiu que ficou claro, pelo jeito como ela reconheceu pronta e voluntariamente sua culpa, que não tinha nenhuma predisposição aparente para se comportar de forma criminosa, porém tinha sido induzida por Winnie Fang a participar desse crime em particular sob coerção, sua esperança atingiu alturas estratosféricas.

— Neste momento, Sra. Wong — ele retumbou —, depois de olhar para a prova e pesar as alegações, acredito que consiga enxergar quem a senhora realmente é.

Ava manteve o olhar baixo, a expressão solene e a postura constrita.

— Portanto, darei à senhora dois anos em liberdade condicional, mais restituições de quinhentos mil dólares.

Com isso, ela se descontrolou e ergueu o olhar para encontrar o do juiz. Lágrimas escorreram por suas faces como um monte de pedras preciosas soltas. Foi a sentença mais absolutamente leve que elas poderiam ter desejado.

— Estou confiante de que não vai cometer os mesmos erros de novo e se envolver em outro crime. Não me prove o contrário, minha jovem.

Entre lágrimas, ela disse:

— Não vou, senhor, tem minha palavra, senhor.

— Winnie? — Ava grita no celular agora. — Está aí?

— Estou bem aqui — Winnie diz. O que mais há para acrescentar? Ava provou ser uma aluna que só tira A.

Para comemorar, Winnie se permite fazer uma coisa não essencial, andar um pouco mais longe em direção à loja de vinhos chiques e comprar uma boa garrafa de champagne. Na volta, ela vê uma figura enorme familiar, conversando com o segurança do prédio. Ela para em um ponto de ônibus e finge estar lendo os horários. O homem grande está usando um boné de beisebol. Ela não consegue ter certeza se é o mesmo cara. Espera no ponto de ônibus até o homem sair e, então, se aproxima da guarita.

— Boa tarde, Senhorita Zhou — o guarda diz. — Já comeu?

— Sim, e você? — ela respondeu. — Aliás, quem era aquele homem com quem você estava conversando mais cedo? Ele parece familiar, como alguém que eu conhecia na minha cidade.

— De onde você é? — ele pergunta.

— Xiamen. — Ela muda a sacola com a champagne de uma mão para outra.

— Ah, então acho que não é ele. O sotaque dele pareceu cantonês.

Seu antebraço se arrepiou.

— Entendi. E o que ele queria?

— Ele tem um negócio de paisagismo e queria saber se estávamos precisando de jardineiros. Disse a ele para entrar em contato com os proprietários. O que mais eu poderia dizer? Sou só o guarda.

— Verdade — ela concorda. — Verdade.

♦♦♦

Nas semanas seguintes, a imprensa chinesa mantém o argumento de que a confissão de Boss Mak aconteceu sob coação. Winnie sabe que isso é um bom sinal; ele tem o apoio do governo. Ela prevê que Mak International vá ser punida com uma multa monstruosa e sujeitada a alguns anos de auditorias de alto nível para acalmar as marcas internacionais, nada muito sério. Claro que vão perder clientes a curto prazo, mas, com o tempo, as marcas vão voltar, incapazes de resistir à redução de custos.

Decidindo escutar Ava, Winnie fica longe das redes sociais e foca em sua nova aventura. Depois de muitos encontros infrutíferos — inclusive um em que um gerente de vendas nojento deixa implícito que, se ele e Winnie virassem *bons amigos*, ele abriria uma exceção e trabalharia com ela —, ela, enfim, assina contrato com uma fabricante de diamante pequena, mas em crescimento, de quem ela espera que possa ser parceira nos próximos anos. Sua decisão foi tomada no instante em que a líder de vendas, uma mulher com mais ou menos a idade de Winnie, colocou seu cartão de visita com seu celular pessoal na mão de Winnie, dizendo "Não hesite em ligar ou mandar mensagem se precisar de qualquer coisa", e ela soube, com certeza, que não havia nada desagradável nisso.

Com isso acertado, ela se prepara para voltar à América.

Winnie não teria baseado seu negócio fictício de joias em Hopkinton, Nova Hampshire, se ela não tivesse pensado que, provavelmente, viveria lá. Então, faz uma oferta em uma casa, de tijolos aparentes, no estilo colonial. É simples e simétrica — basicamente o que Henri produziria se dissessem para ele desenhar uma casa — e a um mundo do ferro e vidro de seu antigo apartamento em Los Angeles.

A casa fica na pitoresca Spruce Lane. Ela imagina caminhadas noturnas sem pressa pela rua, acenando para vizinhos, que, provavelmente, pensariam que ela era uma daquelas jovens da geração Y do movimento FIRE, o tal da independência financeira com aposentadoria antecipada. Por que não encorajar esse mal-entendido? Ela pode dizer a eles que ganhou um monte de dinheiro com tecnologia e que se mudou para lá a fim de se reconectar com a natureza: para plantar seus próprios vegetais, aprender sobre processos de produção de carne vermelha, escrever um blog sobre desperdício zero.

E daí que ela nunca esteve em Nova Hampshire e não pode ver a cidade nem a casa pessoalmente? A alegre e eficaz corretora de imóveis garantiu a ela que ambas estão prontas para morar, e para não se preocupar com a bandeira na soleira, ela pode tirar aquilo antes de Winnie chegar.

Na verdade, embora Winnie jamais vá admitir isso para a corretora, ela ama a bandeira americana em soleiras de portas, assim como os armários estilo Shaker e as paredes de madeira.

Ela até pediu para manter as cortinas de chita que iam até o chão do proprietário anterior. A corretora disse que os vendedores são um par de professores aposentados que deram aula por anos em um internato chique da cidade vizinha. Winnie imagina que tenham cabelo branco e bochechas avermelhadas, com camisas de trabalho xadrez e calças cáqui. O casal cultivou um jardim adoravelmente rústico, com azaleias exuberantes e corniso-florido, os quais Winnie vai aprender a manter. Em toda sua vida, ela nunca teve um jardim próprio, e 360 mil dólares em dinheiro parece um preço mais do que justo a pagar por esse privilégio.

Durante esse tempo, ela continua a sair do prédio somente quando necessário, sempre procurando o Nissan velho e o homem enorme, mas não os vê de novo.

Certa manhã, uma manchete no site do *New York Times* chama sua atenção: LVMH vai sair da China. No artigo subsequente, ela lê que as recentes revelações de Mak International levaram a Louis Vuitton a ameaçar interromper os negócios com as fábricas chinesas, e os outros conglomerados de luxo estão indicando que vão segui-los.

Imediatamente, a narrativa na mídia chinesa muda. Quando Winnie liga a CCTV, ela encontra uma exposição do estilo de vida luxuoso de Mandy Mak. As viagens de primeira-classe para Paris e Milão, a coleção de Manolo Blahniks, o novo batom vermelho Tesla — está tudo bem ali para todo mundo ver. A única foto que os canais de notícia continuam exibindo foi tirada diretamente do perfil do Instagram: Mandy em um biquíni laranja, descansando no deque de um iate reluzente, rodeada pelas icônicas casas caiadas de Santorini.

A chuva de ofensas no Weibo é instantânea.

Os Mak e o resto daqueles magnatas corruptos são uma mancha para a nossa nação.

As marcas internacionais nunca mais vão confiar em nós, tudo por causa daqueles sanguessugas gananciosos.

Os ricos pensam que podem se safar de tudo. Que sejam presos!

Pelo *Liberation Daily*, Winnie fica sabendo que o vice--prefeito de Guangzou foi rebaixado para diretor de saneamento e que o antigo chefe da polícia está sob investigação por desvio de dinheiro.

Pela primeira vez em semanas, ela verifica os perfis de Mandy nas redes. O último post é uma foto tirada na coletiva de imprensa do mês anterior com a legenda *Obrigada a todos pelo apoio. Não vou descansar até meu pai ser libertado.* Mandy Mak tinha sumido.

Será que tinha saído das redes sociais para focar em salvar seu pai ou andou enfurnada em um hotel resort em algum lugar remoto sem acesso ao mundo exterior?

De qualquer forma, todos os sinais apontam para um colossal acerto de contas público, do tipo que vai usar os Mak como bodes expiatórios e vai destruir a eles e a seus associados para sempre — inclusive Winnie, se seu paradeiro for descoberto pelo governo ou pelos capangas de Mak, ou por ambos.

Ela envia uma mensagem de texto para seu designer dizendo a ele que houve mudança de planos, que ela precisa do passaporte o mais rápido possível. Ela amarra o lenço na cabeça, coloca seu casaco e seus óculos escuros e sai do apartamento. Do lado de fora, no fim da quadra, ela entra rápido em um pequeno cabeleireiro pelo qual havia passado muitas vezes.

É um lugar sujo e espartano. A única funcionária é uma mulher de meia-idade com uma coroa de cachos permanentes, e está descansando em uma das cadeiras de vinil.

— Senhora, tem certeza? — ela pergunta depois de ouvir as instruções de Winnie.

— Muita — Winnie confirma. — Estou planejando isto há meses.

— Tudo bem, então — a cabeleireira concorda, ainda em dúvida, mexendo em uma mecha grossa da juba de Winnie que ia até a altura do mamilo. — É só cabelo, certo? Vai crescer de novo.

Winnie sai do salão meia hora depois, mais uma vez irreconhecível com seu novo corte. Apesar do seu questionável senso estético, a mulher deu a Winnie exatamente o que ela pediu: um pixie com franjinha desfiada.

No fim da semana, Winnie embarca em um Dreamliner 787 para Newark. Andando pelo corredor, ela olha para a cabine da classe executiva, meio que esperando ver o homem enorme.

Quando guarda sua mala de mão e se senta, ela recusa a oferta da aeromoça de uma bebida antes da decolagem, mantendo os olhos fixos na porta dos passageiros.

— Não fique nervosa. Voar é mais seguro do que dirigir — o homem do outro lado do corredor diz.

Ele é americano, provavelmente foi a Pequim a negócios, provavelmente algo relacionado a tecnologia, julgando por seus Nikes brancos impecáveis e seu moletom caro.

— Quem disse que tenho medo de voar? — Winnie devolveu.

Ele é o tipo extrovertido e simpático que ama o som da própria voz. Ele solta uma gargalhada, mas fica em silêncio quando ela não abre nenhum sorriso. Ela se vira para a janela a fim de desencorajá-lo a continuar a conversa e acha graça quando ele começa a conversar com o passageiro do outro lado dele.

Toda vez que as aeromoças se reúnem uma com a outra, com um piloto, ou com um agente de embarque, Winnie se encolhe em seu assento, mesmo que a voz de Ava não saia de sua cabeça. *Ninguém além de mim faz ideia de onde você está. Ninguém além de mim. Ninguém. Ninguém. Ninguém. Mim.*

— Vai se juntar a nós para o jantar? — a aeromoça pergunta.

Embora Winnie não consiga imaginar ingerir uma única garfada, ela assente.

— E teve a oportunidade de ver o cardápio?

Winnie balança a cabeça dizendo que não. Sua língua é um pedaço de carne crua; parece preencher sua boca inteira. Fazendo um esforço para falar, ela diz:

— O que for a opção vegetariana… é o que vou comer.

Em certo momento, os passageiros apertam os cintos, as portas se fecham e a tripulação se senta. Uma eternidade depois, o avião anda devagar pela pista, ganhando velocidade para então, enfim, se erguer no céu.

Winnie expira. É meados de dezembro e a cidade abaixo está cinza e sombria. Naquele mês, os moradores de Pequim vão acordar com uma rara cobertura de neve, e crianças vão invadir aquelas ruas para brincar. Naquele mês, Mandy Mak será fotografada retornando à sua casa na cidade de Dongguan, e Kaiser Shih, o suposto mentor por trás de tudo, será preso.

Nesse momento, no entanto, Winnie só pensa em seu novo jardim, em dormir sob a geada, aguardando os murmúrios da primavera. Antes de desligar seu celular, ela digita uma mensagem curta para Ava:

Estou voltando para casa.

EPÍLOGO

No dia em que ela foi liberada para sair da jurisdição, Ava dá um beijo de despedida no filho. Ela está ansiosa, agitada, como se tivesse esquecido algo importante, embora tenha repassado muitas vezes a lista e os itens da mudança. Ela tinha menos de uma hora de carro de Henri durante toda a condicional, apesar de seu filho claramente não compartilhar nada de sua ansiedade, ao ver que ele já tinha voltado para os blocos de montar.

Dois anos antes, depois da audiência de sua sentença, Ava começou os procedimentos para o divórcio e se mudou com Henri para um apartamento em Lower Pac Heights. Primeiro, ela ficou com medo que seu filho se incomodasse com a falta de espaço. Até hoje, entretanto, ele pode ficar horas sentado na janela olhando a Bush Street, observando os carros passarem acelerados. Ela passa seu tempo como recepcionista em uma clínica odontológica do bairro — porque emprego é uma exigência de sua condicional. Ela não se importa com o trabalho, atender telefones, verificar quais pacientes vão se consultar com o dentista grosseiro e objetivo. Outro dia, o dentista deu a ela um saco cheio de pirulitos sem açúcar para levar para Henri. Ele foi o único que lhe ofereceu um emprego apesar de seu registro criminal.

Ela se abaixa ao lado de seu filho.

— Vai construir uma caverna? Uma pista de corrida? Uma montanha-russa?

Ele continua empilhando uma peça depois da outra.

Ela verifica seu celular e vê que seu Lyft ainda está a muitos minutos de distância.

— Por favor, me responda quando eu falar com você.

— É uma estação de ônibus, mamãe.

Seu coração para. Ela olha para Maria com orgulho. Todo dia, Henri surge com novas palavras, ela não faz ideia de como. Após um ano e meio de consultas semanais, sua fonoaudióloga sugeriu que eles diminuíssem para mensais, só para rotina. Ela beija o topo da cabeça dele uma última vez e se levanta.

— O número de Oli está na geladeira — ela diz a Maria.

— Eu sei.

— Vou ligar toda noite às seis.

— Ok.

— Oli vai buscá-lo na sexta à noite e trazê-lo de volta no domingo à noite.

— Ava — Maria diz —, já falamos disso.

— Certo, certo.

Ela sempre será grata à Maria por voltar. Inicialmente, mesmo a proposta de pagamento integral por meio-período de trabalho — "Henri fica na escola até uma da tarde" — não a tinha comovido. Por fim, Ava lançou o discurso que havia feito para família e possíveis empregadores: Aquela Winnie tinha atacado sua vulnerabilidade, a tinha manipulado a cometer um crime. Que esse período turbulento tinha ficado para trás. Ela até segurou a mão de Maria entre as suas e disse "Você, de todas as pessoas, sabe quem sou de verdade".

E como Maria havia reagido? Por um segundo, ela inclinou a cabeça para o lado e analisou Ava, então uma risada gigante preencheu a sala, estremecendo as paredes, reverberando nos ouvidos de Ava.

"O que foi?" Ava quis perguntar. "O que é tão engraçado?"

Maria riu e riu, apertando a barriga, arfando, secando lágrimas dos cantos dos olhos como um maldito emoji.

— Ava, essa merda de imigrante boazinha pode funcionar com pessoas brancas, mas comigo não.

Recompondo-se, ela exigiu uma condição: que Ava não falasse sobre seu trabalho, seu dia, seu humor. Se não tivesse a ver com Henri, Maria não queria saber.

Ava colocou de lado sua mágoa e concordou.

Agora ela beija Henri uma última vez.

— Tchau-tchau, mamãe — ele diz com uma voz rouca de Rod Stewart.

Ela calça os sapatos e segura a alça de sua Rollaboard.

— Se você vir a tia Winnie, pode dizer que sinto falta dela?

Ava vira a cabeça para olhar para seu filho. A bolinha destruída de anos antes está pendurada nos dedos dele. Onde ele encontrou isso? Ela trouxe isso na mudança?

— A tia Winnie não mora mais aqui, lembra? Mamãe não a vê.

— Eu sei, mamãe — ele afirma, guardando a bola no bolso do short. — Só estou falando *se*.

Ava olha para Maria e congela. Ela está se movendo pela sala, pegando brinquedos largados.

— Vá logo. Não ouvi nada.

♦♦♦

O aeroporto de Manchester é bem ordinário: um único terminal, tapete gasto, mínima segurança. Ava passa os olhos pela área de desembarque, perguntando-se se ela reconheceria o rosto alterado de sua amiga. Então, lá está ela! Empacotada em um daqueles casacos tipo saco de dormir, o cabelo Pixie está enfiado debaixo de uma boina felpuda. Winnie é mais uma vez sua colega de quarto de faculdade, cheia de energia e curiosidade.

Quando seus olhos se cruzam, Ava sente suas bochechas quentes. Ela fica inexplicavelmente tímida. Sua mão voa para suas próprias mechas, cortadas logo abaixo do lóbulo da orelha, as quais Winnie ainda não tinha visto. Ela gostou tanto do corte que o manteve desde a audiência de sua sentença.

— Cabelo bonito — Winnie comenta.

— Rosto bonito — Ava responde.

E então — ela não tem certeza de quem inicia — seus braços se envolvem um no outro, e inspira fundo o cheiro de sua amiga, que não cheira a perfume caro, mas, sim, a grama, chuva e fumaça de madeira. Essa Winnie é uma metamorfose ambulante, vive intensamente qualquer situação. Ela está tão segura de si que a mudança parece solidificar quem ela é.

— Não consigo acreditar que realmente estamos aqui.

— Eu consigo — Winnie diz.

— Ah, por favor. Fui eu que falei que isso iria funcionar.

— Mas fui eu que soube que você tinha isso dentro de si. — Winnie dá o braço para Ava. Elas encostam a cabeça uma na outra e dão risada.

A caminho do estacionamento, Winnie conta para Ava sobre sua nova casa. Seus vizinhos são agradáveis, muito calorosos e receptivos. Está pensando em pegar um Golden Retriever. Ela mal pode esperar para mostrar à Ava as antigas e charmosas lojas na Main Street. Nisso tudo, Ava procura um toque de sarcasmo, zombaria e não encontra nada.

Na casa de Winnie, Ava olha a bandeira americana na soleira e ri.

— O que foi? — Winnie pergunta. — Veio com a casa e, sinceramente, até que gosto.

Elas se acomodam na sala de estar no sofá listrado de azul e branco extremamente macio.

Ava diz:

— Pensei tê-lo visto de novo, outro dia, andando pelo quarteirão. — Ela conta a Winnie que nesse momento pulou para trás de um pilar, tremendo, até se recompor.

Winnie lembra Ava que Kaiser Shih não estará elegível para liberdade condicional por mais quatro anos, e o resto deles — Mandy, o chefe da polícia, o vice-prefeito — nunca arriscariam vir para os EUA. Ainda cambaleando com a repressão do governo, eles temem por sua própria liberdade mais do que invejam a de Ava. Não é nada que Winnie já não tenha dito.

— Eu sei, eu sei — Ava diz. — Mas meu subconsciente tem ideias próprias.

— Diga ao seu subconsciente que sou eu que eles realmente querem, se ao menos conseguissem descobrir onde estou.

O olhar de Ava varre a sala, tudo florido em tom pastel e madeira escura.

— Bem, certamente, aqui será o último lugar que eles imaginariam te encontrar.

Winnie sorri, envaidecida.

— Ele não teria ficado surpreso.

Seus olhos se embaçam. Ela está falando de Boss Mak, claro. Ele faleceu há quase dois anos. Seu fígado finalmente falhou um mês depois de sua prisão.

Ava se apressa para confortá-la.

— Oli diz que a equipe médica fez todo o possível para aliviar a dor dele no fim. Ele não sofreu. — Também não é nada que ela já não tivesse dito.

— Então você conheceu a nova noiva? — Winnie pergunta.

Ava balança a cabeça de um lado a outro.

— Ela foi buscar Henri com Oli há algumas semanas, mas não saiu do carro. Acho que ela é boa para ele. Ele parece mais calmo, menos bravo. E Henri também gosta dela. — O menino a chama de Mimi, abreviação para Myriam. Ava ficou desestabilizada na primeira vez que ouviu o apelido, não por ciúme, mas porque lhe deu um vislumbre da vida particular de seu filho, um lado florescente dele do qual ela não fazia parte.

— Claro que Oli está menos bravo. Ela não é residente? Provavelmente o deixa mandar nela.

— Pare — pede Ava, mas ela gosta da lealdade de sua amiga.

Winnie abre uma garrafa de pinot noir que serve em duas taças enormes. Juntas, elas bebem observando as sobras se estenderem pelo piso de tábuas corridas.

— Quase esqueci — Winnie diz. Ela vai até o armário do hall e volta com uma coisa em um saco branco de tecido liso que coloca no colo de Ava.

— O que é isto? — As narinas inflam com algum cheiro leve de animal. Seu pulso acelera. Os dedos dela correm para soltar o nó e puxam a Birkin de crocodilo vermelho-sangue.

Da última vez que ela viu essa bolsa, estava sendo jogada atrás de uma van em movimento, junto com os outros objetos de valor confiscados pelo Departamento de Segurança Interna dos EUA.

— Como conseguiu isto?

— Esperei que eles leiloassem.

Ava vira a bolsa para lá e para cá. A pele de crocodilo retém seu imaculado brilho espelhado. A fita protetora de plástico na parte dura ainda está intacta.

— Quanto você pagou?

— Quem se importa? — Winnie dá uma almofadada nela. — Tem valor sentimental.

Ava nunca ouviu sua amiga falar de forma tão carinhosa sobre dinheiro e, quando ela comentou isso, Winnie deu de ombros.

— Isso é porque não me apego a nenhum objeto. Sem os sentimentos e as histórias, são apenas *coisas*.

Ava sabe exatamente o que ela quer dizer. A bolsa nunca tinha sido usada e, provavelmente, nunca será, mas ela vai guardá-la como um talismã para sempre, um símbolo de valentia e entusiasmo, de tudo que Winnie a ensinou.

— Também tenho uma coisa para você — Ava anuncia. Ela abre sua mala e pega um envelope acolchoado, que entrega para Winnie.

Dentro, embrulhada em tecido, está um diamante redondo de três quilates produzido em laboratório do tamanho de uma unha. Brilha como um meteoro na mão de Winnie. Ava acende uma luz, enquanto Winnie pega suas lupa e pinças e analisa a pedra. Como prometido, está perfeito: perfeitamente irregular, perfeitamente imperfeito, pronto para ser trocado por um diamante natural e colocado em um anel chique de platina.

Desta vez, elas vão contratar homens, todos na idade de casar; homens que vão responder somente a elas. E, quando o belo comprador de alianças entrar em uma Tiffany's, Chopard ou Harry Winston para devolver o anel de noivado — totalmente rejeitado por sua não futura noiva —, claro que o vendedor vai querer ser útil, consolar o coração partido e ajudar a consertar as coisas.

— Incrível — Winnie diz, baixando a pedra na mesa. — Vamos começar em Boston no mês que vem.

À luz do abajur, o diamante pisca como uma garota com um segredo.

— Ok — Ava concorda —, de uma vez por todas, me conte como você fez. Como você forjou sua pontuação no SAT?

Winnie quase cospe seu vinho como um ator em uma comédia. Ela joga a cabeça para trás e cacareja — não há outra palavra para o som estridente que saiu dela quando riu e que fez Ava se perguntar se a solidão daquela cidade pequena a tinha deixado estranha.

Enfim, Winnie coloca sua taça na mesa.

— Não paguei ninguém. Aquela prova é uma piada.

Instantaneamente, Ava se arrepende de tocar no assunto. Ela engasga:

— Sinto tanto, eu não sabia… seu pai… ele realmente teve um infarto?

— Não, meu pai estava bem — Winnie garante. — Aqueles principezinhos *me* pagavam para fazer a prova deles. Foi assim que tirei a pontuação máxima. Prática. Foi assim que consegui pagar Stanford.

— Está brincando.

— Aquela coisa paga bem. Você não leu as reportagens?

— E sua bolsa? E sua tia?

Winnie revirou os olhos com extravagância.

— Aquilo mal cobria a mensalidade. Ainda havia dormitório, alimentação, livros e plano de saúde.

E então é Ava que está rindo, brindando à sua amiga, depois brindando àquele país louco e enlouquecedor que elas habitavam.

Primeiro, ela havia tentado desencorajar Winnie a voltar. Parecia mais seguro, menos complicado para ela permanecer fora dos EUA, em Genebra, digamos, ou Buenos Aires ou Cidade do México. Não havia motivo para elas ficarem no mesmo lugar. Mas, quando Winnie ligou para dizer que tinha encontrado aquela casa, Ava sabia que não poderia ser de outro jeito. Winnie amava Boss Mak — Ava nunca duvidou disso —, porém amava mais a América. Era àquele país que ela pertencia, com os mais esquisitos dos esquisitos e os mais ousados dos ousados. Foi Winnie que mostrou a Ava como seu país realmente é: um incêndio, uma colisão frontal, um cavalo assustado que jogou seu cavaleiro longe, uma porra de um carro sem motorista. É o único lugar para loucos como elas, vendedores ambulantes, impostores, unicórnios e rainhas. Winnie é o sonho americano, e é isso que deixa todo mundo enlouquecido: a ousadia dela em desvendar o jogo deles e ter se saído vencedora.

Agora é a vez de Winnie perguntar o que Ava acha tão engraçado.

A risada tira todo o seu fôlego, mas Ava se sente revigorada.

— Termos conseguido — ela responde. — Sermos umas vitoriosas.

Elas brindam, bebem o vinho e começaram a trabalhar.

AGRADECIMENTOS

Obrigada a Michelle Brower, Jessica Williams, Danya Kukafka, Ore Agbaje-Williams, Julia Elliott, Allison Warren e todo mundo de Aevitas Creative Management, William Morrow e The Borough Press. Obrigada a Kim Liao, Beth Nguyen, Reese Kwon e Aimee Phan.

Obrigada ao Conselho Nacional de Artes de Singapura, ao Programa de Escrita Criativa na Nanyang Technological University e ao Toji Cultural Center. Obrigada aos muitos livros que me ajudaram a completar este romance, principalmente *Deluxe: Como o luxo perdeu o brilho*, de Dana Thomas, *As garotas da fábrica: Da aldeia à cidade, numa China em transformação*, de Leslie T. Chang, e *Lucros de sangue: Como o consumidor financia o terrorismo*, de Vanessa Neumann.

Obrigada a Kathy Shih, Stephen Lin e a falecida Yvonne Chua. Obrigada a Nelson Luo, Eric Zhou, Shirley Nie e a todo mundo de Sitoy Group. Obrigada a Vanessa Hua, a leal leitora beta que sugeriu várias ideias. Obrigada a Matthew Salesses, meu guia. Obrigada aos meus pais e minha família. E, sempre, a Asmin.

Primeira edição (abril/2023)
Papel de miolo Pólen natural 70g
Tipografias Devanagari e Bliss pro
Gráfica LIS